그렇게 인생은 이야기가 된다

YOURS TRULY

: An Obituary Writer's Guide to Telling Your Story

그렇게 인생은 이야기가 된다

월스트리트 저널 부고 전문기자가 전하는 삶과 죽음의 의미

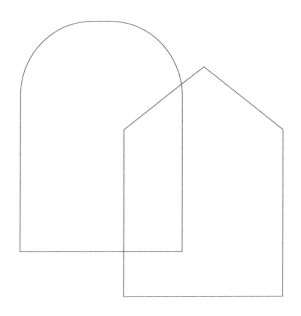

제임스 R. 해거티 지음 | 정유선 옮김

INFLUENTIAL
인 플 루 엔 셜

많은 이야깃거리를 갖고 있었지만,
그 이야기를 다 하지 못하고 떠난
나의 누나 캐롤 케이 해거티 워너(1954~2011)에게
이 책을 바칩니다.

죽음은
우리의 이야기를 제외한
모든 것을 앗아간다.

― 짐 해리슨 ―

차가운 죽음을 따뜻하게 만드는 책

◆   종종 빈소로 사용하기도 하는 지하 경당에서 기도하고 있자니 저의 정신적 멘토이기도 했던 언니 수녀님 생각이 났습니다. 간밤 꿈에 언니의 온화한 얼굴을 오랜만에 본 때문인지도 모릅니다.

2017년 늦가을에 별세하신 언니 수녀님(가르멜 봉쇄 수도원)의 입관 예절에서 전체 회원이 일일이 두 손 모아 깊은 절을 하는 모습을 지켜보며 숙연했던 기억을 저는 늘 소중히 간직하고 있습니다. 미라처럼 야윈 모습으로 관 속에 누워있는 언니가 미소로 화답하는 것 같은 순간이었습니다. 원장 수녀님이 보내준 부고에는 언니가 평소 어떤 습관을 지녔으며, 무엇을 좋아했는지, 수도 공동체에는 어떤 기여를 했는지 등 60여 년의 수도 생활이 구체적으로 적혀 있어 감동적이었고 '모든 부고는 이와 같아야 할 텐데?'라고 새롭게 생각해보는 계기가 되었습니다.

Yours Truly(그럼 이만 안녕히 계세요). 세상을 떠나는 이의 마지막 인사이기도 한 이 책의 원제 'Yours Truly'는 제목부터 아름답고 쓸쓸하면서도 깊은 울림을 줍니다. 수년 전 어느 선배 수녀님의 임종을 지켜보면서 "그러면 안녕히 가세요!"라고 그분의 귀에 대고 큰 소리로 인사했던 일도 떠오릅니다. 이 책을 읽는 내내 다시 새롭게 지금 이 순간의 삶을 소중히 여기며 공부하는 기쁨을 누렸습니다.

우리가 평소에 낯설고 차갑게, 때로는 두렵게까지 느끼는 '죽음'이란 단어를 저자는 수십 년간 다양한 부고를 쓴 기자답게 좀 더 따뜻하고 유머러스하게 만들어줍니다. 단 한 번뿐인 자신의 삶을 이야기로 풀어내어 적는 법을 알려주고, 마침내는 생전에 자신의 부고를 써보라는 권유를 따라가다 보면 어느새 죽음이야말로 '인생 학교'의 최종 종착지임을 절감하게 됩니다.

이승의 삶을 졸업하는 학생으로서 좀 더 충실하게 '순간 속의 영원'을 살고 싶은 선한 갈망이 마음속에 차오르게 하는 이 책을 기쁘게 추천합니다. 주어진 시간을 낭비하지 않는 '죽음 학교'의 예비 졸업생으로서 자신의 삶을 사랑으로 채우며 이웃도 잘 돌보는 애덕을 실천하는 멋진 수련생으로 살아야겠다고도 다짐합니다. 한 번도 만난 적이 없는 모르는 이들의 부고를 대할 때, 좀 더 경건한 마음으로 제대로 된 추모의 기도를 해야겠다는 좋은 결심을 하게 만들어 준 저자에게 감사드립니다.

제가 좋아하는 어느 소설가의 부고에 축약된 그의 생애를 읽어보다가 그의 두 딸의 이름까지 기억하는 이 아침, 최근에 갑자스레 닥친 막냇동생의 죽음으로 깊은 슬픔에 잠긴 동료 수녀에게 무슨 말로 위로를 전할까 고민하는 이 시간, 하얀 나비 두 마리가 제 작업실 백일홍 꽃밭에 앉아 나직이 속삭이는 듯합니다. "그 어느 날 부고의 주인공이 되기 전, 살아있는 동안 충분히 기쁘고 행복하게 지내세요!"라고.

— **이해인**(수녀, 시인)

● "서툴더라도 자신의 생애를 직접 글로 적어보자."《월스트리트 저널》부고 전문기자인 저자는 제안합니다. 나의 이야기를 마음먹고 정리하여 쓰기 시작하는 그 날부터 내 삶도 달라지지 않을까요. 추억이 되살아나고 삶에 대한 통찰을 발견하게 될 테니까요. 무엇보다 당신의 글은 가족과 친구에게 가장 소중한 선물이 될 겁니다.

— **이금희**(방송인)

● 여러 매체를 통해 부고를 읽습니다. 대개 고인이 생전에 어떤 직위를 가졌는지 그리고 자녀들의 직위와 연락처, 장례식장과 발인 날짜를 적는 정도입니다. 그러나 이 책은 우리가 알던 것과는 다른 '진짜' 인생 이야기를 담은 부고 작성법을 차분히 들려줍니다.

고레에다 히로카즈 감독의 〈원더풀 라이프〉는 인생을 기억하는 방법으로 '영화'를 제시합니다. 〈원더풀 라이프〉의 인물들은 인생을 통틀어 가장 소중하고 행복했던 추억을 골라 영화를 촬영하고 그것을 감상합니다. 그리고 촬영된 내용을 가슴에 품고 영원의 시간 속으로 사라집니다.

이 책에서는 '부고'로 자신 또는 사랑하는 이의 인생을 기억하고 소중히 가슴에 품는 법을 따뜻하게 알려줍니다. 인생이라는 짧은 여정에서 우리가 가슴에 품을 수 있는 건 사랑뿐일 것입니다. 나와 나의 사랑하는 사람의 이야기를 기억하고 싶다면 오늘부터 글을 써보기를 권유합니다. 아, 이 책을 꼭 먼저 읽고 써보시기를!

— **유성호**(서울대학교 의과대학 법의학교실 교수)

◆ 할아버지의 부고를 쓴 적이 있다. 오직 그의 삶을 기리고 많은 이가 기억해 주길 바라서였다. 근면하고 다정했던 개인의 삶은 타인의 마음을 울릴 수 있다는 사실을 그때 처음 알았다. 부고 전문기자가 쓴 이 책을 읽으면서 더 많은 것을 깨달았다. 떠난 이를 마음에 남겨두는 방법과 용기 내서 펜을 들어야하는 이유, 우리가 생각해 온 추모의 본질이 무엇이었는지까지. '부고'의 진실한 의미를 전하는 이 책이 당신에게도 소중한 깨달음을 줄 것이다.

— **남궁인**(이대목동병원 응급의학과 임상조교수)

언젠가 당신 인생의 이야기가 글로 쓰이는 날이 올 것이다.

문제는 그 이야기가 얼마나 근사하게 혹은 형편없게 쓰이느냐는 것이다. 그 결과에 따라 친구와 가족은 물론이고, 아직 태어나지 않은 미래의 후손들에게 당신에 관한 전혀 다른 초상이 전해질 테니 말이다.

이 책은 자신의 이야기가 공정하고 정확하며 흥미로운 데다 영감마저 줄 수 있기를 바라는 이들을 위한 내용을 담고 있다. 어떻게 하면 내가 원하는 방식으로 내 이야기를 전할 수 있을지, 그 이야기를 생각하고 준비하면서 얼마나 더 나은 삶을 살게 될지를 다룬다.

마냥 손을 놓고 있다가 전부 운에 맡겨버린다면, 당신 인생의 이야기는 이 지구상에 다음과 같은 두 가지 방식으로 남을 가능성이 크다.

첫 번째는 1퍼센트에 해당하는 유명인의 경우다. 영화배우나 메이저리그에서 뛰는 운동선수, 거물급 정치인,《포춘》선정 100대 기업의 최고 경영자, 에어프라이어 발명가 같은 유명인들의 경우라면, 전문 기자들이 그들의 삶을 몇 문장으로 요약해 부고를 쓸 것이다. 그렇다고 그 이야기에 완전히 문제가 없다는 뜻은 아니다. 만일 그들이 생전에 자신의 삶에 대해 깊이 있는 글을 썼거나 육성으로 이야기한 적이 있다면, 기자들은 사실에 한결 가까운 글을 쓸 수 있을 것이다. 누가 뭐래도 자기 자신보다 자기 이야기를 더 잘 아는 사람은 없기 때문이다.

두 번째는 나 같은 나머지 99퍼센트의 경우다. 이 경우에 당신의 이야기는, 슬픔 속에서 장례 문제를 급하게 처리하느라 정신이 혼미해진 가족이나 친구의 손에 급조될 가능성이 크다. 글쓴이가 선의로 이 작업을 맡았더라도, 그의 묘사 속 인물은 유감스럽게도 당신이 알지 못하는 다른 누군가의 모습일 수 있다. 글쓴이는 당신이 생전에 털어놓은 흥미로운 일들을 불완전하거나 흐릿하게 기억할 것이다. 그런 이야기는 어김없이 심각하고 따분할 수밖에 없고, 당신이 진정 어떤 사람이었는지, 인생에서 무엇을 이루려고 했는지, 어떤 배움을 얻었는지, 무엇을 성취했는지 알려주지 않는다.

어떤 이들은 신문에 좁쌀만 한 글씨로 부고를 싣고 '레거시 닷컴Legacy.com' 같은 온라인 추모 공간에 빈약한 기록으로나마 격식을 차려 망자의 삶을 영원히 남기기 위해 비용을 지불할 것이다.

나의 인생 이야기, 우리의 인생 이야기가 이보다는 더 나은 대접을 받았으면 좋겠다. 이런 이유로 이 책에서는 우리의 인생 이야기를 쓰는 방법, 우리가 세상을 떠난 뒤 그 일을 대신 마무리해야 하는 사람에게 최소한 메모나 음성 녹음을 남기는 방법을 설명한다.

걱정할 필요는 없다. 자기 이야기를 하는 것은 유언장 작성이나 다락방 청소처럼 성가신 일이 아니다. 생각보다 어렵지 않고 어쩌면 즐거운 일일지도 모른다. 뜻밖의 성과를 얻을 수도 있고 말이다.

이 책을 읽는다면, 인쇄물과 온라인에 등장할 우리 삶의 요약본이 적어도 우리가 원하는 성적표에 가깝도록 모양새를 다듬을 수 있을 것이다. 목표를 좀 더 높게 잡아보자. 이 책은 가족과 친구, 그리고 아직 살아 있는 동안의 자신을 위해(만약 당신이 아직 젊다면 더더욱!) 우리의 인생 이야기를 간결한 회고록이나 자서전처럼 길게 쓰는 방법도 알려준다. 이제껏 살아온 삶에 대해 이야기하다 보면, 기억할 가치가 있는 일을 성취하기 위한 방향으로 자신이 제대로 나아가고 있는지도 점검할 수 있다.

우리가 남길 짧거나 긴 이야기에는 동일한 스토리텔링 기법
이 적용된다.

《월스트리트 저널Wall Street Journal》에 누군가의 인생 이야기를
쓰기 전에 나는 다음 세 가지 질문을 던진다. 여러분도 자신에
게 같은 질문을 던져보길 바란다.

> 인생에서 무엇을 이루고자 했는가?
> 그 이유는 무엇인가?
> 목표를 이루었는가?

임종을 앞두고 인생 이야기를 고쳐 쓰기엔 너무 늦었다고
깨달을 때까지 기다리지 말고, 지금부터 종종 스스로에게 던
져야 하는 질문들이다.

수많은 인생 이야기를 요약해서 이 책에 담았다. 인생 이야
기를 쓰는 법과 그 이야기들로부터 배울 수 있는 점을 보여주
기 위해서다. 나는 부고 기사를 쓰면서 성공한 사람들이 대체
로 낙관적이리는 믿음을 더욱 강하게 품게 되었다. 단지 그들
이 세상만사가 좋은 방향으로 흘러간다는 착각에 빠져 살았
기 때문은 아니다. 그들은 어떤 상황이든 견뎌내면서 성공법

을 찾았고, 비관적인 증거들이 넘쳐나더라도 적어도 자신이 살아가는 동안은 어쨌든 세상이 계속 돌아가리라 확신했다. 낙관주의와 성공의 연관성은 새삼스러운 사실이 아닐뿐더러 반드시 기억해야 할 이치다.

자신이 곤경에 빠졌거나 인류애가 곧 사라질 위기에 처했다고 단정 짓는 사람들은 이불 밖으로 나와 무언가를 해봐야겠다는 동기를 찾지 못할 것이다. 이 책을 쓰는 동안에도 세상에서 전해지는 뉴스는 그다지 희망적이지 않다. 이런 상황에 대처할 방법이 하나 있다. 먼저 신문 1면을 펼쳐 최근 일어난 끔찍한 사건에 관한 기사를 읽자. 그러고 나서 부고란을 펼치고 자신을 다잡는 것이다. 부고 기사를 읽다 보면 가장 암울한 시기에도 인간의 본성과 능력을 있는 그대로 평가하면서 더욱 견고해진 낙관주의를 품은 사람들을 만나게 된다. 이들은 성공하는 법과 불행을 딛고 일어서는 법, 생계를 꾸리는 법, 사랑에 빠지는 법, 자신의 수중에 떨어진 횡재를 나누는 기쁨을 알아가는 법을 발견했다.

인생의 어느 시기에 이르면 많은 사람이 자신의 기억을 글로 남기려고 마음먹지만, 대다수가 실제 행동으로 옮길 시간까지는 내지 못한다. 글을 써서 인생을 정리하는 일이 다른 일보다 덜 시급하고 하찮게 보여서일 수도 있다. 이런 이들을 위해 이 책에서는 문학적 재능 없이도 적당한 시간을 들여 글을 쓰는 법을 알려주려고 한다.

실제 인생 이야기들을 통해 무엇을 넣고 무엇을 빼야 하는지, 어떻게 하면 사람들이 읽고 싶어 할 좋은 이야기가 되는지도 보여준다. 이 책이 끝날 때쯤이면 당신의 인생 이야기를 쓰는 것이 괴로운 일도, 뻔뻔한 일도 아니며 허영심에 찬 과시도 아니라는 데 동의할 것이다. 그러기는커녕 오히려 당신의 삶을, 그리고 당신 이야기를 읽고 배움을 얻은 사람들의 삶을 풍요롭게 해주는 실천이 될 것이다.

《월스트리트 저널》에서 나는 세상에 알려지지 않은 사람들의 부고를 쓰는 기자로 알려져 있다. 내가 쓰는 부고 기사 대부분은 흥미롭고 주목받을 만한 삶을 살았지만, 대중적으로 이름이 알려지지 않은 사람들의 부고다. 독자들은 종종 이렇게 말한다. "그 사람에 대해 들어본 적은 없지만, 그의 이야기는 무척 매력적이었어요."

아직 깨닫지 못했을 수도 있지만, 당신의 인생 이야기도 충분히 흥미롭고 매력적일 수 있다. 당신이 남긴 인생 이야기는 가족과 친구, 자신에게 주는 최고의 선물이 될 것이다.

차례

PART 1
기억되고 싶다면 이야기를 남겨라

PART 2

누구나 책 한 권만큼의
이야깃거리를 품고 있다

PART 3

나는 이렇게 내 부고를 쓰고 있다

PART 4

좋은 부고, 나쁜 부고, 이상한 부고

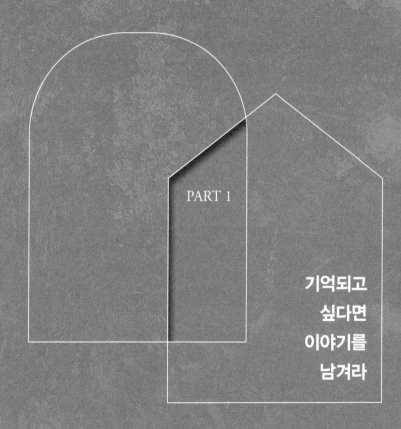

PART 1

**기억되고
싶다면
이야기를
남겨라**

01

누구도 나보다 내 부고를
잘 쓸 순 없다

*

나는 《월스트리트 저널》에서 유일한 부고 전문기자로 일하면서 유명한 사람, 유명했어야 하는 사람, 악명 높은 사람, 주목받았어야 하는 사람뿐만 아니라 거의 알려지지 않은 사람까지 포함해 지금껏 800여 명의 인생 이야기를 썼다.

몇 년 전에는 한층 더 까다로운 일을 시작했다. 바로 나 자신의 부고, 즉 나의 인생 이야기를 쓰기 시작한 것이다. 처음 맞닥뜨린 문제는 '어디에서 시작해야 할까?'였는데, 이에 대해 내가 찾은 답은 '출발점'에서 시작하자는 것이었다.

1956년 7월 30일, 어머니는 비가 내리던 선선한 여름날 정오 무렵 미니애폴리스에서 나를 낳았다. 그러고는 담배를 한 대 피웠다.

이 도입부가 내 부고를 시작하는 첫 문장으로 적절하다고 느끼는 사람은 거의 없을 것이다. 그래도 괜찮다. 내 부고를 직접 쓸 때 좋은 점 중 하나는 마음대로 쓸 수 있다는 것이다. 세 단락으로 끝내버리거나 이 책보다 더 길게 서술할 수도 있다. 수다스럽게 재잘거릴 수도 있고 신중하게 말을 고를 수도 있다.

음울한 사망 공고에서 보았던 지루하고 틀에 박힌 글이 곧 부고라고 여기지는 않았으면 좋겠다. 부고는 우리의 인생 이야기이고, 그 이야기를 보존할 수 있는 단 한 번의 기회라고 생각했으면 한다. '부고=인생 이야기'라는 간단한 공식을 기억하자.

내 부고를 쓰면서는 이제껏 누누이 강조해 온 내용을 실천하고 있다. '쓸 수 있을 때 자신의 이야기를 쓰자. 보나 마나 망칠 것이 뻔한 가족들에게 내 부고를 맡기지 말자.'

처음부터 생각했던 목표 중 하나는 '부고의 표준 형식을 따르지는 말자'였다. 나의 고귀함과 관대함, 가족에 대한 헌신을 부풀리는 미사여구들 사이사이에 이름과 날짜, 성과 등을 줄줄이 나열하는 식으로 내 부고를 쓰고 싶지 않다. 죽은 다음에 더 좋은 곳으로 갔다는 둥 그런 추측은 넣지 않을 것이다. '가족에게 둘러싸여 세상을 떠났'라고도 쓰지 않을 것이다. 그랬다가는 임종 자리에서 내가 벌떡 일어나 문으로 내달릴까 봐 가족들이 걱정했다는 인상을 독자들에게 줄 수 있기 때문이다. 그 대신 내가 인생에서 무엇을 이루려 했고, 삶이 어떻게 펼쳐졌는지를 솔직하고 담백하게 설명하려 노력할 것이다.

생각해 보면, 어쨌든 이것들은 스스로 물어볼 가치가 있는 질문들이다. 가령 일주일 또는 한 달에 한 번씩 '나의 목표는 무엇인가? 그 이유는 무엇인가? 목표에 도달했는가?' 같은 질문을 스스로에게 던진다면 보다 나은 선택을 하는 데 도움이 될 것이다. 그리고 나 자신을 제대로 알아갈 수도 있다. 만약 부고에 긍정적인 내용을 하나라도 넣기 위해 머리를 쥐어짜야 한다면 이제라도 인생의 경기 전략을 다시 짜거나 감독을 바꿔야 한다.

자신의 부고를 직접 쓰는 것이 뻔뻔스러운 일일까? 부고는 꼭 나 말고 다른 사람이 써야 할까? 나는 그렇게 생각하지 않는다.

누구도 내 부고를 나보다 잘 쓸 수 없다. 내 저널리즘 커리어가 다섯 살 때 시작되었다는 사실을 기억하는 사람이 나뿐인 것처럼 말이다. 다섯 살 때, 나는 직접 글씨를 써서 《웜 킬러스 Worm Killers》라는 신문을 잠깐 발행했는데, 왜 이런 제목을 골랐는지까지는 기억나지 않는다. 그로부터 한참 시간이 흐른 뒤, 벨기에 수도사들이 만든 트라피스트 맥주에 관한 기사를 《월 스트리트 저널》에 싣기 위해 내가 얼마나 많은 수도원을 찾아다녔는지 말해줄 수 있는 사람도 나뿐이다(다섯 곳이다).

《월스트리트 저널》에 실릴 부고를 쓴다고 하면, 유가족들은 고인에 관해 잔뜩 이야기하고 싶어 한다. 고인에 관해 이야기하다 보면 슬픔이 치유된다고 생각하는 듯하다. 그러나 유가족들이 고인의 삶에 대한 기억을 보존하는 데 깊은 관심을 보이면서도 정작 고인의 삶에 대해서는 아는 것이 별로 없어서 놀라울 때가 있다. 가장 기본적인 질문에 대답하는 것조차 힘들어하는 사람도 있다. '고인에게는 미들 네임이 있습니까? 대학을 졸업했나요? 전공이 무엇이었죠? 부모님은 무슨 일을 하셨나요? 고인이 로스쿨에 들어갔다가 유기농 양파를 재배하기로 결심한 이유는 무엇인가요? 손주는 몇 명입니까?'

유가족 대부분은 돌아가신 부모님이 인생에서 다른 길을 놔두고 왜 '이 길'을 선택했는지 그 이유를 물으면 제대로 대답하지 못한다. 부모님의 사명을 탐구하고 이해해야 하는 수수께끼가 아니라 당연한 일로 받아들였기 때문이다.

인생 이야기 기록을 돕는 비영리 단체인 '어그^{Augr}'의 지원으로 2021년 4월에 영국 성인 2,000명을 대상으로 설문 조사를 실시했다. 응답자의 약 3분의 1이 조부모의 직업이 무엇이었는지 모른다고 했다. 응답자의 3분의 2는 가족의 역사를 더 알고 싶어 했다.

쓸 수 있을 때 자신의 이야기를 쓰자.
보나 마나 망칠 것이 뻔한 가족들에게
내 부고를 맡기지 말자.

내 아이들이 나에게 관심을 가진다면 몇 가지 사실을 알 수 있을 것이다. 그중에는 아이들이 흘려들었던 이야기도 있고, 내가 미처 말할 기회를 만들지 못했던 이야기도 있다.

예컨대 아이들은 내가 어떻게 이 이름을 갖게 되었는지 궁금해할 수도 있다. 부모님은 내게 제임스 로버트 해거티라는 이름을 지어주셨다. '제임스'는 친할아버지를 기려서 붙인 이름이다. '로버트'는 삼촌의 이름이었다. 미 육군 항공단 조종사였는데, 2차 세계대전 때 비행기 추락 사고로 돌아가셨다. 정작 부모님은 항상 나를 로버트의 약칭인 '밥Bob'이라고 부르셨다. 어느 날, 나는 진지한 작가처럼 보이고 싶다는 얄팍한 생각에 '제임스 R. 해거티'라는 필명을 쓰기로 했다. 이제 친구들은 나를 '밥'이라고 부르고, 좀 똑똑한 친구들은 제임스의 약칭인 '짐Jim'까지 붙여서 '짐 밥Jim Bob'이라고 부르는데, 나머지는 나를 뭐라고 불러야 할지 몰라서 난처한 기색이다. ***교훈: 아이의 이름은 실제 부를 이름으로 짓도록 하자.**

부고를 쓰다 보니 사람들의 첫 직업, 즉 성인으로서 책임감을 배워가는 첫 단계에 관심이 생겼다. 내가 부고를 쓴 사람들 중에는 라디오 수리나 자동차 주차, 내기 당구장에서 속임수 쓰기, 대학 강의 노트 판매, 마술 묘기 등으로 시작해 성공에 이른 이들도 있다.

내 부고에는 10대 시절 슈퍼마켓 체인 K마트에서 짧게 일한 경험을 넣을 것이다. 하루는 자전거 조립을 맡았는데, 작업을 감독하는 사람도 없이 덩그러니 혼자 남겨졌다. 한심하리만치 기계에 무지했던 나는 조립법을 알아내려고 안간힘을 썼다. 첫 번째 자전거가 얼추 완성되었을 때쯤 용도와 위치를 모르겠는 부품 몇 개가 남아있는 것이 보였다. 나는 그 부품들을 쓰레기통에 넣어버렸다. *교훈: 자전거를 구매할 곳을 신중히 선택하자.*

몇 안 되는 성공 경험도 반드시 넣을 것이다. 나는 열여덟 살 때 어느 스트리퍼의 홍보 사진을 찍는 일에 참여했다가 지역 카메라 동호회의 월간 사진 콘테스트에서 1등을 차지한 적이 있다(나중에 더 자세히 설명하겠다).

이보다 더 흥미롭고 교훈적인 이야기는 실패의 경험일 것이다. 나는 다른 사람의 삶을 정리하는 글을 쓸 때 찬사 일색으로 쓰지 않는다. 그 대신 삶의 굴곡, 영광과 실패의 순간, 때로는 굴욕의 순간까지 쓰려고 한다. 내 이야기를 쓸 때도 마찬가지다.

그렇다면 부끄러운 실수, 잘못, 약점을 얼마나 포함시킬까? 그중 어떤 것을 골라 쓸까? 아직도 고민하는 부분이다. 무엇을 넣고, 무엇을 말하지 않은 상태로 남겨둘지 결정하는 데 꽤 시간이 걸릴 것이다. 바로 이런 이유로, 나는 내 인생 이야기를 쓰는 일을 일찍부터 시작했다.

나는 인생에서 무엇을 이루려고 노력해 왔을까? 어렸을 때부터 신문에 글을 쓰고 싶어 했는데 그건 자연스러운 흐름이었다. 부모님 두 분 모두 언론인이셨고, 내가 자전거 조립보다는 글쓰기에 더 소질이 있다는 사실을 일찌감치 깨달았기 때문이다.

그래서 일이 잘 풀렸냐고? 대체로 그런 편이다. 언론인으로 살면서, 불도저를 운전해 보고, 트라피스트 수도사들과 맥주를 마실 수 있었으며, 아이를 69명이나 키운 여성(나중에 더 자세히 설명하겠다)을 인터뷰할 수도 있었다.

《웜 킬러스》에서의 짧은 편집장 경력까지 인정받는다면, 나는 60년 넘게 기자로 일하면서 줄곧 다른 사람들의 이야기를 들려주었고 드물게 내 이야기도 했다. 아직까지 이보다 더 나은 일이 떠오른 적이 없다.

이 책으로부터 영감을 얻어 많은 사람이 자신의 이야기를 시작하고, 주변 사람들이 자기 이야기를 하도록 도울 수 있으면 좋겠다. 이왕 시작한 김에, 자신의 부고 쓰기를 거부하는 이들에게 부고 쓰는 요령도 안내할 것이다. 자신의 이야기를 쓰든 다른 사람의 이야기를 쓰든 기본 원칙은 똑같다.

그렇다면 언제부터 쓰는 것이 가장 좋을까? 답은 너무 늦기 전에 시작하라는 것이다. 지금 당장 시작하는 것은 어떨까?

먼저 내가 사용하는 용어부터 정리하겠다. '부고'에는 두 가지 의미가 있다. 첫 번째는 신문이나 웹사이트에서 볼 수 있는 사망 공고이다. 두 번째는 아직 태어나지 않은 후손들을 포함한 가족과 친구 들을 위해 쓰는 더 길고 풍성한 인생 이야기이다. 부고를 쓸 때는 마땅히 둘 다 준비해야 한다. 긴 인생 이야기를 축약한 글이 곧 짧은 부고가 된다.

부고는 거의 무한대의 가능성을 지닌 글이라고 생각한다. 인생이 늘 그렇듯이 한 가지 일은 또 다른 일로 이어지기 마련이다. 처음에는 조금만 쓰려고 시작했다가 너무 열중한 나머지 글이 길어질 수도 있다. 원하는 만큼 길게 또는 짧게 쓰면 된다는 뜻이다.

02

부고는 특별한 사람만을
위한 것일까?

*

가장 먼저 할 일은 '나의 부고 쓰기 프로젝트'에 대한 모든 의구심을 거두는 것이다. 다음 문제를 먼저 해결해 보자.

"내 부고를 직접 쓰는 건 좀 뻔뻔스럽지 않을까 하는 의구심이 들어요."

내가 부고 전문기자라고 하면, 꽤 많은 사람이 묘한 죄책감에 민망한 듯 웃으며 이렇게 말한다. "섬뜩하게 들릴 수도 있는데 저는 부고 읽는 것을 정말 좋아해요."

전혀 섬뜩하게 느껴지지 않는다. 부고는 '소음과 분노가 가득한' 인생 이야기이며, 운이 조금 따른다면 약간의 유머와 의미 있는 교훈도 포함할 수 있다. 죽음은 그 이야기를 하기 위한 구실일 뿐이다.

워싱턴주 동부의 도시 스포캔에서 장의사로 일하는 폴라 데이비스Paula Davis는 사람들에게 부고를 직접 쓰라고 자주 권한다. 자신의 부고를 쓰는 것이 섬뜩하거나 불쾌한 일이라고 말하는 사람에게는 이렇게 이야기한다. "섹스에 대해 이야기한다고 임신하는 것이 아니듯, 죽음에 대해 이야기한다고 해서 죽는 것도 아닙니다."

맞는 말이다. 하지만 유명인이라면 몰라도 보통 사람들은 이렇게 물을 수도 있다. "왜 굳이 내 인생 이야기를 써야 할까요? 누가 관심이나 갖겠어요?"

우선, 자기 자신이 관심을 가질 것이다. 그리고 사람들에게 본모습으로 기억될 가능성도 커진다. 내가 어떤 사람이었는지, 무엇을 했는지에 대한 오해도 바로잡을 수 있다. 자신에게 일어났던 좋은 일들에 대해 사람들에게 감사를 전할 수도 있다. 앙갚음하고 싶은 일이 있더라도 그 유혹을 뿌리치고 나에 관한 이야기에 집중하는 것이 바람직하다. 마지막 말과 최후의 미소가 내 것이 될 수 있다면 그것으로 충분하니까.

한 번도 만난 적이 없는 사람들이 (우리 개인에게는 아니더라도) 우리가 하는 이야기에 언젠가는 관심을 가질 가능성도 약간은 있다. 안네 프랑크Anne Frank는 그녀가 죽은 지 80여 년이 지나서도 전 세계가 자신의 이야기에 매료되어 있을 줄은 상상도 못 했을 것이다. 1633년에 태어나 1703년에 사망한 영국인 새뮤얼 피프스Samuel Pepys는 지금까지도 대중에게 유명한 그의 일기장이 아니었다면 벌써 잊혔을 것이다(나중에 더 자세히 설명하겠다). 물론 피프스가 1665년의 대역병과 런던 대화재를 비롯한 극적인 사건들을 목격한 것이 큰 역할을 하기는 했지만 말이다. 하지만 어찌 보면 우리도 역사적 사건들의 산증인이다. 안네 프랑크와 새뮤얼 피프스가 남긴 이야기에서 가장 중요한 사실은 무엇인가? 바로 그 시대의 생활상을 보여준다는 점이다.

언젠가는 새뮤얼 피프스나 안네 프랑크처럼 유명해지리라는 희망을 품고 부고 쓰기를 시작하라는 말이 아니다. 그들은 충분히 생각해 볼 가치가 있는 본보기를 남겼다.

자신의 과거든 다른 사람의 과거든 그야말로 과거에는 도통 관심이 없는 사람들도 있다. 2021년 4월, 영국 록 밴드 롤링스톤스The Rolling Stones의 보컬 믹 재거Mick Jagger는 한 인터뷰에서 자신의 인생을 글로 쓰려고 했었지만 "마냥 지루하고 화가 나는" 일이었다고 털어놓았다. 믹 재거가 과거의 성공과 일탈을 돌아보는 데서 충족감을 찾을 수 없었다면, 정원을 돌보거나 아이를 더 많이 낳거나 다른 순회공연을 준비하면서 앞으로 나아가는 것이 현명한 행동이었을 것이다. 롤링스톤스의 팬들은 기타리스트 키스 리처즈Keith Richards의 576쪽짜리 회고록《인생Life》을 펼쳐보면서 그가 어렸을 때 글래디스라는 애완용 흰쥐를 주머니에 넣고 학교에 다녔다는 사실을 알게 될 것이다.

*믹에게 보내는 메시지: 키스의 책에는 당신이 고치고 싶어 할 만한 내용도 몇 가지 들어있을 거예요.

어떤 사람에게는 인생 이야기를 쓰는 것이 줄곧 시간 낭비로 보일지도 모른다. 하지만 이 책을 여기까지 읽은 독자라면 그런 생각은 하지 않으리라 믿는다. 분명 당신은 자신의 지난 날을 비롯해 과거에 대해 알고 싶어 하는 키스 리처즈와 비슷한 사람일 것이다.

부고를 쓰기 위해 사전 조사를 할 때면 나는 가장 먼저 '고인이 자신의 삶에 대한 글이나 음성 기록을 남겼는지'를 묻는다. 유가족들은 대개 이렇게 대답한다. "겸손한 분이라 본인 이야기를 잘 안 하셨어요." 추억을 기록하는 일이 몹시 젠체하거나 자아도취에 빠진 행동인 것처럼 말한다. 그러면서 고인의 삶에 대해 제대로 된 기록을 남기고 싶다고 하니 당연히 이야기에 필요한 소재를 찾기가 힘들 수밖에 없다.

이렇게 묻는 사람도 있을 것이다. "제게 부고는 과분하지 않을까요?"

놀랍도록 많은 사람이 아주 큰 성공을 했거나 덕망 있는 사람만 부고를 낼 자격이 있다고 믿는다. 내게 누군가의 삶을 정리하는 글을 의뢰하는 사람들은 "그분은 누가 뭐래도 부고를 낼 자격이 있어요"라고 말한다. 그 말을 달리 풀이하면 다른

섹스에 대해 이야기한다고
임신하는 것이 아니듯,
죽음에 대해 이야기한다고 해서
죽는 것도 아닙니다.

사람들은 그럴 자격이 없다는 뜻이 된다. 영웅적이고 고결한 행위를 한 사람에 대해 글을 쓰는 것은 즐거운 일이지만, 나는 그런 행위를 부고의 전제 조건으로 여기지는 않는다. 심각한 결점을 지녔고, 때로는 부조리한 짓을 저질렀으며, 종종 분통을 터트리기도 했던 평범한 사람들의 삶에도 호기심을 느낀다. 빈번하게 저지르는 잘못과 어리석은 행동, 실수와 단점은 이따금 보여주는 우리의 선행만큼이나 흥미롭고 교훈적이다.

그러므로 문제는 내 이야기를 할 자격이 있는지가 아니다. 오직 나만 할 수 있는 그런 이야기를 하고 싶은지가 중요하다.

더 의심하지 말고 앞으로 나아가 보자.

물론, 또 다른 장벽이 나타날 수도 있다. 많은 사람이 글쓰기를 싫어해서 꼭 써야 할 때만 억지로 쓰곤 한다. 이 책에서는 스트레스를 덜 받으면서 덜 지루하게 글 쓰는 법을 안내할 것이다. 자기 이야기를 하다못해 몇 줄이라도 쓰다 보면 재미를 느낄 수도 있다.

글을 쓰는 것이 고문이나 다름없다고 한결같이 고집하는 사람들을 위한 대안이 있다. 자신의 이야기를 녹음하는 것이다. 인생 이야기를 녹음으로 남기는 과정은 몇몇 사람에게는 불편할 수도 있지만, 목소리가 그대로 보존된다는 이점이 있다. 녹음은 글쓰기의 적절한 대안 혹은 보완책이 될 수 있다. 내가 이 책에서 전하고자 하는 내용은 글을 쓰는 사람뿐만 아니라 음성 녹음을 남기는 사람에게도 적용된다.

인생 이야기를 쓰거나 녹음하는 사람이라면 어디에서, 어떻게 이야기를 시작할지 결정해야 한다. 문학적인 방식으로 글을 쓸 수도 있다. 예컨대 극적인 사건으로 이야기를 시작한 뒤 과거로 돌아가서 그 사건이 왜 일어났는지 설명하는 것이다. 인생의 어느 시점에서 시작해 연대순으로 진행하거나 과거로 돌아갈 수도 있다. 당신이 원하는 만큼 복잡하게 또는 단순하게 쓰면 된다.

나는 단순하게 쓰는 것을 좋아한다. 독창성은 부족할 수 있지만, 연대순으로 이야기를 풀어나가면 자신과 독자 또는 청취자들에게 명확하고 분명한 길을 제공할 수 있다. 이야기를 끝낸 뒤에도 자신에게 맞는 방식으로 얼마든지 내용을 다시 배열하면 된다. 컴퓨터의 빈 화면이나 백지를 몇 시간씩 바라보며 오래 고민하지 않고도 쓸 수 있는 방식으로 시작하는 것이 무엇보다 중요하다. 우선은 첫 문장을 적어보자. 그러면 아무리 모호하고 단조로운 문장일지라도 앞으로 나아갈 수 있다.

글에 넣으려고 계획한 주요 사항은 대략적인 개요로 정리해 두는 것이 좋다. 개요를 짜기 위해서는 주제 목록 같은 몇 가지 메모를 순서에 상관없이 그저 적어두기만 하면 된다. 예를 들면 어릴 적 기억, 처음으로 사귄 친구, 가족의 행복과 불행, 학창 시절, 직장 생활, 낭만적인 연애, 열정, 성공과 실패, 살면서 얻은 교훈 같은 것들이 있다. 이 개요를 가까이에 두고 새로운 주제가 떠오를 때마다 추가하면 된다.

문체는 크게 고민할 필요가 없다. 솔직하고 담백한 글이면 된다. 당신을 사랑하는 사람들이 맞춤법 실수나 문법 오류, 어색한 문구 때문에 노여워하지는 않을 것이다. 다듬어진 글을 원한다면 언제든 다른 사람에게 보여주고 교정할 부분을 알려 달라고 부탁하면 된다. 그러려면 일단 모든 이야기를 종이에 적어야 한다.

이렇게 묻고 싶은 사람도 있을 것이다. "내 인생 이야기를 쓸 시간이 언제쯤 날까요?"

글을 쓰는 시간을 당신의 일정표에 넣어야 한다. 15~20분 정도씩 이따금 짧게 쓰는 식으로 계획을 짜보기를 추천한다. 인생 이야기를 쓰는 데 아무리 길어도 한 번에 1~2시간 이상은 할애하고 싶지 않을 테니 말이다. 에너지와 열정이 샘솟아 이야기가 술술 풀리는 날도 더러 있을 것이다. 그러면 흐름을 끊지 않아야 한다. 하지만 그런 식의 분출에 너무 기대지 않는 편이 좋다. 짧은 시간 안에 글을 쓰면 집중력이 올라가고, 피로

감 탓에 지루하고 경솔한 표현을 쓰는 일을 피할 수 있다. 글을 쓰다가 잠깐씩 쉬어주면 새로운 아이디어가 생각의 표면으로 떠오른다.

매주 1~3회 시간을 짧게라도 정해놓는 식이 좋다. 이른 아침, 모닝커피를 한 잔 마신 후가 대다수에게는 글을 쓰기에 좋은 시간대이다. 저녁형 인간이거나 일하는 시간대가 불규칙한 사람은 일정을 다르게 짜야 한다. 졸음이 쏟아지거나 글쓰기가 지겨워지면 잠시 쉬자. 우리의 목표는 강행군이 아니라 조금씩 꾸준히 나아가는 것이다.

그런데 결승선은 어디쯤 있을까? 인생 이야기를 단 몇 쪽으로 간추릴까, 책 한 권 분량으로 길게 쓸까? 이것은 전적으로 당신이 선택할 문제다. 나는 중요하거나 교훈적이거나 재미있다고 느낀 거의 모든 일을 적어두고 있다. 지루한 부분을 덜어내기 전 나의 이야기는 이 책의 분량과 맞먹는 5만 단어 정도이거나 조금 더 길 것이다.

내가 지나치다고 생각하는 사람도 있을지 모른다. 어쩌다 보니 나는 글쓰기를 좋아하는 편이고, 복잡한 삶을 살아와서 해줄 이야기가 많다. 일례로 2003년에는《월스트리트 저널》의 상사로부터 회사의 법인 카드로 '음경 확대제'를 한 병 주문하라는 지시를 받은 적도 있다(나중에 더 자세히 설명하겠다).

이런 식으로 내 인생 이야기를 다 쓴 뒤에는 지루하거나 무의미해 보이는 부분을 덜어낼 계획이다. 내 자식들이 지역 신문에 돈을 내고 부고를 신고 싶어 할 경우를 대비해 아주 짧게 요약한 부고도 써야 한다. 하지만 가족과 친구를 위한 긴 부고를 쓸 때는 내가 흥미를 느낀 일이라면 그들에게도 흥미로우리라 생각하며 쓰려고 한다.

전 세계를 돌아다닌 사람이든, 위스콘신주 남부의 도시 배러부에서 평생을 살아온 사람이든 누구나 극적인 사건과 위기를 겪었고, 행복과 불행을 경험했으며, 헤어 크림으로 이를 닦는 실수를 저질렀을 수도 있다. 이 모든 것을 탐구할 시간과 공간을 마련하자.

아주 어린 시절의 기억과 느낌을 되살려보자. 부고에서 흔히 볼 수 있는 오류 중 하나는 유년기와 10대 시절의 중요성, 직업이나 배우자, 적성, 삶의 목표를 찾기 위한 노력 등을 과소평가한다는 점이다. 이 시기들을 완전히 빠뜨리거나 모호한 몇 문장으로 얼버무리는 경우도 숱하다. 하지만 다른 사람들이 가장 이해하지 못하면서도 가장 알고 싶어 하는 것은 지금의 나를 만든 경험들이다.

2021년 2월, 《뉴욕 타임스New York Times》는 라디오에서 무수한 장광설을 쏟아낸 정치 평론가 러시 림보Rush Limbaugh에 대해

2,800단어 분량의 부고를 실었다. 림보는 정치 신념과 유머 취향에 따라 호불호가 극명하게 갈리며 미국인들의 사랑과 미움을 동시에 받은 인물이었다. 《뉴욕 타임스》는 림보의 발언 가운데 가장 기억할 만한 몇 가지 재담을 인용했고, 선거와 정치 담론의 질에 그가 끼친 영향을 고찰했다.

하지만 《뉴욕 타임스》 부고에서 내게 가장 기억에 남은 구절은 어린 시절의 림보를 "학교를 싫어하고 헛된 인기를 갈망했던 땅딸보 외톨이"라고 묘사한 부분이었다. 어린 림보는 라디오를 즐겨 들었고 야구 경기 실황을 직접 중계하곤 했다. 10대 때는 무선 공학 수업을 들었다. 방과 후에는 지역 라디오 방송국에서 디제이로 일하기도 했다.

림보의 어린 시절에 대한 이야기는 이것 말고도 많고, 그건 우리 이야기도 마찬가지다. 당신의 유년기를 돌아보라. 가능하다면 형제자매나 오랜 친구들과 이야기를 나누며 희미해진 기억을 들추어보자. 사진 앨범, 오래된 편지, 졸업 앨범을 참고해도 좋다.

최근에 있었던 일이다. 어느 날 낮잠을 청하는데 어릴 적 에피소드가 하나 떠올랐다. 당시 나는 다섯 살쯤이었다. 누나 둘이 네잎클로버를 찾는 데 성공한 날이었다. 누나들은 이 귀중한 부적을 안전하게 보관하기 위해 성경책의 얇은 책장 사이에 끼워두었다.

나도 네잎클로버가 어찌나 갖고 싶었는지 모른다. 우리 집 뒷마당 잔디밭을 점령한 수많은 클로버 줄기를 눈이 빠지도록 훑으면서 한 시간은 기어다녔을 것이다. 결국, 돌연변이종인 네잎클로버를 찾는 데 지친 나는 평범한 세잎클로버를 꺾었다. 그것을 내 행운의 부적으로 간직하기로 했다. 바보 같은 누나들을 따라 할 이유가 없어 보였다.

그런데 또 다른 문제가 있었다. 나에게는 성경책이 없었다. 그래도 좌절하지 않았다. 문득, 집 근처 길가에 드문드문 떨어져 있던 가정예배지가 떠올랐다. 식사 전에 가족이 함께 읽고 이야기하도록 그날그날의 성경 말씀을 담고 있는 팸플릿이었는데 우리 가족은 한 번도 해본 적이 없었다. 나는 스테이플러로 묶여있는 가정예배지 하나를 휙 집어 들고 세잎클로버를 책장 사이에 끼워두었다.

이 이야기는 두 가지 의미로 해석될 수 있다. 내가 한심할 정도로 끈기와 야망이 부족했다는 것, 또 하나는 가진 것에 만족할 줄 아는 지혜로운 아이였다는 것이다. 어떤 사람은 부고에 넣기에는 너무 사소한 이야기라고 생각할지도 모른다. 그러나 나는 이 이야기를 넣기로 했다. 어쨌든 이것은 내 이야기니까.

03

당신의 인생을
벽화로 그려본다면

*

인생을 벽화로 그려본다면 어떨까. 그 벽화에서 어떤 패턴이나 의미를 찾으려면 뒤로 몇 걸음 물러서서 봐야 한다. 하지만 어느 시점에는, 아무리 지루해 보일지라도 기본적인 세부 사항을 가까이에서 들여다보아야 한다.

어느 장의사는 "가족이 사망했는데 유가족 중 누구도 고인이 어느 도시에서 태어났는지 모를 때가 있어서 놀랍다"라고 했다. 세부 사항에 유난히 관심이 많은 사람이 있다. 나도 늘 세부 사항을 많이 알고 싶어 하는 편이다.

다음은 부고에 필수적으로 넣어야 하는 몇 가지 세부 사항이다.

정확한 출생일: 생년월일을 정확하게 써야 한다. 신원 도용이 우려되는 경우, 온라인이나 지역 신문에 실릴 부고에는 정확한 날짜를 빼도 괜찮다. 하지만 가족을 위한 부고에는 넣어야 한

다. 언제 태어났는지 모른다면 그 사람이 몇 살에 사망했는지도 제대로 알 수가 없다. 정확한 생년월일은 계보학 연구에도 유용하며, 동명이인을 구별하는 데 도움이 된다. 2, 3세대 뒤 후손들이 필요로 할 것도 고려해야 한다. 후손 중 일부는 조상에 관해 알고 싶어 할 테니 말이다.

태어난 순서: 첫째였는지 둘째였는지, 아니면 열셋째였는지도 밝힌다. 형제자매 중 몇째였는지는 자라서 어떤 사람이 되었는지에도 어느 정도 영향을 미쳤을 것이다. 형제자매에게서 받은 영향을 언급하고, 외동이라면 형제자매 없이 살아온 경험을 적어보자.

정확한 사망일: 자신의 인생 이야기를 직접 쓰고 있다면 이 부분은 다른 사람이 채우도록 비워두어도 된다. 자신이 언제쯤 죽을지 추측해서 틀릴 위험을 무릅쓰고 넣는 사람도 있겠지만, 나라면 빈칸으로 남겨둘 것이다.

이름에 얽힌 사연: 부모님이 왜 그 이름을 지어주었는지 이유를 설명해 보자. 그런 사연은 종종 재미있는 이야깃거리가 된다. 별명이 있다면, 그에 대한 설명도 덧붙인다.

태어난 곳과 자란 곳: 사람들이 그 장소를 정확히 이해할 수 있도록 충분한 정보를 제공해야 한다. 주변 환경에 관해 간단한 설명이 있으면 더 좋다. 나는 다른 지역에서 태어났지만, 노스다코타주 동부의 도시 그랜드포크스에서 자랐다. 그곳은 인구가 5만 명쯤 되는 소도시로, 밀·감자·사탕무가 자라는 레드리버 밸리의 아주 평평한 들판으로 둘러싸여 있었다. 때로는 사람들이 자기 집 지붕 위로 걸어 올라갈 수 있을 정도로 눈이 산처럼 쌓이기도 했다. 이곳의 노스다코타 주립 대학교와 공군 기지는 외지인들을 불러들여서 내게 더 큰 세상이 있다는 사실을 어렴풋이 알게 해주었다.

부모님의 이름과 직업: 부모님의 직업이 무엇이었는지, 그들이 어떻게 시간을 보냈는지 되도록 구체적으로 설명해 보자. 아버지가 세일즈맨으로 일했다면 누구에게 무엇을 팔았는지 설명한다. 어머니가 철강업에 종사했다면 그녀가 최고 경영자였는지 혹은 용광로 작업자였는지 업무 성격을 정확히 기록한다.

가족의 형태: 양친이 다 계셨는지, 한부모가정이었는지를 기록한다. 부모님이 이혼했거나 한 분이 일찍 돌아가셨다면 그 일이 본인과 가족에게 미친 영향을 설명하자.

종교의 유무: 종교 성향을 밝히고 그것이 자아 형성에 어떤 영향을 미쳤는지 적는다. 종교가 삶에 중대한 영향을 미쳤다면, 인생 이야기에서도 분명 상당 부분을 차지할 것이다.

삶에 큰 영향을 준 요인들: 삶을 이끌어준 인물이나 철학, 책 등을 소개하고 그 이유를 적어보자.

초년의 관심사와 직업: 나는 야구를 좋아했던 것과 집집마다 신문을 배달한 경험을 쓸 것이다. 무엇을 좋아했고 어떤 일을 했는지 등 삶의 방향을 형성한 경험을 자세히 설명할수록 좋다.

배우자나 연인을 만나게 된 사연: 배우자나 연인을 만나 교제에 이른 과정, 결혼 날짜, 이혼 날짜, 그 원인에 대한 구체적 내용을 적는다. 연애 감정이나 연애 관계가 삶에 미친 영향도 기록한다. 그들에게 저지른 잘못을 전적으로 인정하거나 일부라도 인정하는 글을 써보자.

자녀의 성명과 출생일: 출산이나 재혼, 입양으로 얻은 자식인지, 또는 비공식적 관계의 자식인지 상세하게 밝힌다. 그들 모두를 똑같이 자식으로 여기겠지만 세부까지 자세히 설명할수록 더 그럴듯한 인생 이야기가 된다. 반려동물도 빠뜨리지 않도록 하자. 나는 우리 집 닥스훈트 강아지들을 얼마나 사랑하는지 설명하고 그 녀석들의 익살스러운 행동도 묘사할 것이다.

학업적 성취: 전공을 선택한 이유, 사회생활과 삶 전반에서 교육이 얼마나 도움이 되었는지 또는 쓸모가 없었는지를 적어보자. 학교생활과 학창 시절 친구들은 인생 이야기에서 또 다른 중요한 부분을 차지할 것이다.

군 복무 경험: 군 복무 경험이 있다면 자세히 조명할 가치가 있다. 단순히 어느 부대에서 복무했는지가 아니라 어디에서 어떻게 생활했는지, 잊지 못할 사건은 무엇이고, 군 생활이 자신을 어떻게 변화시켰는지를 쓴다.

사회생활: 직업을 선택한 계기와 이유를 떠올려보고, 시간이 지나면서 경력이 어떻게 변해왔는지를 살펴본다. 복잡한 문제일 수도 있지만 충분히 설명할 가치가 있는 이야깃거리다. 일을 하면서 원하는 것을 얻었는지, 그리고 직장 생활의 최고의 순간과 최악의 순간, 그로부터 얻은 배움을 기록해 보자.

공동체 활동: 소속된 단체에서 맡았던 크고 작은 역할들을 설명한다. 이 단체에 속하게 된 계기도 다루어보자. 공동체 활동을 하면서 이루었거나 이루지 못한 일들을 쓰고 그 이유도 밝힌다. 특이하거나 재미있었던 일도 좋은 소재가 된다. 아주 잠깐 또는 자질구레하게 관여했던 단체 목록을 줄줄이 나열하지는 말자.

외부 활동, 취미, 수집품: 등산이든 텔레비전 시청이든 어떤 활동이라도 상관없다. 여가 시간을 어떻게 보냈는지 밝히고 설명해 보자. '가족과 시간을 보냈다' 같은 일반적인 대답으로 얼렁뚱땅 넘어가지 않아야 한다. 만일 가족과 시간을 보내는 일이 우선순위에 있는 사람이라면 가족과 정확히 무엇을 했는지 쓰고, 그 일을 하면서 좋았던 점과 싫었던 점도 덧붙인다.

별난 생각, 불만거리, 기이한 버릇: 신발을 신을 때 한사코 오른쪽 신발을 먼저 신으려고 하는가? 매일 아침 식사 전에 팔굽혀펴기를 100개씩 하는가? 치와와가 사랑스럽다고 생각하는가? 이런 식으로 본인의 습관과 선호 대상을 넣고 설명을 덧붙인다.

가장 재밌었던 추억: 내가 인생 이야기를 쓰고 있는 대상이 막 세상을 떠났다고 상상해 보자. 친척과 친구 들이 그를 조문하려고 모여 있다. 그중 한 명이 갑자기 밝아진 얼굴로 묻는다. "고인이 ○○하던 거 기억나요?", "고인이 ○○하던 건 또 어떻고요?" 부고에서도 이런 이야기를 들려주었으면 한다. 이러한 이야기 속에는 인물의 특징과 성격에 대한 귀중한 정보가 담겨 있다.

가족이라고 해서 나의 가장 재밌었던 추억까지 다 알고 있으리라고 넘겨짚지 않아야 한다. 종종 사람들에게 최근 세상을 떠난 부모님이나 형제자매에 얽힌 가장 재밌었던 추억이 무엇인지 물어본다.

그러면 "아, 그런 일은 수없이 많죠"라는 대답이 돌아온다.

"좋네요! 가장 재미있는 걸로 한두 가지만 이야기해 주세요."

이 지점에서 많은 이가 입을 다문다.

사진: 얼굴이 또렷이 나온 사진을 적어도 한 장은 부고에 넣어야 하는데, 사진은 많이 넣을수록 좋다. 함께 찍은 인물들의 이름, 사진이 찍힌 시간과 장소를 포함한 설명을 적고, 가능하면 사진을 찍은 사람의 이름도 덧붙인다. 나는 확실히 알더라도 후손들은 내 옆에 서 있는 사람이 사촌 엘모라는 사실을

알지 못할 것이다. 이 사진들의 고해상도 복사본도 보관해 두자. 온라인에 게시하거나 출판하는 모든 사진에는 반드시 소유권이나 사용 권한이 있어야 한다. 무명 사진작가가 찍은 사진을 인터넷에서 함부로 가져다 썼다가는 법적 책임을 져야 할 수도 있다. 가급적이면 내가 죽은 뒤 가족이나 친구가 사진을 고르도록 맡기지 말자. 내가 가장 싫어하는 사진을 고를지도 모르니 말이다.

04

중요한 것은
수상 목록의 길이가 아니다

*

부고에는 이런저런 내용이 의례적으로 들어가야 한다고 믿는 사람들이 있다. 하지만 틀에 박힌 듯 전형적인 내용은 읽는 이들의 흥미를 떨어뜨리며 애도 대신 지루함을 느끼게 할 수 있다. 다음은 내가 그동안 여러 부고 기사를 써오며 생각한, 훌륭한 부고를 위해 넣지 않기를 추천하는 내용들이다.

헌사: 부고에는 걸출한 사람들의 헌사가 두세 개쯤 들어가 있어야 한다고 믿는 사람이 많다. 이런 식으로 미리 준비한 문구의 가장 큰 문제점은 너무 뻔해서 흥미가 떨어지고, 대개 한없이 관대해서 믿음이 덜 간다는 것이다. 그런 문구는 지면을 허비하고 독자들을 괜스레 지치게 한다. 만일 학교나 병원, 박물관에 큰돈을 기부했다면 간단하게 그 사실만 언급하자. 마땅히 자랑스러워할 만한 일이지만 굳이 수혜자의 칭찬까지 보여줄 필요는 없다.

자랑: 부고는 성인의 반열에 오를 후보를 지명하는 글이 아니다. 상을 받거나 명예로운 일이 있었다면 그 사실을 언급하되 독자들을 지치거나 짜증 나게 하는 자질구레한 상은 빼기를 권한다. 중요한 것은 수상 목록의 길이가 아니다.

과장: 하버드 대학교에서 6주 과정을 수료했다면, 하버드 출신이라고 내세우지 않아야 한다.

공직 임명 이력, 클럽 가입 목록: 가장 중요한 것만 쓰도록 제한을 두어야 한다. 나는 지역경제 자문 위원회에서 8년간 활동했지만 그 일을 언급하지는 않을 것이다. 기억할 만한 성과도, 이야기할 만한 재미있는 일도 없었기 때문이다.

확신할 수 없는 일: 자신은 학년 정원 380명 가운데 3등으로 졸업했다고 기억하고 있더라도 그 기억이 틀렸을 수도 있다. 사실을 확인해야 한다. 확인이 불가능하다면 그 내용을 빼는 것이 맞다. 그냥 상위권에 들었다고 밝히는 정도로 만족해야 한다. 사람들이 내 이야기를 읽다가 오류를 한 가지 발견한다면 나머지 내용마저 믿기 힘들다고 여길 수 있다.

말할 필요가 없는 일: 배우자와 다정한 사이였다는 것을 독자들이 의심할 만한 심각한 위기가 있었다면 모를까 굳이 그 사실을 언급할 필요는 없다. 가족에게 헌신한 일이나 자녀와 손주의 스포츠 행사에 참석한 일도 마찬가지다. 부고를 읽다 보면, 고인은 거의 항상 가족에게 헌신한 것으로 묘사되고 그에게 가족보다 더 소중한 것은 없어 보인다. 대부분의 경우 나는 그 사실을 의심하지 않는다. 하지만 자신의 가족을 혐오했던 사람들은 다 어디로 간 걸까? 그들은 영원히 사는 것이 틀림없다. 그런 사람들에 관한 부고는 읽어본 적이 없기 때문이다.

05

디테일이 살아 있는
인생 이야기의 좋은 예

*

내가 누구보다 내 이야기를 잘할 수 있는 이유는, 내 이야기의 전반적인 개요는 물론이고 세부 사항까지 속속들이 알고 있기 때문이다. 자신의 인생 이야기를 잘 쓰는 비결은 적절한 요소를 배치해 이야기에 생동감을 불어넣고 상황을 선명하게 보여주는 것이다. 다른 사람들의 이야기를 읽다 보면 그 비결을 터득할 수 있다.

'나치도 격추시키지 못한 남자' 헨리 블로흐의 이야기

미국 세무법인 H&R 블록^{H&R Block}의 창업자인 헨리 블로흐^{Henry Bloch}의 이야기를 살펴보자. 블로흐가 세상을 떠난 2019년, 그의 가족과 친구에게 블로흐의 성공 비결을 물었다면 아마도 낙관주의와 회복력을 언급했을 것이다. 괜찮은 답변이긴 하지만 다음 날 다시 떠올릴 만큼 대단한 이야기는 아니다.

나는 블로흐의 부고를 쓰면서 무엇보다도 그가 자신의 삶에 대해 무슨 말을 했는지 알고 싶었다. 그는 따로 회고록을 쓰지는 않았지만, 아들 토머스 블로흐에게 자신의 이야기를 들려주는 차선책을 택했다. 아들은 아버지의 이야기를 정리해 《복 많이 받으세요Many Happy Returns》라는 책을 출간했다.

2차 세계대전 당시 미 육군 항공단 조종사로 복무한 헨리 블로흐는 '하늘의 요새'라는 별칭을 지닌 B-17 폭격기를 몰고 독일 상공에서 31회의 임무를 성공시켰다. 그중 한 번은 폭격이 끝난 뒤 엔진 네 개 중 하나만 작동하는 상태로 잉글랜드 호럼으로 돌아왔다. 연료 탱크는 거의 바닥나 있었다. 동료 조종사들이 탄 수십 대의 폭격기는 독일 전투기에 격추되었다.

전쟁에서 살아남은 블로흐는 육군의 지원으로 하버드 대학교에 들어가 통계학을 공부할 수 있었다. 대학 도서관을 둘러보던 블로흐는 《전후 미국의 기업Enterprise in Postwar America》이라는 16쪽짜리 소책자를 발견했다. 하버드 대학교 출신 경제학자이자, 해리 트루먼 대통령의 허물없는 조언자인 섬너 슬릭터Sumner Slichter의 연설을 정리한 내용이었다. 여기서 영감을 얻은 블로흐는 2차 세계대전에 참전했던 퇴역 군인들이 시작할 수천 개의 새로운 회사에 서비스를 제공하는 사업을 구상했다.

고향인 미주리주 캔자스시티로 돌아온 블로흐는 금융, 회계, 보험, 연구 등의 분야에 서비스를 제공하는 야심 찬 사업 계획의 초안을 작성했다. 그는 슬릭터 교수가 자신에게서 영감을 받은 사업 계획을 어떻게 생각할지 궁금했다. 그래서 이 저명한 교수에게 뱃심 좋게 만남을 청했고 (거의 신의 은총으로) 곧바로 하버드 대학교 연구실에서 만날 약속을 잡았다.

헨리 블로흐와 형 레온 블로흐Leon Bloch는 캔자스시티에서 보스턴행 기차를 타고 슬릭터 교수를 만나러 출발했다. 뉴욕 펜실베이니아역에서 기차를 갈아탄 것까지 포함하여 총 2,250킬로미터가 넘는 여정이었다. 블로흐 형제는 사업 계획이 완성되도록 슬릭터 교수가 당연히 도움을 주리라 믿었다.

슬릭터 교수의 연구실에 도착한 블로흐 형제는 그가 잡담할 시간조차 없는 사람이라는 사실을 깨달았다. 다짜고짜 슬릭터 교수는 형제가 작성한 사업 계획의 개요를 물었다. 형제의 이야기를 다 듣고 난 교수는 당황스러운 결론을 내렸다. 헨리 블로흐는 그때 들은 말을 다음과 같이 회상했다. "퇴역 군인들이 시작한 사업은 대부분 실패할 거요. 당신들 사업도 마찬가지죠."

다른 사람 같았으면 이런 예언에 기가 꺾였을지도 모른다. 하지만 헨리 블로흐는 달랐다. 그는 나치도 격추시키지 못한 사람이었다. 슬릭터 교수라고 그의 의지를 꺾지는 못했다. 블로흐는 여느 회사에 들어가 안정적인 직업을 찾을 수도 있었지만, 어떻게든 자신의 회사를 운영하고 싶었다. 회사를 설립하기 위해서라면 인생에서 5년이나 10년 정도는 기꺼이 쏟아부을 각오가 되어 있었다.

1946년, 헨리 블로흐와 레온 블로흐 형제는 캔자스시티에 유나이티드 비즈니스^{United Business Co.}라는 회사를 설립하고 회계장부 정리를 비롯한 여러 서비스를 제공했다. 그들의 첫 사무실은 부동산 중개 회사로부터 재임차한 좁은 방이었다. 형제는 눈에 보이는 모든 영세 사업체를 일일이 찾아다니며 일을 따내기 위해 노력했다. 그러나 번번이 눈앞에서 문이 쾅 닫히기 일쑤였다.

마침내 작은 햄버거 가게의 주인이 그들에게 장부 정리를 맡겼지만, 전체적인 사업 실적은 매우 부진했다. 결국 형 레온은 1947년 초에 사업을 포기하고 로스쿨로 돌아갔다. 반면, 헨리는 포기하지 않고 계속 밀어붙였고 다른 형제인 리처드 블로흐^{Richard Bloch}와 손을 잡았다.

어느 날 너무 절박해진 헨리는 자신의 가치를 알아주었으면 하는 바람으로 주유소 세 점포를 운영하는 사장에게 장부 정리 서비스를 무료로 해주겠다고 제안했다. 몇 달 뒤 주유소 사장은 헨리에게 매달 45달러를 지불하기로 했다. 사업이 서서히 궤도에 오르자, 블로흐 형제는 영세 사업자를 고객으로 하는 서비스를 제공하기 위해 급여 및 기타 세금 신고 처리법을 익혔다. 미국 국세청이 펴낸 소책자를 공부하면서 개인 세금 신고 처리법도 터득했다.

그로부터 8년 뒤인 1955년에야 헨리와 리처드는 개인 세금 신고 서비스를 준비한 것이 단연 최고의 선택이었다며 무릎을 쳤다. 회사명은 H&R 블록으로 바꾸었다. 헨리와 리처드의 이름으로부터 한 글자씩 따왔고, 형제의 성인 '블로흐'와 비슷하면서도 발음이 더 쉬운 '블록'을 덧붙여서 만든 이름이었다. 이렇게 탄생한 회사는 세계 최대의 세무 서비스 기업이 되었다.

20년 넘게 재앙의 현장을 누빈 다비다 코디의 이야기

다비다 코디^{Davida Coady}도 자신의 이야기를 남겼다. 자신에 관한 교훈적인 이야기를 그녀가 직접 남기지 않았다면 그 누구도 알지 못했을 테니 참 다행스러운 일이다.

코디는 컬럼비아 대학교와 하버드 대학교에서 수학한 의사였다. 부를 추구하기보다 "인류가 겪는 하나의 재앙에서 또 다른 재앙으로" 옮겨 다니며 20년 넘게 아프리카, 아시아, 중앙아메리카 등지에서 의학 교육과 치료를 제공했다.

그러는 동안 그녀의 삶은 재앙으로 변해가고 있었다. 코디는 자신의 회고록 《가장 위대한 선^{The Greatest Good}》에서 "술에 취하면 어김없이 유혹에 빠졌다. 한 남자와 자고 나면 그에게 정이 들었다"라고 썼다. 마침내 코디는 알코올 중독을 인정하고 금주 모임에 도움을 요청했다. 그녀가 마지막으로 술을 마신 것은 1989년 10월 30일이었다고 한다.

만일 코디가 사망한 뒤 타인이 급하게 부고를 썼다면, 그녀가 여러 곳을 오가며 헨리 키신저, 피델 카스트로, 테레사 수녀를 만났던 일을 지나가는 말로 언급했을 것이다. 분명 그것만으로도 독자들에게 깊은 인상을 남겼겠지만 말이다.

하지만 코디가 자신의 이야기를 쓴 덕분에 우리는 더 많은 사실을 알 수 있었다. 키신저는 코디에게 진토닉을 만들어주었고, 테레사 수녀는 코디와 이야기하는 동안 손을 잡아주었다. 카스트로는 코디의 뺨에 입을 맞추었고 그의 수염은 놀라울 정도로 부드러웠다고 한다.

시금치를 먹고 수용소에서 살아남아 최고 경영자가 된
윌리엄 S. 앤더슨의 이야기

윌리엄 S. 앤더슨William S. Anderson이 직업을 얻은 과정을 가장 간단히 설명하는 방법은 그와 조지 헤인스George Haynes의 만남을 이야기하는 것이다. 헤인스는 그에게 내셔널 캐시 레지스터National Cash Register Co.에 지원해 보라고 권했다.

사정을 들여다보면 더욱 흥미롭다. 학교나 파티, 다양한 인맥을 통해 만난 사람들에게 커리어를 빚지는 경우는 꽤 많다. 그러나 앤더슨과 헤인스의 첫 만남 장소는 결코 일반적이라 할 수 없는 곳이었다. 두 젊은이는 2차 세계대전 중 홍콩 포로 수용소의 굶주림 속에서 만났다. 쥐꼬리만큼 주는 밥, 아주 가끔 나오는 고기 부스러기, 포로들이 '그린 호러'라고 부르는 시금치처럼 생긴 채소로 간신히 연명하던 앤더슨은 자신이 살아남아서 직업을 가질 수 있으리라고 확신하지 못했다.

그곳에서 4년 가까이 비참한 생활을 하다가 1945년에야 일본군에게서 풀려난 앤더슨은 친구의 제안을 받아들여 오하이오주 서부의 도시 데이턴에 본사를 둔 내셔널 캐시 레지스터에 입사 지원서를 냈다. 당시에는 드물었던 글로벌 기업이었다.

중국의 대도시 우한에서 태어난 앤더슨은 국제적인 배경을 안고 있었다. 스코틀랜드 출신의 엔지니어인 아버지는 우한에서 제빙 공장을 운영했다. 차 무역상의 딸인 어머니는 중국계 혼혈이었다. 앤더슨이 여섯 살 되던 해에 아버지가 세상을 떠났고, 10대 때는 상하이에서 영국식 학교에 다녔다.

1937년, 일본군이 중국 전역에서 횡포를 부리자 앤더슨과 어머니는 기차를 타고 홍콩으로 피난했다. 그는 한 호텔에서 내부 감사 일자리를 구했고 저녁마다 회계학 공부를 했다.

1941년 12월, 일본군이 홍콩을 침공했다. 앤더슨은 영국 정규군을 지원하는 홍콩 의용군 소속이었다. 영국군은 짧은 시간 동안 용맹하게 저항했지만 결국 일본군에게 제압당했고, 앤더슨과 헤인스를 비롯한 수백 명이 감옥에 갇혔다. 일본군은 포로들에게 홍콩 카이탁 공항의 활주로를 다지는 공사를 시켰다. 그들에게 주어진 연장이라곤 곡괭이와 삽뿐이었다.

굶주림에 시달린 앤더슨은 발이 붓고 열이 나며 만성적인 피부병에 시달렸다. 1943년 말에는 다른 포로들과 함께 일본의 포로수용소로 보내졌다. 일본으로 배를 타고 가는 여정은 결코 즐거운 항해가 아니었다. 앤더슨은 1991년에 펴낸 회고록 《기업의 위기Corporate Crisis》에서 "대다수가 이질을 앓았고 거의 모두가 뱃멀미에 시달렸으며 화장실도 없어서 악몽 같은 광경이 펼쳐졌다"라고 했다. 일본에 도착한 포로들은 기관차를 만드는 공장에서 노역했다. 보초병에게 구타당할 때도 많았다. 너무 심하게 맞는 바람에 왼쪽 눈이 부어올라 사흘 동안 눈을 뜨지 못하기도 했다. 어느 날은 적십자사가 보낸 구호물자 꾸러미가 도착했는데, 그중에는 튜브에 든 면도 크림이 있었다. 몇몇 포로들은 너무 굶주린 나머지 이 크림을 먹었다.

1945년 9월, 일본이 항복한 뒤 앤더슨은 영국으로 건너가서 내셔널 캐시 레지스터 영국 지사에 들어갔다. 영업 교육을 받은 뒤 홍콩으로 발령을 받고 그곳 사업부를 이끌었다.

1947년, 앤더슨은 전범 재판에서 일본의 포로수용소 관리자들에 대한 증언을 요청받았다. 앤더슨은 재판에서 피고인들 가운데 한 명을 알아보았고, 그의 별명이 '피시페이스'였다고 말했다. 피고 측 변호인은 앤더슨에게 20개월 동안 함께 지냈으면서 어떻게 그 일본인의 실명을 모를 수 있냐고 물었다. 앤더슨은 이렇게 대답했다. "알다시피 우리는 정식으로 통성명한 적이 없었으니까요."

재판을 위해 일본에 머무르는 동안 앤더슨은 태평양 지역에서 복무하는 미군을 위한 신문인 《성조지 태평양판$^{Pacific\ Stars\ and}$ ^{Stripes}》에서 민간인 신분으로 일하고 있던 미국인 재니스 로브$^{Janice\ Robb}$를 우연히 만났다. 나중에 재니스는 이렇게 말했다. 첫 데이트 뒤 "그는 내가 일정을 기록하는 수첩을 집어 들더니 2주 안에 약속이 잡혀 있는 모든 사람의 이름을 지워버렸어요." 두 사람은 만난 지 6주 만에 결혼식을 올렸다.

당시에는 홍콩 상인 대다수가 여전히 주판을 사용하고 있었지만, 앤더슨은 자사의 금전등록기를 구매하도록 지역 은행들을 설득했다. 홍콩에서의 뛰어난 실적 덕분에 1959년에는 아시아 전역의 사업 책임자로 승진했다. 일본의 포로수용소에서 거의 죽을 뻔했는데도 어떻게 일본인과 함께 일할 수 있었느냐고 사람들이 물으면, 그는 전쟁의 책임이 일본 국민 전체에게 있는 것은 아니라고 답했다.

앤더슨이 이끄는 일본 지사는 전사를 통틀어 수익성이 가장 높은 지사 중 한 곳이 되었다. 하지만 회사의 중심에 문제가 있었다. 1884년에 설립된 내셔널 캐시 레지스터는 회계와 은행 업무에 사용되는 기계식 금전등록기와 장비의 최대 공급자인 까닭에 느슨하고 관료적이며 안일한 조직이 되어버렸다. 1960년대로 접어들자 초소형 전자공학 기술과 컴퓨터의 등장으로 금전등록기는 박물관의 유물로 전락했지만, 회사는 이를 대수롭지 않게 여겼다.

경쟁사들이 민첩하게 대응하면서 자사의 매출이 급격히 줄자 이에 놀란 이사회는 1972년에 태평양 너머에 있던 앤더슨을 데이턴으로 데려와 본사 사장으로 앉혔다. 2년 뒤 그는 회장 겸 최고 경영자가 되었다.

외부인의 시각으로 관찰하면서, 일이 관행대로만 진행되는데 거부감을 느낀 앤더슨은 직원들의 급여를 삭감하고 현금 자동 입출금기와 컴퓨터 등 새로운 제품에 투자했다. 드디어 수익성이 회복되기 시작했고, 그가 회장직에서 물러난 1984년에 내셔널 캐시 레지스터는 40억 7000만 달러라는 기록적인 수익을 올렸다.

은퇴 뒤에는 캘리포니아에서 평온한 삶을 누렸다. 그는 습관이 몸에 밴 사람이었다. 매일 아침 올브랜 시리얼로 식사를 하고, 수영과 산책을 즐기며 활기를 북돋고, 저녁에는 7시 정각이 되면 얼음을 넣은 듀어스 위스키 한 잔을 마시는 일상을 반복했다.

무리한 체중 감량으로 지옥을 맛본 켄 유니코의 이야기

내 친구 켄 유니코[Ken Unico]는 코로나19 팬데믹 동안 짬을 내어 학창 시절에 자신이 겪은 가장 큰 불운에 대해 글을 썼다. 물론 켄의 자녀들은 거의 다 아는 이야기였지만, 그가 더 이상 곁에 없을 때 아주 세심한 디테일까지는 기억하지 못할 터였다. 디테일이 없으면 이야기는 망각 속으로 사라져버린다. 가장 확실한 출처인 켄 유니코가 전하는 그의 불운 이야기는 다음과 같다.

> 1960년대 말, 고등학교 시절 가장 힘들었던 일은 레슬링팀에 들어갈 수 있을 만큼 체중을 감량하는 것이었다. 피츠버그 교외에 있는 키스톤 오크스 고등학교에 입학했을 때 내 몸무게는 50킬로그램 정도였다. 학교 레슬링팀에 비어 있는 자리는 40킬로그램급뿐이었다.

40킬로그램 체급을 맞추기 위해 급격한 다이어트를 하는 게 정신 나간 짓이라는 것은 나도 알고 있었지만, 팀원들의 압박이 상당했다. 첫 일주일 동안은 매일 볼로냐소시지 한 장씩만 먹었다. 그 뒤로는 매일 아침 토스트 한 조각으로 섭취량을 제한했다. 물도 마시지 않았다. 체내 수분량을 줄이는 것이 체중을 감량하는 가장 쉬운 방법처럼 보였기 때문이다. 하루 수분 공급량은 얼음 네 조각이 전부였다.

얼마 지나지 않아 온몸이 검푸른 반점으로 뒤덮였다. 매일같이 코피가 났다. 몸무게가 줄어들수록 조금 더 줄이는 것이 더욱 힘들어졌다. 자기 보호 본능으로 몸의 신진대사가 둔화했고, 레슬링에 쓰지 않는 근육이 쇠약해졌다. 계단 한 칸만 올라가도 기진맥진할 지경이었다. 머릿속에는 온통 먹을거리 생각뿐이었다. 하루에 열 번씩 몸무게를 쟀다.

크리스마스이브 날 모두가 선물을 열어보느라 바쁠 때, 나는 식탁 앞에 앉아서 접시 위에 수북이 쌓인 브라우니로부터 눈을 떼지 못하고 있었다. 학교 레슬링팀은 3일 뒤 홀리데이 토너먼트에 출전할 예정이었고, 나는 굶어서 39.9킬로그램까지 뺀 상태였다.

브라우니 하나 정도는 먹어도 되지 않을까? 결국 나는 접시에서 브라우니 하나를 잽싸게 집어 들고 화장실로 갔다. 옷을 벗은 다음 금지된 물건을 손에 들고 저울 위로 올라갔다. 브라우니의 무게는 겨우 몇십 그램이었고, 이걸 먹어도 살이 찌지는 않으리라 판단했다. 위험을 감수하기로 했다.

식탁으로 돌아와 브라우니를 먹기 시작했다. 그 맛있는 빵을 아주 조금씩 베어 먹었다. 나만의 작은 파티를 열어 40분 넘게 한 입 한 입 음미하며 먹었다. 브라우니 하나를 다 먹고 나서는 다시 브라우니 접시에 눈독을 들이며 하나 더 먹어도 될지 고민했다.

아담과 이브가 에덴동산에서 내린 결정도 이보다 힘들지는 않았을 것이다. 대부분이 이 사태를 짐작했겠지만, 결국 나는 브라우니를 하나도 남기지 않고 다 먹어치웠다. 누군가가 나를 말릴까 봐 되도록 빨리 먹었다. 빈 접시를 보고 나서야 내가 얼마나 끔찍한 짓을 저질렀는지 깨달았다.

이런 비상사태를 대비해 사놓은 변비약 엑스랙스를 꺼내 먹었다. 30분이 지나도 몸에 아무런 변화가 없는 듯했다. 그래서 약을 더 먹었다. 결국에는 변비약 한 갑을 다 먹었다.

그 뒤 나는 끔찍한 대가를 치렀다. 베수비오 화산이 따로 없었다. 몸이 상상도 할 수 없는 방식으로 반란을 일으켰다. 나는 며칠 동안 변기에서 엉덩이를 뗄 수 없었다. 드디어 몸무게가 39킬로그램으로 줄었다.

이윽고 시작된 토너먼트 시합에서 내가 할 수 있었던 일이라곤 매트 위로 몸을 힘겹게 끌어올리는 것뿐이었다. 나는 1라운드에서 나가떨어졌다.

켄은 이로부터 교훈을 얻었다. 이후에도 고등학교 시절 내내 마른 체격을 유지했지만 따로 굶지는 않았다. 부모나 코치는 왜 그가 굶는 것을 말리지 않았을까? 켄도 확실한 이유는 모른다. 아마도 코치는 제자가 경량급을 채워주기를 원했고, 부모는 아들이 하는 행동을 코치가 다 알고 있으리라고 생각했던 것 같다. '헬리콥터 육아'가 등장하기 전이었다. 당시 대부분의 아이는 홀로 시간을 보냈고, 부모에게 고민을 털어놓는 대신 묵묵히 감수하는 편이었다.

켄은 그 시련을 겪으며 자신이 더욱 강인해졌고, 레슬링은 아니더라도 다른 스포츠에서 성공하겠다는 결심을 더욱 확고히 하게 되었다고 믿는다. 켄은 피츠버그의 듀케인 대학교에 들어가서 테니스팀에 지원했다. 사실, 켄이 테니스팀에 가입할 수 있었던 이유는 그에게 자동차가 있기 때문이었다. 당시 그의 테니스팀은 선수들이 연습과 경기에 타고 갈 자동차가 필요한 상황이었다. 그는 꾸준히 노력한 끝에 4학년 때 팀의 주장이 되었다.

아이스크림으로 롤스로이스 24대를 소유한 자산가가 된 프레스틀리 블레이크의 이야기

프렌들리스Friendly's 아이스크림과 레스토랑 체인점의 창업에 관한 기본적인 이야기는 널리 알려져 있다. 1935년 여름, 스물한 살의 S. 프레스틀리 블레이크S. Prestley Blake와 열여덟 살인 동생 커티스 블레이크Curtis Blake가 매사추세츠주 스프링필드에서 아이스크림 가게를 열었다. 이 정도의 정보는 프렌들리스 웹사이트에서도 볼 수 있다.

하지만 블레이크 형제에 대한 부고를 쓰게 되었을 때, 나는 그들이 왜 아이스크림을 떠주고 햄버거와 치즈샌드위치를 만들면서 생계를 꾸리기로 결심했는지 알고 싶었다.

나는 운이 좋았다. 프레스틀리 블레이크는 자신의 이야기를 기록하는 수고를 아끼지 않았고 2011년에《다정한 인생A Friendly Life》을 펴냈다. 프레스틀리가 자신의 이야기를 책으로 펴낸 이유가 허영심 때문이었는지, 아니면 자신에 관한 기록을 바로잡고 인생의 지혜를 전달하고자 하는 바람 때문이었는지는 잘 모르겠다. 아마도 둘 다일 것 같다. 사실, 그의 동기는 중요하지 않다. 그가 직접 말한 이야기를 접할 수 있는 데 그저 감사할 따름이다.

프렌들리스의 진짜 이야기는 공식적인 요약본보다 훨씬 흥미롭다. 애초에 창업은 블레이크 형제의 생각이 아니었다. 이 훌륭한 비즈니스 성공담에 영감을 준 장본인은 학교 교사인 어머니 에설 블레이크[Ethel Blake]였다.

대공황이 한창이던 1935년 여름, 프레스틀리와 커티스 둘 다 일자리를 구하지 못하고 있었다. 두 사람은 대학을 중퇴한 상태였다. 블레이크 형제가 일자리를 찾아 주유소에 갔을 때 주유소 사장은 이미 지원자가 차고 넘치는 데다 그들 대다수가 대학 졸업자라고 했다. 에설은 두 아들이 용돈이 부족한 것은 둘째 치고 거리를 배회하다가 말썽에 휘말리지는 않을지 걱정이었다. 그녀는 대공황이 빈둥거림에 대한 핑계가 되지는 않는다고 생각했다.

그러던 중, 에설은 스프링필드에 사는 한 남성이 최근 그의 가게에서 아이스크림을 만들어 팔기 시작했다는 소식을 듣고는 자신의 두 아들도 할 수 있는 일이라는 생각이 들었다. 프레스틀리와 커티스는 부모로부터 547달러를 빌려 냉동고를 구입하고 '프렌들리 아이스크림' 매장을 열었다. 매장에 있는 테이블 두 개, 의자 여덟 개는 다 해서 8달러를 주고 중고로 구매한 것들이었다. 간판은 프레스틀리가 실톱으로 나무를 잘라 만들었다.

경쟁업체들은 아이스크림콘 두 스쿠프에 10센트의 가격을 매겼다. 이를 보고 블레이크 형제는 가격을 5센트로 정했다. 영업 첫날인 1935년 7월 18일, 섭씨 32도를 넘어서는 날씨에 손님이 줄을 이었다. 첫날의 매출액은 27.61달러였다. 에설은 세탁한 셔츠에 달린 마분지 쪼가리에 장부를 정리했다.

사업 초창기에 형제는 누가 설거지를 할지를 두고 옥신각신 하다가 가까스로 화해한 적도 있었다. 그들은 더 괜찮은 일자 리를 구할 수 있을 때까지 잠깐만 아이스크림 사업을 할 생각 이었다. 창업 후 첫 번째 겨울을 나기 위해 메뉴에 핫샌드위치 를 추가했고, 처음에는 고전하던 사업이 2차 세계대전 이후 빠 르게 성장하기 시작했다. 마침 미국인들의 경제 활동이 되살 아나던 참이었다. 블레이크 형제는 '프리블fribble'이라는 부드러 운 밀크셰이크와 효율적인 서비스를 내세운 청결한 레스토랑 에서 질 좋은 음식을 제공했다.

1970년대 후반, 그들이 연 패밀리 레스토랑 체인점은 600곳 을 넘겼는데 주로 뉴잉글랜드와 뉴욕, 뉴저지에 위치해 있었 다. 1979년, 형제는 1억 6200만 달러를 받고 허쉬 푸드Hershey Foods에 회사를 매각했다.

롤스로이스 자동차라면 사족을 못 썼던 프레스틀리는 한때 코네티컷주 소머스의 사유지에 24대의 차량을 보유하고 있었 다. 그는 여러 차례 세계 여행을 했는데, 그가 머물렀던 홍콩의

페닌슐라 호텔이 보유한 롤스로이스 차량도 12대에 불과했다.

자신의 100번째 생일을 기념해 소머스에 있는 토머스 제퍼슨[Thomas Jefferson]의 저택 '몬티셀로'의 모형 제작을 의뢰하기도 했다. 몬티셀로 모형은 나중에 대학에 기증했다. 그는 2021년 2월에 106세의 나이로 사망했고 저명한 기업가이자 자선가로 기억되었다. 모든 것이 그의 어머니 에설 블레이크 덕분이다.

전 뉴욕 시장 데이비드 딘킨스,

토푸티 발명가 데이비드 민츠의 이야기

2020년 11월, 데이비드 딘킨스[David Dinkins] 전 뉴욕 시장이 사망하자 그의 이야기가 《뉴욕 타임스》에 실렸다. 나는 몇 가지 사소한 디테일을 재미있게 읽었다. 딘킨스는 차이나타운의 재단사들에게서 맞춤 제작한 턱시도를 네 벌 갖고 있었고, "하루에 두세 번씩 샤워하고 옷을 갈아입는 습관이 있었다."

2021년 초, 나는 뉴욕의 출장 요리사이자 기업가인 데이비드 민츠[David Mintz]에 관한 글을 썼다. 그는 유제품 대신 두부로 만든 아이스크림 '토푸티'를 개발한 인물이다. 1970년대 초, 부푼 꿈을 안고 시작한 이 프로젝트는 9년 동안 진행되었다. 한번은 실험용 혼합물이 폭발해 천장을 뒤덮은 적도 있었다. 1981년, 민츠는 마침내 제품을 출시했지만 이후에도 계속해서 두부의 맛과 질감을 다듬었다. 1984년에는 "나는 파인애플-고구마 토푸티를 좋아하지만 대중은 아직 낯설게 느낄 수도 있다"라고 말했다. 취미는 뉴저지주 테너플라이에 있는 자택 앞 연못에서 일본 잉어를 키우는 것이었다. 잉어들에게 먹이로 두부를 주었다.

사람들이 입버릇처럼 하는 말도 기록할 가치가 있다. 2021년 5월, 메릴랜드주 아나폴리스의 신문 《캐피털^{Capital}》에 실린 클레이턴 더데리언^{Clayton Derderian}의 부고는 그가 식사 시간이면 "배가 안 고픈데, 오늘 디저트는 뭐야?"라고 묻곤 했다고 전했다.

영구차로 미국을 여행한 리처드 로빈슨, 최초로 @ 기호를 사용한 레이 톰린슨의 이야기

스콜라스틱^{Scholastic} 출판사의 전 최고 경영자인 리처드 로빈슨^{Richard Robinson}의 인생 이야기를 쓸 때의 일이다. 내게 그의 선행에 대해 이야기하고 싶어 하는 사람이 매우 많았는데, 그들의 찬사는 진심이었지만 너무 뻔한 이야기여서 대체로 지루했다. 나는 로빈슨이 자신의 적성에 맞는 직업을 찾기까지 어떤 일들을 했는지를 서술하기 위해서 백방으로 알아보는 중이었다. 마침내 그의 성격을 밝히는 데 도움이 될 만한 상세한 이야기를 누군가에게서 들을 수 있었다.

1957년, 하버드 대학교를 휴학한 로빈슨과 그의 친구는 로키산맥과 태평양 북서부 연안을 여행할 요량으로 1941년형 캐딜락 영구차를 구매했다. 그 차의 장점은 뒤쪽에 잠을 잘 수 있을 만큼의 널찍한 공간이 있다는 것이었다. 여행이 끝날 무렵 영구차가 더는 필요 없어진 그들은 존경하는 작가인 헨리 밀러Henry Miller에게 그 차를 선물하기로 했다. 그들은 캘리포니아주 빅서에 있는 밀러의 자택에서 만났는데, 그 깜짝 선물을 밀러가 거절하는 바람에 오히려 두 젊은이가 당황했다고 한다.

소프트웨어 엔지니어인 레이 톰린슨Ray Tomlinson은 미국 국방부 연구 기관의 프로젝트에서 인터넷의 모체인 아르파넷ARPANET을 연구하면서 이메일의 발명을 도왔다. '@' 기호의 사용은 그의 아이디어였다. 나는 톰린슨의 부고를 쓰면서 그의 놀라운 휘파람 실력도 언급했다. 어느 동료는 1970년대 중반 톰린슨이 공중전화 부스에 들어가 전화선을 따라 일정한 주파수의 휘파람을 불어서 사무실 컴퓨터 시스템에 로그인하는 모습을 봤다고 회상했다. 톰린슨은 사실상 인간 모뎀이었던 셈이다.

십자가에 못 박혔던 서배스천 호슬리의 이야기

최근에 네브래스카주의 지역 신문《그랜드아일랜드 인디펜던트Grand Island Independent》에 실린 어떤 부고는 고인이 "많은 기계 장치를 손보고 발명하는 것을 즐겼다"라고 전했다. 이 미완의 그림을 완성하려면 그 장치로 무엇을 했는지 또는 무엇을 하려고 했는지도 알아야 한다. 또 다른 부고는 누군가의 '독특한' 유머 감각을 언급했는데 유머의 예를 단 하나도 제공하지 않았다.

지금껏 본 것 중 매우 뛰어난 부고는 2010년에 47세의 나이로 사망한 서배스천 호슬리Sebastian Horsley의 이야기다.《워싱턴포스트Washington Post》의 부고 전문기자 맷 슈들Matt Schudel은 다음과 같이 첫 문장을 시작했다.

> 한때 예술의 이름으로 십자가에 못 박힌 적이 있고, 뻔뻔하고 방탕한 삶을 살았으며, 마약 중독으로 미국에서 추방된 괴짜 영국 멋쟁이 서배스천 호슬리가 6월 17일 런던의 자택에서 헤로인 과다 복용으로 사망했다.

나는 이 반짝이는 문장에서 딱 하나가 마음에 걸린다. '괴짜'라는 단어가 꼭 필요했는지 확신이 서지 않는다.

《워싱턴포스트》는 호슬리를 "스캔들과 악명으로 얼룩지고, 첨단 스타일을 추구하는 삶을 살았던" 저널리스트이자 화가로 묘사했다. 호슬리가 런던 소호 지구를 산책할 때 벨벳 정장을 입고 손톱에 매니큐어를 칠하고 높다란 실크해트를 쓴 적도 있다고 전했다.

하지만 내가 계속해서 기억할 내용은 그가 2000년 필리핀에서 부활절 의식의 일부로 모의 십자가형을 당한 것이다. 호슬리는 손에 못이 박힌 고통으로 의식을 잃었다. 이 의식을 담은 영상이 그의 전시회에서 상영되었다.

인생 이야기를 쓰는 사람들에게 이 케이스가 주는 교훈은 분명하다. ***교훈: 십자가에 매달린 적이 있다면 반드시 그 세부 정보를 언급해야 한다.**

06

질문하기:
무엇이 당신을 웃게 하나요?

*

나의 부고에 무엇을 넣을지 결정하려면 먼저 자신에게 질문을 던져야 한다.

기본 질문

인생에서 무엇을 이루려고 노력했는가?

그 이유는 무엇인가?

목표를 이루었는가?

심층 질문

• **기억**

가장 최초의 기억은 무엇인가?

무슨 장난감을 좋아했나?

최초로 사귄 친구는 누구인가?

• 가족

부모님, 선생님, 친구에게서 들은 조언 가운데 가장 기억에 남는 내용은?

그 조언에 귀 기울였는가? 그랬다면 혹은 그러지 않았다면 그 이유는 무엇인가?

부모님이나 다른 가족들과 닮은 점이나 다른 점은 무엇인가?

자녀가 있다면, 육아에 관한 생각을 변함없이 유지하고 있는가?

반려동물이 있는가? 그 동물이 특별한 이유는 무엇인가?

• 사랑

무엇이 당신을 큰 소리로 웃게 하는가?

전혀 예상치 못한 일로 운 적이 있는가?

처음 사랑에 빠졌을 때 어땠는가? 상대와는 어떻게 되었는가?

배우자나 다른 반려자가 있다면, 상대를 어떻게 만났는가?

계속 함께한 또는 헤어진 이유는 무엇인가?

배우자나 연인과 잘 지내려면 어떻게 해야 하는지 배웠는가?

• 직업

어떤 경로로 직업을 선택했는가?

다른 선택지를 포기하고 그 직업을 선택한 이유는 무엇인가?

그것은 옳은 선택이었는가? 그러한 혹은 그렇지 않은 이유는 무엇인가?

여가 시간에 가장 즐겨 하는 일은 무엇이며, 그 이유는 무엇인가?

• 실수

인생에서 최고의 순간은 언제였는가?

최악의 순간이나 에피소드는 무엇이며, 어떻게 대처했는가?

인생 최대의 실수는 무엇인가?

어떻게 그 실수를 극복했고, 어떤 배움을 얻었는가?

사람들에게 오해받는 점이 있는가? 그것은 무엇인가?

다른 사람들의 어떤 점이 가장 당황스러운가?

젊은이들에게 가장 해주고 싶은 조언은 무엇인가?

• 믿음

종교가 있는가? (종교가 있다면) 종교가 삶에 어떤 영향을 미쳤는가?

자신은 논리적인 사람인가, 감정적인 사람인가?

자신의 심리적 본성이 삶에 어떤 영향을 미쳤는가?

미신을 믿는 것이 있다면 무엇인가?

자신의 묘비에 어떤 내용을 담고 싶은가?

다른 사람을 인터뷰할 때 마지막으로 묻기 좋은 질문을 하나 알려주겠다.

"더 하고 싶은 말씀이 있습니까?"

07

인터뷰하기:
조금만 더 얘기해 주세요

*

타인의 인생 이야기를 쓰기로 했다면 그 당사자를 인터뷰하고 싶을 것이다. 혹은 당신 자신의 이야기를 쓰고 있다면 스스로에게 적어도 몇 가지 질문을 던져야 할 것이다. 내가 살아온 시간을 다양한 관점에서 볼 수 있도록 가족과 친구 등을 인터뷰하는 것도 좋은 방법이다.

인터뷰 경험이 거의 없는 사람들은 인터뷰가 그저 질문을 던지고 대답을 받아 적기만 하면 되는 일이라고 생각하기 쉽다. 물론 인터뷰는 그보다 훨씬 복잡한 일이지만, 모든 일에는 요령이 존재한다.

인터뷰 전에 가장 먼저 해야 할 일은 질문 목록을 잘 만드는 것이다. 만약 A를 전혀 알지 못하는 사람에게 A의 이야기를 이해시키려면 어떤 정보와 통찰력을 제공해야 할까? 다른 사람을 처음 인터뷰할 때는 중요한 질문들을 놓치기 십상이다. 질문을 던지면서 뒤에 이어갈 대화를 계획해야 한다. 어떤 이들의 대답은 너무 모호하거나 이해하기 어려워서 사실상 쓸모 없을 때도 있다.

다음은 내가 부고를 쓰기 위해 인터뷰 대상들과 일반적으로 나누는 대화의 일부다.

부친의 직업은 무엇이었습니까?

세일즈맨으로 일하셨습니다.

무엇을 판매하셨나요?

어, 소비재요.

어떤 종류의 소비재인가요?

생활용품입니다.

정확히 어떤 제품이죠?

종이 제품요.

냅킨이나 화장지 같은 거요?

네.

켄터키주 시골 진료소의 설립자인 율라 홀$^{Eula\ Hall}$의 부고를 쓸 때(나중에 더 자세히 설명하겠다) 초년에 밀주를 판매한 경험이 있다는 데 주목했다. 율라가 그저 '판매' 일을 했다고 썼다면 그 사전 조사는 실패였을 것이다.

정중하고 점잖은 태도를 유지하며 만족스러운 대답을 얻을 때까지 다양한 방식으로 질문을 이어가야 한다. 필요하다면 같은 질문을 열 가지 방식으로 열 번을 물어야 한다. 완전히 막다른 골목에 다다랐다면 잠시 숨을 돌린 뒤, 또는 다른 날 다시 시도하는 편이 좋다. 나의 아버지처럼 과묵한 사람들과는 나가서 술을 몇 잔 마시면 도움이 될 것이다. 더 깊이 파고들 가치가 있어 보이는 이야기가 나온다면 "흥미롭네요. 조금만 더 얘기해 주세요"라고 하면서 말을 부추기는 방법도 있다.

질문 목록은 전략적으로 작성해야 한다. 시작부터 어렵거나 달갑지 않은 질문은 하지 않는 편이 좋다. 편안해 보이는 주제, 기뻤던 일에 관한 질문으로 시작하자. 그러면 인터뷰 대상이 긴장을 푸는 데 도움이 되고, 우리가 오해와 실수, 슬픔에만 관심이 있는 게 아니라고 상대를 안심시킬 수 있다. 우리는 누군가의 삶 전체에 관한 이야기를 듣고 싶은 것이다.

일부러 명확한 대답을 피하는 사람도 더러 있다. 어떤 일이 알려지거나 글로 쓰이는 것을 원치 않기 때문이다. 그런 경우에는 진실에 가까워질 때까지 계속해서 질문하며 정중하게 캐물어야 한다.

일하다 보면, 기사에 쓸 한두 문장의 재료를 얻기 위해 사람들과 한 시간씩 이야기할 때도 있다. 그럴 필요가 있는 일이라면 나는 시간 낭비라고 생각하지 않는다.

무엇보다 인내심을 가져야 한다. 어떤 이들은 질문에 두서없이 답하다가도 우리가 애써 찾지 않았거나 상상도 못 했던 일들을 이야기해 주기도 한다. 인터뷰 대상들이 옆길로 빠지는 일을 막지 말자. 옆길을 따라가다 보면 무언가 중요한 사실을 알게 될 수도 있다. 그들이 마음대로 이야기하도록 두었다가 조심스럽게 원래 질문을 상기시키며 제자리로 돌아와 답하도록 도와야 한다.

한번은 부동산 투자자를 인터뷰하다가 그가 성인이 된 직후 일어난 어떤 사건의 정확한 발생 시점을 물었던 적이 있다. 그는 "내가 교도소에서 나온 뒤" 그 사건이 일어났다고 불쑥 말을 꺼냈다. 그 순간 인터뷰는 훨씬 더 복잡해졌지만, 우연한 계기로 그의 인생을 더 완벽하게 이해하게 되어 만족스러웠다.

어떤 사람들은 내가 노트를 덮거나 녹음기를 끄고 질문을 멈춘 뒤에야 가장 흥미롭고 솔직한 이야기를 흘리기도 한다. 그러므로 인터뷰 대상에게 계속해서 주의를 기울여야 한다.

몇 년 전 피츠버그에서 열린 어느 생일 파티에서 키네웬 킹 스미스Ceinwen King-Smith를 만났다. 그녀에게 성악 수업을 받던 내 친구 존 밀러John Miller가 생일 파티에 그녀를 초대한 덕분이었다. 파티에 모인 사람들은 대부분 20대나 30대였는데 키네웬 은 60대 후반이었고 시각 장애를 갖고 있었다.

나는 낯선 사람들로 가득한 집에서 열리는 시끌벅적한 파티 가 시각 장애인에게 혼란스러우리라고 생각했다. 그런데 웬걸, 키네웬은 딱히 신경 쓰지 않는 것 같았다. 소파에 키네웬과 나 란히 앉아 그녀의 부드러운 목소리에 귀를 기울였다. 나는 그 녀가 중국어, 러시아어, 프랑스어 등 다양한 언어를 구사할 수 있다는 사실을 알게 되었다. 그녀는 중국에 스물세 번이나 다 녀왔다고 말했다.

나는 뒷이야기가 무척이나 궁금했지만 떠들썩한 파티에서 이보다 많은 것을 알아내기는 불가능했다. 그리고 2021년, 이 책을 쓰면서 나는 유명하지는 않더라도 흥미로운 인생을 살아 온 사람과의 인터뷰를 싣기로 했다. 키네웬보다 나은 인물은 떠오르지 않았다.

내가 간단한 질문을 던지면 키네웬은 다양한 여담과 함께 복잡하게 대답하는 스타일이었다. 그녀의 여담이 흥미진진할 것 같아서 이야기가 옆길로 빠져도 말을 끊지 않았다. 필요할 때는 원래 질문을 상기시켰다.

인터뷰는 느긋한 대화 같아야 한다. 서로를 탐색하면서 양측 모두가 통찰력을 얻을 수 있어야 한다. 우리는 두 번에 걸쳐 두 시간 동안 대화를 나눴다. 다음은 인터뷰를 간추린 내용이다. 이 글을 읽고 어떻게 인터뷰하는 게 좋을지, 적어도 내가 어떻게 인터뷰하고 있는지 이해할 수 있기를 바란다.

출생 신고 당시의 이름은 무엇입니까?

키네웬 클레퍼Ceinwen Klepper예요.

당신의 이름을 어떻게 발음해야 할까요? 부모님은 어떤 계기로 그 이름을 지어주셨나요?

키네웬Kine-Wen이요. 제가 태어났을 때 부모님이 읽고 있던 리처드 루웰린Richard Llewellyn의 소설 《나의 계곡은 푸르렀다How Green Was My Valley》에 나오는 웨일스식 이름이에요.

언제 태어났습니까?

1945년 9월 15일이요. 시카고에서 태어났는데, 인근의 일리노이주 프로스펙트 하이츠에서 대학에 들어가기 전까지 살았어요. 당시에는 작은 동네였죠.

아버지의 부모님은 독일인이었고, 어머니의 부모님은 레바논인이었어요. 하지만 어머니는 캐나다에서 태어났고 아홉 살 때 미국으로 왔죠.

부모님은 무슨 일을 하셨습니까?

아버지는 미국 연합그리스도교회United Church of Christ의 목사였어요. 어머니는 나중에 그 교회의 부목사가 되셨고요. 아버지에게 안수받았습니다. 말년에는 몇 년간 유치원 교사로 근무하셨고, 아프리카계 미국인 아이들을 위한 학교에서도 일하셨습니다.

형제자매가 있습니까?

열한 살 아래 남동생이 한 명 있습니다. 테네시주 쿡빌에 살고 있고 의사예요.

태어날 때는 볼 수 있었나요?

아마 아닐 거예요. 하루 정도는 보였을 수도 있어요. 저는 예정일보다 6주 일찍 태어나서 하루 동안 인큐베이터 안에 들어가 있었어요. 인큐베이터에 산소가 과다 공급되는 바람에 망막 박리로 실명했을 가능성이 있다고 해요.

어린 시절의 기억이 궁금합니다. 다른 사람들은 보는데 본인은

볼 수 없다는 사실을 알았을 때의 기억을 얘기해 주시겠어요?

제가 시각 장애인이라는 사실은 늘 알고 있었어요. 그건 그 냥 단어에 지나지 않았고 큰 의미가 없었어요. 일종의 신상 정보 같은 거였어요. 전혀 문제가 되지 않았죠. 눈이 보이는 아이들과 함께 어린이집, 유치원에 다녔으니까요.

유치원 때 특정 글자로 시작하는 사물의 사진을 잡지에서 오 려내는 활동이 있었어요. 물론 저는 할 수 없는 일이었죠. 그 래서 그 글자로 시작하는 단어가 생각날 때마다 선생님께 갔어요. 그런 식으로 문제를 해결했죠. 제가 도저히 참여할 수 없는 활동을 할 때는 그냥 다른 아이들 옆에서 놀았던 적 도 많습니다.

저는 손가락으로 그림을 그리는 핑거 페인팅을 좋아했어요. 여느 세 살짜리 아이들처럼 난장판을 만들 수 있었죠.

초등학교 3학년 때까지는 시카고에 있는 학교에 다녔어요. 시각 장애아들을 위한 수업이 있는 학교였죠. 우리는 특수 학급에서 수업을 들었어요. 사회 수업은 눈이 보이는 아이들 과 함께 들었어요. 그 아이들이 시험을 볼 때면 할 일이 없었 어요. 교실에 그냥 앉아있었죠. 우리의 실력을 평가하기에는 좋은 시스템이 아니었어요.

쉬는 시간에 시각 장애아들은 대개 둥그렇게 모여 앉아 수다를 떨었어요. 뛰는 건 물론이고 아무것도 해서는 안 됐어요. 이따금 짧은 노래에 맞춰 공 돌리기를 했는데 그것이 우리에게 허락된 유일한 놀이였어요.

어느 날은 몇몇 아이들이 둥글게 모여서 '리틀 샐리 소서^{Little} Sally Saucer'라는 게임을 하고 있었어요. 한 아이가 원 가운데 들어가고, 다 같이 짧은 노래를 부르며 손을 잡고 빙빙 도는 놀이예요. 저도 쉽게 할 수 있어서 좋아하는 놀이였죠. 놀이에 함께하고 싶어서 애들 쪽으로 걸어가는데 어떤 선생님이 제 어깨를 붙잡더니 헝겊 인형처럼 저를 마구 흔들며 이렇게 말했어요. "이 아이들하고 놀면 안 되는 거 모르니? 너는 장님이야! 네가 있어야 할 곳으로 돌아가!" 저는 시각 장애아들이 있는 곳으로 떠밀려서는 그 지루한 공 돌리기 놀이를 해야 했죠.

집에 가서 부모님께 이야기했더니 불같이 화를 내셨어요. 제가 아니라 선생님한테요. '장애아동 차별 교육 철폐'라는 말이 생기기도 전이었지만, 저는 초등학교 4학년 때 지역의 일반 학교로 전학했습니다. 그때부터 학창 시절 내내 눈이 보이는 아이들과 같이 학교에 다녔어요. 시각 장애인들과 그다지 많은 시간을 보내지 않은 셈이죠.

어렸을 때, 볼 수 없다는 사실에 낙담했나요?

아니요, 대체로 안 그랬어요. 중학교 1학년 때 학교에서 괴롭힘을 많이 당했어요. 운동장에 있으면 아이들이 내게 물건을 던지곤 했죠. 그래서 쉬는 시간이 되면 초등학교 1학년 아이들을 찾아가 이야기를 들려주곤 했어요. 어린아이들과 함께 있으면 아무도 저를 괴롭히지 않았거든요. 게다가 아이들은 이야기 듣는 것을 좋아했고, 저도 그 아이들에게 이야기하는 게 재밌었어요.

사람들이 제게 불쾌한 행동을 할 때면 어머니가 말씀하셨어요. "아무 반응도 보이지 마. 그대로 앉아있어. 아무것도 하지 말고. 저 사람들이 바라는 건 네가 반응하고 화내고 소리치고 비명을 지르는 거니까. 네가 아무것도 하지 않으면 너를 괴롭히는 일이 지루해져서 멈출 거야." 어머니 말씀대로 그들은 괴롭힘을 멈추었어요. 반응하지 않는 건 무척 힘든 일이었죠. 속으로는 비명을 지르고 있었으니까요. 하지만 제가 겉으로 아무 내색도 하지 않으면 아이들은 괴롭힘을 멈추더군요.

그런 상황을 헤쳐나가도록 부모님께서 많은 도움을 주셨나요?

네. 두 분은 늘 저를 지지하며 다정하게 대해주셨죠. 제 어린 시절과 부모님은 무엇과도 바꿀 수 없을 겁니다. 두 분은 제가 할 수 없는 일들을 일일이 알려주는 대신 스스로 판단할 수 있게 해주셨어요. 제가 정말 하고 싶은 일이 있을 때는 대개 그 일을 할 수 있는 방법을 찾아주셨고요.

아버지는 저를 위해 온갖 물건을 발명하셨어요. 예를 들면, 여행 가방을 가져다가 바닥에 바퀴를 달고 가방 중간에 선반을 달아서 점자기와 타자기, 책 한두 권을 넣고 쉽게 가지고 다니도록 해주셨어요.

중학교와 고등학교는 어디에서 다녔습니까?

시카고 교외에 있는 공립 학교에 다녔습니다. 어머니는 제가 눈이 보이는 사람들과 함께 살아야 한다고 생각하셨어요. 저역시 제가 그들의 세상에 적응해야 한다고 생각해요. 세상이 저에게 적응하리라고는 기대하지 않습니다.

학교에 시각 장애 학생이 몇 명 더 있었어요. 하루는 다른 시각 장애 학생들이 점자 읽는 법을 익힐 수 있도록 도와달라고 어느 선생님이 부탁하셨어요. 선생님이 저를 믿어주시다니 정말 끝내주는 기분이었죠. 부분적으로는 그런 경험들 덕분에 제가 교사가 되려고 이 세상에 태어났다고 믿게 되었어요. 가르치고 노래하고 사람들에게 친절을 베푸는 것이 제가 할 일인 것 같아요. 그게 바로 제가 여기 있는 이유라고 생각해요.

가창력이 뛰어나다는 것을 언제 알았나요?

어머니 말씀으로는 세 살 때 처음으로 혼자 노래를 불렀대요. 저는 그 일이 기억나지 않지만 노래하는 것을 늘 좋아했어요. 어머니는 자주 노래를 부르셨고 피아노 교습도 하셨어요. 성악을 배우는 학생도 몇 명 있었죠.

제가 초등학교 2학년 때 점자를 아는 시각 장애인 피아노 선생님에게 교습을 받게 되었어요. 학교에서는 합창단 활동을 했고 성가대 등 노래할 수 있는 모든 활동에 빠짐없이 참여했어요.

그때 당신에게 감동을 준 대중음악은 무엇이었나요?

아침에 등교 준비를 할 때마다 우리 가족은 클래식 음악을 들었어요. 패티 페이지Patti Page, 로즈마리 클루니Rosemary Clooney, 팻 분Pat Boone의 노래도 들었던 것 같아요.

가장 기억에 남는 것은 1960년대 초에 부활한 포크 음악이에요. 조안 바에즈Joan Baez, 조니 미첼Joni Mitchell, 피터 폴 앤 메리Peter, Paul and Mary, 밥 딜런Bob Dylan, 톰 팩스턴Tom Paxton, 우디 거스리[Woody Guthrie] 같은 가수들의 노래 말이에요. 포크 음악은 정말 제 첫사랑이에요. 종교 음악도요.

새로운 언어를 배울 때, 저는 가장 먼저 그 언어로 된 노래를 익히려고 합니다. 노래는 그 문화에 대해 많은 것을 알려주고 발음을 익히는 데도 도움이 되니까요. 예전에 네팔에 있을 때 네팔 노래 한 곡을 배웠는데 그 노래 덕을 많이 봤죠. 제가 그 노래를 부르면 사람들의 마음이 눈 녹듯 녹았으니까요. 노래는 서먹함을 푸는 훌륭한 도구예요. 네팔어라고는 '안녕하세요' 정도밖에 못하는 제가 이렇게 긴 노래를 부르니 사람들이 무척 좋아했어요.

언제부터 진로 계획을 세우기 시작했나요?

저는 늘 교사가 되고 싶었던 것 같아요. 어렸을 때는 한동안 의사를 꿈꾸었어요. 중학생이 되고서야 시각 장애인에게는 의사가 되는 것이 (물론 수술 때문에요) 최선의 선택도, 순탄한 길도 아니라는 사실을 깨달았죠.

저는 왜 의사가 되고 싶었던 걸까요? 아마도 사람들을 돕고 싶어서였겠죠. 그래서 교사가 되면 사람들을 돕고자 하는 제 열망이 이루어질 것 같았어요.

정중하고 점잖은 태도를 유지하며

만족스러운 대답을 얻을 때까지

다양한 방식으로

질문을 이어가야 한다.

어떤 계기로 외국어 공부에 관심을 가졌나요?

우리 집은 저녁 식사 시간에 늘 라디오 뉴스를 들었어요. 러시아인에 대한 뉴스가 자주 나왔죠. 어머니에게 물었어요. "우리는 러시아인을 싫어하나요? 그 사람들이 무슨 잘못을 했어요?" 어머니는 이렇게 대답하셨죠. "우리가 싫어하는 것은 러시아 정부야. 러시아 사람들은 좋아한단다." 저는 그 말을 전혀 이해할 수 없었어요.

냉전 시대를 살아가는 아이로서 정치 체제뿐만 아니라 러시아인들, 즉 러시아 국민에 대해 아는 것이 매우 중요하겠다는 생각이 들었어요. 러시아 문화와 문학, 음식, 음악 등을 더 알고 싶어졌죠.

저는 아주 좋은 고등학교에 다녔어요. 우리 학교에는 라틴어, 독일어, 프랑스어, 스페인어, 러시아어 수업이 있었어요. 저는 러시아어 수업을 듣고 싶었어요. 그런데 사람들은 제가 러시아어 수업을 듣는 것을 바라지 않았고 맹렬한 비난을 퍼부었죠.

러시아어는 영어와 철자가 다르고 문법이 매우 복잡하다는 이유만으로 엄청나게 어렵다는 누명을 쓰고 있어요. 하지만 예외가 거의 없어서 일단 규칙만 배우면 다 배운 셈이에요.

러시아어 선생님에 관한 소문을 들었는데 꽤 깐깐한 분 같았어요. 그 선생님의 수업 시간에는 껌을 씹는 것은 물론이고 말하는 것도 금지였어요. 제 마음에 쏙 드는 선생님이라고 생각했죠. 그 수업을 꼭 듣고 싶었어요.

학교는 저의 러시아어 수업 수강을 허락하지 않으려 했어요. 그래서 제가 말했죠 "알겠어요. 그럼 제 시간표를 조정할게요. 시간표에 자습 시간을 넣어서 러시아어 수업을 청강하고 연말에 시험을 통과할 수 있도록 하겠습니다. 러시아어 수업을 꼭 들을 거예요!"

며칠 뒤 수업에서 선생님은 제게 물으셨죠. "키네웬, 다 알아들었니?" 저는 "네"라고 대답했어요. 선생님은 "좋아, 그럼 다른 아이들에게 설명해 보렴"이라고 말씀하셨어요.

고등학교에서 3년 동안 러시아어 수업을 들었는데 4년에 해당하는 학점을 취득했어요.

어느 대학교를 나왔나요?

스탠퍼드 대학교요.

왜 스탠퍼드 대학교였죠?

러시아어 수업 프로그램이 좋아서요. 그때쯤 제가 러시아어를 전공하고 싶다는 걸 확실히 깨달았어요.

러시아어학과의 학과장은 다른 교수들에게 제가 A학점을 받는 일은 없을 거라고 말했어요. 저를 인정하고 싶어 하지 않았으니까요.

그 교수님이 말했죠. "러시아어를 배워서 뭘 할 생각이지? 학생은 원어민처럼 유창해질 수 없으니 번역가가 되긴 힘들 거야. 칠판에 글을 쓸 수 없으니 교사가 되기도 글렀고. 참, 시각 장애인들은 바구니를 멋지게 만들던데 학생도 그런 일을 해야지."

그날 집에 가서 펑펑 울었어요. 엄청난 충격에 빠졌죠. 그러고는 네 시간을 내리 잤어요. 일어나서 다짐했죠. '외국어는 내 천직이 될 거야. 학과장이 내 계획을 좋아하지 않더라도 어쩔 수 없어. 그런 사람의 조언은 무시할 거야. 형편없는 조언이었으니까. 바구니를 만드는 일은 절대 하지 않을 거야. 적어도 생계를 위해 바구니를 만드는 일은 없을 거야.'

스탠퍼드 대학교에서 또 무슨 공부를 했나요?

중국어도 공부했어요. 스페인어, 독일어, 러시아어 수업을 들었죠. 문학, 서양 문명사, 지질학 등 필수 과목 수업도 들어야 했고요. 쉬운 줄 알고 논리학 수업도 신청했는데, 맙소사! 죽을 뻔했어요.

저는 스탠퍼드 대학교를 4년이 아니라 3년 만에 졸업했어요. 시간표를 꽉 채워 수업을 들었거든요. 1966년에 우리 과에서 6등으로 졸업했어요.

학교에 다니는 동안 샌퍼드 킹스미스^Sandford King-Smith를 만나 사랑에 빠졌습니다. (네, 샌퍼드도 스탠퍼드에 다니고 있었어요.) 당시 그는 로스쿨에 다니고 있었어요. 우리는 러시아 문학 비평 수업에서 만났습니다. 그는 그 수업이 벅차서 힘들어했어요. 그래서 제게 도움을 청했죠.

졸업하고 샌퍼드와 결혼한 뒤 무슨 일을 했나요?

우리는 폴란드로 갔어요. 샌퍼드는 공산주의자 관점의 법률을 공부했습니다. 저는 러시아어와 중국어를 공부했고, 시각 장애아들을 위한 기숙 학교에서 영어를 가르쳤어요.

어느 도시에 있었나요?

바르샤바요.

거기에 얼마나 머물렀죠?

11개월이요. 얼추 1년을 있었네요.

폴란드에서의 생활은 즐거웠나요?

그럼요. 우린 폴란드에서 멋진 한 해를 보냈어요. 폴란드어를 배우고 폴란드 친구들도 사귀었답니다.

제가 큰 성취감을 느낀 또 다른 일은 《전쟁과 평화》를 러시아어 점자로 읽은 겁니다. 전부 26권 분량이었어요.

그 뒤에는요?

미국으로 돌아와서 둘 다 하버드 대학교에 들어갔습니다. 1968년에 저는 교육학 석사 학위를 받았고, 남편은 법학 석사 학위를 받았어요. 그 후, 남편이 US스틸U.S. Steel에 취직하는 바람에 피츠버그로 가서 1970년까지 살았어요.

1969년, 딸 헤더를 낳았습니다. 인간이 최초로 달에 착륙하기 하루 전날이었죠. 그 뒤 아들 마틴을 입양했어요. 백인 어머니와 흑인 아버지 사이에서 태어난 아이예요. 어머니는 사회복지사였고 아버지는 육군 장교였다고 들었어요. 마틴의 친부모에 대해 아는 건 그게 전부예요. 입양 당시 마틴은 생후 5개월이었어요.

어떤 계기로 입양을 결심했나요?

전 늘 입양을 생각하고 있었어요. 아무도 원치 않는 아이들이 주변에 많다고 생각했거든요. 이미 세상에 와 있는 아이를 데려올 수 있는데 뭐 하러 그 고통을 또 겪겠어요? 한 번도 후회한 적이 없어요. 마틴은 자랑스러운 아들이에요.

피츠버그 다음에는 어디로 갔나요?

US스틸에 다니던 남편이 퀘벡주의 포트 카르티에로 발령을 받았어요. 남편은 세무사였어요.

대학 때 제 전공은 수학이 아니었는데 어쩌다 보니 퀘벡주에서 중학교 1학년 수학을 가르치게 되었어요. 영어를 사용하는 학교였지만, 대부분이 영어를 잘하지 못했어요. '좋아, 당장 프랑스어를 배워야겠어'라고 결심했죠. 다행히 수학은 많은 단어가 필요 없는 과목이어서 프랑스어로 수학을 가르칠 수 있었어요.

수업이 시작되고 2주가 지난 어느 날, 남학생 둘이 수업 중에 카드놀이를 하는 걸 눈치챘어요. 카드놀이를 할 때는 카드를 섞는 소리가 나니까요. 그 아이들이 카드놀이를 하고 있다는 걸 모를 수가 없었어요. 그래서 아이들에게 카드를 치우라고 했지만 말을 듣지 않았죠.

나중에 교장 선생님이 저를 교장실로 불렀어요. 학생들이 수업 시간에 카드놀이를 했기 때문에 저를 수업에서 빼겠다고 했어요. 저는 한 번 더 기회를 달라고 했죠. 학생들과 다시 이야기하게 해달라고 했더니 교장 선생님이 그러라고 하셨어요. 교실로 가서 학생들에게 말했어요. "너희는 두 아이가 수업 시간에 카드놀이를 한 걸 알고 있고, 내가 그 사실을 눈치챘다는 것도 알고 있어." 두 아이가 말했어요. "저희는 역사 시간에도 늘 카드놀이를 해요."

저는 이렇게 말했죠. "너희가 다른 선생님 수업 시간에 나쁜 짓을 하면 그건 너희가 중학교 1학년이라서 그런 거고, 남자 아이들이니까 어쩔 수 없는 거고, 그런 식으로 늘 변명이 되지. 하지만 내 수업 시간에 그런 일이 일어나면 킹스미스 선생님이 장님이어서 앞을 보지 못하니까 그런 것이 돼. 그러니까 내가 더는 너희를 가르치지 않길 바란다면 계속 카드놀이를 하도록 해. 그게 아니라면 수학 시간에는 수학 공부를 해야 해."

그 일이 있은 뒤로는 학생들과 무척 잘 지냈어요.

퀘벡에는 얼마나 오래 있었나요?

그곳에서 1년 반 정도를 보냈어요. 그 후, 남편이 리우데자네이루로 발령을 받았어요. 리우데자네이루에서 1년을 보냈죠. 저는 미국인 학교에서 중학교 1학년 수학을 가르쳤어요. 몹시 더운 곳이었죠. 정말 더웠어요. 사람들은 매우 친절했어요. 하지만 아주 친하게 지낸 사람은 없었어요. 그곳 사람들에겐 그들만의 무리가 있었거든요.

그 뒤 피츠버그로 돌아왔어요. 1973년 아니면 1974년이었을 겁니다. 그 뒤에는 쭉 여기에서 살았어요. 그사이 중국에 스물세 번, 온두라스에 일곱 번, 네팔에 한 번 다녀왔고요. 모두 영어를 가르치기 위해서였어요.

여러 사립 학교에서 수학을 가르쳤어요. 공립 학교들은 저를 채용하고 싶어 하지 않았어요. 교사 자격시험에서 시력 검사를 통과하지 못했거든요. 저는 법정에서 다투자고 으름장을 놓았어요. 긴 싸움이었죠. 마침내 공립 공업 학교에서 제2 외국어로 영어를 가르치는 일을 맡을 수 있었어요. 그 학교에서 23년간 근무했는데 학교가 폐교되었어요. 그 후에는 공립 영재 학교에서 러시아어와 중국어, 세계 문화를 가르쳤어요.

처음에 중국에는 왜 가려고 했었나요? 어떤 이유로 중국을 계속 방문했는지 알려줄 수 있나요?

아주 어렸을 때부터 중국에 가보고 싶었어요. 네 살 때였어요. 하루는 숟가락으로 땅에 구멍을 파고 있었는데, 부모님이 그만 들어와서 점심을 먹으라고 하시면서 계속 그러다가는 중국까지 파 내려가겠다고 말씀하셨어요. 계속 파면 진짜로 중국이 나오느냐고 부모님께 물었죠. 두 분 말씀이 정말 오랫동안 땅을 파면 가능할 수도 있겠지만, 그러려면 지구의 중심을 통과해야 하는데 거기는 아주 뜨겁다고 하셨어요.

우리 세대는 음식을 남기면 어머니로부터 '중국에는 굶는 사람이 천지다'라는 말을 듣고 자랐어요. 하루는 제가 이 음식을 다 먹지 않더라도 어차피 이걸 중국으로 보낼 수는 없다고 대꾸하자 어머니가 크게 화를 내셨던 적이 있어요. 어머니가 왜 그러시는지 이해할 수 없었어요. 어머니가 정말 화를 내셨는데, 저는 도무지 영문을 몰랐죠.

그래서인지 중국이 항상 제 뇌리에 박혀 있었어요. 중국어를 배우기 시작했고, 그 언어에 대한 흥미가 점점 더 커졌어요. 그러던 어느 날 피츠버그 대학교의 한 친구가 중국인 열두 명과 저녁 식사를 한다고 했어요. 저는 그들을 우리 집으로 초대했죠. 그 중국인들은 한 달 동안 우리 집에서 지냈는데, 그중 두 명은 석 달 동안 머물렀어요. 그들 중 한 명이 베이징의 외국어 교육 부서의 책임자였어요. 그녀가 1986년에 제가 중국에 갈 수 있도록 주선해 주었어요.

제가 중국에 계속 가는 이유는 그곳을 사랑하고, 그 나라 사람과 음식, 음악을 사랑하기 때문이에요. 저녁 내내 중국 민요를 부를 수 있을 것 같아요.

1989년 6월, 톈안먼 사건이 일어나고 몇 주 뒤 다시 중국으로 갔어요. 일본에 도착하니 유나이티드항공의 베이징행 비행 편이 취소되었다더군요. "그럼 에어차이나 항공기에 태워 달라"고 했죠. 에어차이나 측은 "당신 이름이 승객 명단에 없어서 비행기에 태워줄 수 없다"라고 했어요. 그래서 말했죠. "그럼 명단에 넣어주세요. 그럼 되잖아요." 에어차이나 직원은 제 말에 당황한 듯했지만 결국 제 이름을 명단에 올려줬어요. 중국의 세관원들은 톈안먼 사건 직후 그렇게 빨리 외국인을 중국에 들여보내도 되는지 확신하지 못했어요. 제 친구가 옆에서 거들었죠. "아, 그녀는 기자가 아니에요. 중국의 친구예요. 중국 민요도 잘 부르는걸요." 그러고는 제 옆구리를 쿡 찔렀어요.

'바로 지금이 내가 나서서 가진 것을 보여줘야 할 때'라고 생각했어요. 열다섯 시간이나 비행한 뒤라 기진맥진하기도 했고요. 중국에 입국할 수 있을지 너무 마음을 졸여서 굉장히 지쳐있었죠. 공항에서 바로 중국 민요를 한 곡조 뽑았어요. 모두가 여행 가방을 내려놓고 멈춰서 제 노래를 들었죠. 결국 세관원들이 저를 들여보내 주더군요.

당신은 기회를 잡는 데 정말 탁월한 사람이군요.

무언가가 거저 내 수중에 들어왔는데 마다할 이유가 어디 있 겠어요.

온두라스에도 일곱 번이나 다녀왔잖아요. 어떻게 시작된 일인가요?

온두라스 학생들을 돕기 위해, 특히 온두라스의 여자아이들 이 교육받을 수 있도록 돕기 위해 온두라스산 커피 판매에 앞장선 여성이 있어요. 그녀와 친분이 있는 한 부인이 저를 소개했죠. 그녀가 묻더군요. "온두라스에는 아이들을 가르 치러 온 적이 없죠? 왜 중국에만 가는 거예요?" 가르칠 곳을 마련해 주면 온두라스에 가겠노라고 했더니 그녀가 즉시 실 행에 옮겼어요.

지금까지 여행을 다니면서 "시각 장애인에게 여행은 너무 힘들어. 이번 여행은 포기해야겠어!"라고 말한 적이 있나요?

그런 적은 한 번도 없었어요. 여행하는 데 왜 꼭 눈이 보여야 만 하죠? 더러 비행기에서 길을 잃을 수는 있어요. 사실, 그 러기가 매우 쉽죠. 좌석들 한가운데에 있는 일종의 섬 같은 화상실에서 나왔는데 자칫 방향 감각을 잃으면 잘못된 통로 로 걸어갈 수 있거든요. 그런 적이 한두 번이 아니에요. 하지만 결국은 누군가가 저를 붙잡고 제 자리로 데려다줍니다. 그러니 길을 잃을 일은 별로 없어요.

그리고 공항에는 도와주는 사람들이 있어요. 아는 사람이 없는 곳으로 가면 때로는 조금 주눅이 들기도 해요. '나는 같이 살 사람들을 모르는데, 그들도 나를 못 알아보면 어떡하지?' 이런 식으로 모든 일이 걱정이죠. 맞아요, 조금 걱정은 되지만 그렇다고 여행을 그만둘 정도는 아니에요. 제가 여행 중에 포기했다면 놓쳤을 저 멋진 것들을 보세요.

공립 학교에서 은퇴한 뒤로는 '리터러시 피츠버그 Literacy Pittsburgh**' 같은 비영리 단체에서 제2 외국어로 영어를 배우는 사람들을 가르치는 자원봉사를 활발히 하고 있더군요. 그밖에 또 어떤 일을 하고 있나요?**

합창단 일곱 곳에서 단원으로 활동하고 있어요. 목걸이도 만들어요. 개인 교습을 하거나 텔레비전이나 라디오를 들으면서 뜨개질도 자주 합니다. 요즘은 뜸하긴 한데 예전에는 쿠키를 엄청나게 많이 만들곤 했어요. '인종 차별에 반대하는 흑백 정상 회담'을 위해 680여 개의 쿠키를 만든 게 제 최고 기록이에요. 어떤 회의가 잡히면 거기에 내놓을 쿠키를 제가 만들었어요.

아, 저는 책을 꽤 많이 읽습니다. 거의 매일 러닝 머신으로 운동도 하고요. 실내에만 있어도 상관없어요. 저는 야외 활동을 즐기는 스타일이 아니거든요. 날이 화창하든 흐리든 신경 쓰지 않아요. 아시다시피 저하고는 별로 상관이 없으니까요. 캐나다에 있는 어느 중국인 작가가 문화대혁명 직전 중국에서의 삶에 대해 600쪽 분량의 책을 썼는데 그 책을 편집하는 일도 하고 있어요.

결혼 생활은 얼마나 지속했나요?

11년이요. 남편은 언어를 배우면서 자기와 함께 전 세계를 돌아다닐 수 있는 사람을 원했어요. 제가 거기에 딱 들어맞았죠.

우리는 서로를 증오하게 되기 전에 이혼하기로 합의했고, 운 좋게도 친구로 지낼 수 있었어요. 사실, 조금 전에 전남편과 그의 두 번째 아내 사이에서 태어난 딸의 결혼식에 다녀왔어요. 그의 아내와 저는 친구 사이예요.

만일 결혼을 다시 해야 한다면 같은 사람과 할 것 같긴 해요. 우리에겐 좋은 추억이 많거든요. 남편 덕분에 캐나다와 브라질에서 살아볼 수 있었고, 사랑스러운 두 아이를 만날 수 있었으니까요.

좋은 선생님이 되는 비결이 있을까요?

자신이 가르치는 과목을 잘 알고 학생들을 사랑해야 합니다. 제가 잘 모르는 내용을 질문받았을 때는 모른다고 대답한 뒤 반드시 그걸 찾아봅니다.

종교적인 집안에서 자랐는데 기독교 신앙을 계속 유지했나요?

네, 저는 항상 교회를 중요하게 생각했어요. 열한 살 때 어머니에게 제가 더는 신을 믿지 않겠다고 하면 어떻게 할 거냐고 물었던 기억이 납니다. 어머니는 "아마도 네 믿음이 자라고 있다는 뜻일 거야"라고 하셨어요. 어머니는 그 일로 놀라지 않으셨어요. 저는 매사에 의문을 제기하라고 배웠고, 그것이야말로 제가 성장하는 방법이었어요.

제 종교는 매우 이성적이에요. 저는 과학을 인정합니다. 진화론에 아무런 불만이 없어요. 진화는 제 육체와 관련이 있고 영혼과는 무관하기 때문이에요. 《성경》에서는 신이 자신의 형상대로 인간을 창조했다고 합니다. 신은 영혼이에요. 그렇다면 신은 무엇을 창조했을까요? 신은 영혼을 창조했어요. 우리 영혼이 바로 신의 형상이죠.

제가 모든 답을 가지고 있지도 않고, 우리가 신에 대해 모든 것을 이해할 수도 없어요. 그냥 당연한 사실 같은 거죠.

대학교에 다닐 때, 제 친구들은 유대인 600만 명이 살해당하는 동안 신은 어디에 있었냐고 묻곤 했어요. 아버지에게 그 질문을 했죠. 아버지의 대답은, 신이 그들과 함께 바로 그곳에 계셨다는 거였어요. 그들에게 일어난 일은 신의 뜻이 아니었어요. 인간에게는 자유의지가 있고, 그것을 잘못 사용할 수도 있습니다. 그래서 나쁜 일들이 일어나기도 하는 거죠.

노래하고, 가르치고, 사람들에게 친절을 베푸는 것이 당신의 사명이라고 했습니다. 이제 사명을 완수한 것 같나요?

글쎄요. 꽤 많이 달성한 것 같긴 해요.

지금 당신에게 가장 중요한 것은 무엇인가요?

이제껏 살아온 것과 같습니다. 제가 할 수 있는 한 계속 활동하고, 가르치고, 노래 부르는 일입니다.

시각 장애 때문에 제가 정말로 하고 싶은 일을 못한 적은 없어요. 자동차 운전만 빼고요. 저도 운전할 수 있으면 좋겠어요. 믿을 수 있는 자율 주행 자동차를 갖게 된다면 누구든 태워주고 어디든 갈 거예요!

키네웬은 교사로서의 삶을 조용히 살아왔으며 결코 많은 시선을 끌거나 관심을 원하지도 않았다. 하지만 그녀에게 몇 가지 질문을 던지니 풍성한 이야깃거리가 쏟아져 나왔다. 인생 이야기를 쓰는 모든 사람에게 꼭 필요한 가르침이었다.

08

구술하기: 녹음 버튼을 누르고
말을 시작하면 끝

*

자신이나 타인의 이야기를 글로 옮기기가 버겁다면 그 내용을 녹음하는 것이 좋은 대안일 수 있다. 방법은 매우 간단하다. 녹음 버튼을 누르고 이야기를 시작하면 끝이다.

물론 현실은 훨씬 더 복잡하다. 타인의 이야기를 녹음하는 경우에는 앞에서 익힌 인터뷰 기법을 활용해 대화를 이끌도록 하자. 자기 이야기를 녹음하는 경우에는 자신을 인터뷰해 달라고 다른 사람에게 부탁할 수도 있다. 녹음기에 혼자 이야기하는 경우에는 미리 주제 목록을 작성하고 생각을 정리한 뒤 어떻게 하면 타인에게도 의미가 이해되도록 이야기를 전달할 수 있을지 고민해야 한다.

자신의 인생에 대해 할 이야기가 잔뜩 있더라도 한 번에 다 말하려고 하지 않아야 한다. 지치지 않으려면 녹음 시간을 한 번에 30분 이내로 제한하는 편이 좋다. 하고 싶은 이야기를 에피소드별로 나누고, 에피소드마다 끊어서 녹음하자.

녹음을 끝냈다고 그 자체로 인생 이야기 프로젝트가 완성되는 것은 아니다. 녹음을 마친 시점에는 원재료만 가지고 있는 셈이며, 이야기를 더 재미있고 이해하기 쉽게 만들려면 편집을 해야 한다.

녹음 내용은 직접 타이핑하거나 비용을 지불하는 녹취 서비스를 이용하여 글로 옮긴다. 그런 다음, 녹취록을 찬찬히 읽으면서 지루한 구절을 삭제하고 실수를 바로잡고 의미가 모호한 부분을 분명히 한다. 다른 사람에게 보여주면서 명확하지 않은 부분을 알려달라고 하면 도움이 될 것이다.

내가 잘 안다고 해서 인물이나 장소, 단체를 줄임말로 표기하면 다른 사람에게는 의미가 통하지 않을 수도 있다. 'UND'는 내게 친숙한 줄임말이지만, 모두가 UND를 '노스다코타 대학교University of North Dakota'로 알아들을 거라고 기대할 수는 없는 노릇이다.

'프레드'라는 인물을 언급할 때, 나는 우리 삼촌 이야기를 하고 있다는 것을 분명히 알지만 다른 사람들도 그 사실을 알까? 직업상 사용하는 전문 용어는 모두 일반적인 표현으로 바꾸도록 하자. 날짜와 장소도 명확하게 표기한다. 졸업식, 결혼식, 이직 등 인생에서 숭요한 사건들은 날짜를 정확히 기록해야 한다.

타인의 인생 이야기를 녹음하면서 인터뷰하는 경우, 당신의 개인적인 호기심을 채우는 자리가 아니라는 점을 기억해야 한다. 인터뷰 진행자는 인터뷰 대상자의 삶을 잘 모르거나, 서로 잘 아는 사이의 대화에서보다 더 상세한 설명을 요구하는 미래의 독자들을 대표하는 입장에 서 있다.

원고를 편집한 뒤에는 종이 매체와 디지털 매체의 형식에 맞춰서 저장한다. 가족과 친구에게 그 원고를 어디에 두었는지 반드시 사전에 알려놓자. 편집한 원고를 자신의 목소리로 다시 녹음하면 더욱 친밀감 있는 기록으로 만들 수 있다.

다작하는 작가이며, 여러 신문에 칼럼을 기고하는 신디케이트 칼럼니스트인 밥 그린Bob Greene의 사례를 들어보자. 그의 아버지 로버트 B. 그린 시니어Robert B. Greene Sr.는 1998년에 사망했는데, 사망하기 7~8년 전쯤에 놀랍도록 자세하고 생생한 인생 이야기를 여섯 개의 카세트테이프에 남겼다. 이 테이프들은 밥과 그의 남매 둘에게 깜짝 선물이 되었다.

로버트가 남긴 테이프에는 밥 그린이 전혀 몰랐거나 반쯤 잊었던 이야기들이 담겨있었다. 밥은 "아버지와 나는 그다지 편안하게 대화를 나눈 적이 없어서" 그 테이프들이 특히 반가웠다고 했다. 밥의 남매들은 아버지의 목소리를 소중히 간직했다.

자신의 인생에 대해

할 이야기가 잔뜩 있더라도

한 번에 다 말하려고 하지 않아야 한다.

로버트의 테이프에는 자신에 관한 기본적인 이야기가 들어 있었다. "나는 1915년 3월 7일 오하이오주 애크런에서 태어났다." 로버트는 "고등학교만 나온 가난한 청년"이었던 아버지가 오하이오주 변호사 시험에 합격한 것을 자랑스럽게 이야기했다. 네 살 때 자전거를 처음 탄 경험과 약국에서 마신 코코아를 회상하기도 했다.

가족의 생계를 돕기 위해 대학을 중퇴한 로버트는 필립모리스 담배를 파는 외판원으로 일했다. 이따금 댄스홀에서 무료 샘플을 나눠주기도 했다. 로버트는 "수백 명의 젊은이가 무대 주위에 모여서 베니 굿맨^{Benny Goodman}, 진 크루파^{Gene Krupa}, 도시스^{The Dorseys} 등의 음악을 듣는 광경을 보는 것은 멋진 일이었다"라고 말했다. "그런 날은 다시는 오지 않았다. 물론 그때 우리는 그 사실을 알지 못했지만."

1941년 1월, 로버트는 육군에 징집당해 훈련을 받은 뒤 북아프리카, 이탈리아 등지로 파병되었다. 로버트는 1944년 가을부터 이듬해 봄까지 6개월의 시간을 회상했다. 그의 부대는 이탈리아의 아펜니노산맥을 오르내리는 도로를 따라 피렌체에서 볼로냐까지 이동하며 초조하게 대기하다가 이따금 전투를 벌였다. "우리는 계속 북쪽으로 진군했고 멀리서 포성이 들렸다. 독일군이 우리가 가까이 오기만을 기다리고 있음을 알았다." 전사자들은 "흰 매트리스 커버"로 덮어 도로 교차점에 겹겹이 포개놓았다. "그 악취는 평생 잊을 수 없을 것이다." 마침내 봄이 왔고 "수백 대의 트럭이 전방에서 독일군 포로들을 싣고 돌아왔다. (…) 우리는 이탈리아에서 전쟁이 끝나가고 있음을 느꼈다."

로버트는 고국으로 돌아와 오하이오주 콜럼버스에 정착해 가정을 꾸렸다. 그 후, 가족 기념품으로 아기 신발 모양의 청동상을 제작하는 회사인 브론슈Bron-Shoe Co.의 사장이 되었다.

테이프가 거의 끝나갈 무렵 로버트는 다음과 같이 말했다. "이제 이 작업을 끝낼 때가 된 것 같다. 끝내기 전에 나의 목표 이야기를 해야겠다. 사실, 나는 목표를 지향한 적이 없었다. 예나 지금이나 나의 수많은 결점 중 하나는 대부분 운으로 빠져나가며 즉흥적인 행동으로 평생을 살아온 이 습관이다."

밥 그린은 카세트테이프 플레이어가 사라진 미래 세대에 이르러 기록이 유실되지 않도록 아버지의 녹음 기록을 글로 옮겨 적었다. 그는 히로시마에 원자 폭탄을 투하한 조종사 폴 티베츠Paul Tibbets의 이야기를 써서 2000년에《의무Duty》라는 책을 출간했는데, 여기에 아버지 로버트의 이야기 일부를 발췌해 수록하기도 했다.

밥은 아버지가 녹음한 내용이 마치 의식의 흐름 같다고 말했다. 스토리텔링 방법을 한 번도 배운 적이 없는 아버지가 이야기를 조리 있게 잘해서 놀랐다고도 했다.

밥의 남매들은 오직 아버지만이 줄 수 있는 선물을 받은 데 감사했다. 그들은 어머니 필리스 그린Phyllis Greene이 쓴 회고록에도 똑같이 감격스러워했다. 그러면서도 "우리가 두 분을 인터뷰할 수 있었더라면 좋았을 것"이라며 아쉬워했다.

이런 아쉬움이 밥 그린과 D. G. 풀포드D.G.Fulford 남매에게 영감을 주어 《우리 아이들의 아이들에게To Our Children's Children》라는 책이 탄생했다. 이 작은 안내서에는 인생 이야기로 남길 만한 기억을 떠올리도록 돕는 수백 가지 추천 질문이 들어있다. 예를 들면 다음과 같다. 첫 키스를 기억하는가? 수술을 받은 적이 있는가? 당신의 자식과 다른 방식으로 손주들을 훈육하는가?

부모님에게 어떤 질문을 하고 싶었는지 밥 그린에게 물었다. 밥은 묻고 싶은 것이 산더미같이 많다고 했다. 그중에서 가장 물어보고 싶었던 질문은 "두 분이 만나지 않았더라면 인생을 어떻게 보냈을 것 같습니까?"였다.

밥은 부모님이 그 질문에 잠시 말을 멈추었으리라 짐작했다. "두 분은 사이가 무척 좋으셨어요. 두 분이 함께 많은 시간을 보내셨고 무척 즐거워하셨죠. 그러니 서로를 알지 못했더라면 인생을 어떻게 보냈을지는 한 번도 생각해 본 적이 없으셨을 겁니다."

"어쩌면 두 분은 '어디어디에서 살았을 것이다' 같은 식의 대답을 떠올리셨을 수도 있습니다. 하지만 존재의 결정적 기쁨, 삶의 이유가 두 분이 아주 오랫동안 부부로 지낸 데 있다는 사실을 금방 깨달으셨을 겁니다. 그리 오래 걸리진 않고 금방이요."

PART 2

**누구나
책 한 권만큼의
이야깃거리를
품고 있다**

09

부고마저 재미없다면
죽는 데 무슨 낙이 있을까

*

어떤 사람들은 엄숙한 글만 품격 있는 부고가 될 수 있다고 믿는다. 그러나 내 생각은 다르다. 부고마저 재미없다면 죽는 데 무슨 낙이 있을까? 장례식에서 최고의 순간, 즉 슬픔을 잠시 내려놓는 순간은 추도사를 낭독하는 사람이 고인의 재미있는 버릇이나 익살스러운 말과 행동을 상기시킬 때 찾아온다는 사실을 알고 있을 것이다.

가족과 친구에게 고인에 관한 재미있는 이야기가 있냐고 물으면 그들은 대개 이런 식으로 대답한다. "어, 있긴 하죠. 그런데 부고에 쓸 만한 얘기는 하나도 없네요." 그들은 고인의 엉뚱하거나 성인군자답지 못한 면모는 부고에 들어갈 수 없다고 믿는 듯하다. 하지만 우리의 실수와 유쾌한 순간은 우리가 어떤 사람인지, 또는 과거에 어떤 사람이었는지를 보여주는 중요한 요소다. 그것들은 기록하지 않으면 사라져버린다.

부고 쓰기의 관행을 깨뜨린 매릴린 드애더의 유쾌한 부고

캐나다 노바스코샤의 정치 만화가 마이클 드애더^{Michael de Adder}는 2021년 1월 어머니가 돌아가신 직후부터 어머니의 이야기를 쓰기 시작했다. 삼 형제 중 장남인 그가 어머니의 부고를 준비하는 책임을 맡은 것이다. 장의사가 마감 시한을 정해 주었는데 시간이 꽤 빠듯했다.

나중에 드애더가 이렇게 말했다. "부고를 몇 편 읽어봤는데 너무 지루하더라고요. 그래서 저는 유머를 좀 넣기로 했어요." 그의 첫 문장은 부고의 관행을 깨뜨렸다.

> 쿠폰 수집가이자 수제 쿠키 장인, 위험한 운전자, 약자의 대변인, 무자비한 카드 플레이어이자 자칭 '퀸 비치(Queen Bitch)'였던 마거릿 매릴린 드애더(Margaret Marilyn De Adder)가 2021년 1월 19일 화요일에 사망했다.

마이클은 부고에 어머니의 개성을 담아내고 싶었다. 글의 일부에서는 진지한 분위기를 내려고 했지만 전체적인 분위기가 유머로 흘러갔다. 그도 어쩔 수가 없었다. 적어도 동생들은 재미있게 읽을 것 같았다. 가족끼리 읽고 나서 농담 대부분을 삭제하고 신문에 내면 괜찮겠다 싶었다. 하지만 결국 그의 형제들은 이런 농담이야말로 어머니를 기리는 완벽한 방법이라고 판단했다. 매릴린 드애더의 부고는 인터넷에서 큰 화제가 되었고 수백만 회의 조회 수를 기록했다. 다음은 그 부고의 나머지 부분을 요약한 글이다.

매릴린은 1942년 노바스코샤주의 뉴글래스고에서 해나 Hannah와 에드거 조이스Edgar Joyce 부부의 4남매 중 맏이로 태어났다. 소박한 가정의 넉넉지 못한 형편에서 자라면서 10센트로 1달러를 만드는 법을 익혔고 평생 그 분야에서 탁월한 재능을 보였다.

매릴린은 세상의 모든 아이를 사랑했으나 자신의 친자식들은 얼마나 깨끗하게 면도했는지에 비례해 그만큼만 사랑했다. 손가락 욕을 잘했고, 굴욕을 참지 않았으며, 농담에는 깔깔거리며 웃어주었다. 어리석은 짓을 견디지 못했고, 경멸을 감추지 못했으며, 차를 후진하는 데도 서툴렀다. 탐욕스러운 독서가였던 그녀는 실화 범죄 소설, 로맨스 소설, 특이한 정치 서적을 좋아했다.

그녀는 결혼 전에 배운 미용 기술로 부엌에서 항상 누군가의 머리를 손질해 주었다. 그래서 그녀의 부엌에서는 늘 빵 굽는 냄새와 더불어 파마약 냄새가 났다. 누구보다 바쁜 삶을 살았지만 언제든지 시간을 내어 자식들의 삶을 챙겼다. 그녀가 평생 이어온 취미로는 그림 그리기, 퀼팅, 홈베이킹, 정원 가꾸기, 하이킹, 방화 등이 있다. 매릴린은 차와 토스트를 좋아했는데, 그보다 더 좋아한 것은 다시 데운 차와 토스트였다. 차를 데우려고 버너를 켜놓고는 그 사실을 잊어버리기 일쑤였고 수많은 찻주전자를 태웠으며 셀 수 없이 많은 연기 피해를 냈다. 그 덕분에 화재경보기 앞에서 부채질하는 것이 차를 끓이는 자연스러운 단계라는 인상을 아이들에게 남겼다.

매릴린은 자원봉사와 지역 사회에 환원하는 일을 좋아했다. 몽크턴 시내의 캐피털 극장에서도 평생 자원봉사자로 일했다. 그녀의 아들들은 어머니가 그 기회를 이용해 공연을 무료로 보진 않았을까 하고 의심했다. 매릴린의 인생에서 가장 큰 업적은 1980년대 중후반에 이루어졌다. 빚은 늘어나는데 직업은커녕 자동차도 운전면허도 없었던 그녀는 1990년대 초에 이르러 모든 상황을 뒤집었다. 집값을 현금으로 치르고, 자동차도 현금으로 구매했으며, 세 아들을 대학에 보냈다.

매릴린은 배은망덕한 세 아들을 남겼다. 그녀는 아들들의 이름을 완벽하게 부른 적이 없으며, 그들의 농담을 제대로 이해한 적도 없었다. 크리스마스마다 세 아들 중 적어도 한 명은 수염이 덥수룩한 채로 집에 와서 분위기를 망치곤 했지만 그녀는 아들들을 매우 사랑했다. 하지만 세 아들이 모두 수염을 기르고 나타났던 끔찍한 크리스마스는 절대 잊는 법이 없었다. 그녀가 한 모든 일은 아들들을 위한 것이었다.

매릴린의 유족 가운데 손녀도 셋 있다. 그녀의 아들들이 이루 말할 수 없는 반인륜적인 만행을 저지른 반면, 손녀들은 아무런 말썽도 피우지 않았다. 아들들은 뿌리채소와 분말 우유(분말 우유라는 사실을 감추려고 우유갑에 곧바로 부었지만 아무도 속지 않았다)를 먹고 자란 반면, 손녀들은 세계적으로 유명한 쿠키와 시나몬 롤빵은 물론이고 설탕이 든 과자들을 산더미처럼 쌓아놓고 먹었다. 그녀가 손녀들을 사랑하는 마음은 누구도 따를 수 없었다.

고인의 허울을 벗기는 신랄한 부고들

우리 대부분은 만화가나 코미디언이 아니므로 마이클 드애더처럼 웃음을 주는 일이 그다지 내키지 않거나 그럴 재주가 없을 것이다. 하지만 부고를 살피다 보면, 성인군자인 척하는 고인의 허울을 벗기기 위해 비꼬는 말을 한두 마디 슬쩍 끼워 넣는 경우가 의외로 많다.

오리건주 클래머스폴스에서 목재 공장 관리자로 일했던 웨인 브로키Wayne Brockey의 부고는 손자 중 한 명이 작성했다. 부고의 첫 문장을 보면 브로키가 홈쇼핑 채널에서 광고하는 전동 공구류를 비롯해 다양한 제품을 주문하는 데 푹 빠져있었다는 사실을 알 수 있다. "2016년 9월 28일, QVC 채널은 충성스러운 고객을 한 명 잃었다." 부고는 다음과 같은 내용도 언급했다. "은퇴 생활을 하는 동안 웨인 브로키는 많은 이에게 심술궂은 노인으로 보였을 것이다."

이 부고를 쓴 손자 에런 브로키Aaron Brockey는 평소부터 그의 가족이 농담을 즐겨 하고 걸핏하면 서로 놀렸다고 했다. 그는 할아버지의 귀여운 결점을 언급하는 것이 적절하다고 생각했다. 브로키의 장녀 테리 홀츠강Terri Holzgang은 아버지가 "지나치게 감상적인 부고"보다 솔직한 부고를 원했을 것이라고 말했다.

나는 가족들이 고인의 결점까지 언급한 보물 같은 부고들을 모으고 있다. 최근 몇 년 동안 발표된 부고에서는 사망한 친인척을 성미 고약하고 불만 가득한 까다로운 노인네, 패배를 인정할 줄 모르는 사람, 성가신 사람 등으로 다양하게 묘사했다. 2008년에 《뱅고어 데일리 뉴스Bangor Daily News》는 한 여성이 "암과의 용맹스러운 싸움과 길고 힘든 결혼 생활" 끝에 사망했다고 전했다.

최근 《뉴욕 타임스》에 실린 어떤 부고는 고인이 미리 작성한 것으로, 그녀가 잠을 자다가 사망했으며 "가족 모두 직업이 있으므로 가족들에게 둘러싸여 떠나지는 않았다"라고 전했다.

2017년, 버지니아에서 오토바이 사고로 사망한 앨런 리 프랭클린Allen Lee Franklin의 부고는 그를 "진실하고 다정한" 사람이자 "어쩌면 미국 동부 연안에서 가장 지독한 짠돌이"였을지도 모른다고 묘사했다.

토니 프랭클린Tony Franklin은 스물여섯 살에 사망한 형 앨런의 부고를 쓰는 힘든 일을 맡았다. 장의사가 부고를 빨리 완성해 달라고 해서 "그냥 생각나는 대로 썼다"라고 토니는 말했다. 그 글에는 다음과 같은 내용도 있었다. "가족 모두가 앨런에게 오토바이가 얼마나 위험한지 끊임없이 경고했지만, 그는 막무가내로 고집을 부렸다. 앨런은 훌륭한 청년이었으며, 사람들을 만날 때마다 사사건건 말다툼을 벌였음에도 불구하고 모두에게 사랑받았다."

부고를 쓰는 동안에도 토니는 오토바이에 목숨을 건 형에게 여전히 화가 났지만, 형의 성격을 잘 보여주고 싶었다고 했다. "사람들은 대개 일반적인 스타일의 부고를 쓰는데, 형에게는 어울리지 않는 것 같았어요. 형은 일반적인 사람이 아니었으니까요."

인생 이야기를 그저 그런 일반적인 이야기로 만들지 말자.

노스캐롤라이나주 무어스빌에 사는 프리랜서 작가 킴벌리 존슨Kimberly Johnson은 시아버지 윌리엄 웨이퍼William Wafer를 무척 좋아했다. 2016년에 시아버지가 사망하자 존슨은 부고를 쓰겠다고 자청했다. 시아버지의 많은 업적과 더불어, 후손들을 위해 다음과 같은 내용도 충실히 기록했다. 그는 "호색한인 데다 천박한 매력을 지닌 인물"이었으며, "잼 병에 든 싸구려 와인을 즐겼다." 웨이퍼는 예의를 차려야 하는 식사 자리에서 수탉을 거세하는 법에 관해 이야기하며 분위기를 돋우는 것을 좋아했다.

수전 세이건Susan Sagan은 펜실베이니아주 러트로브에서 약물 과다 복용으로 스물일곱 살에 사망한 아들 노아 알티머스Noah Altimus에게 풍자 섞인 유머가 담긴 헌사를 바치고 싶었다. 그녀는 "노아는 피츠버그 펭귄스 하키팀과 비디오 게임, 반려견 리지, 닭고기를 좋아했다. 근력 운동을 싫어했지만 어쨌든 해냈고, 그러고 나서는 담배를 피웠다"라고 썼다.

린 에거스Lynn Eggers는 20여 년 전 미네소타주 베미지에서 사망한 어머니 리베카 에거스Rebecca Eggers를 위해 두 편의 부고를 썼다. 한 편은 논란을 피하려는 계획에서 진지하고 전통적 내용으로 채웠지만 나머지 한 편은 달랐다. 어머니가 일찍 일어나지 않아서 성공회 교회 예배에 참석하는 날이 드물었으며 "부엌과 요리를 얼마나 싫어하는지 끊임없이 이야기했다"라고 썼다. 어머니가 버지니아주의 설린스 칼리지에 다니면서 "담배를 배웠고 그로 인해 기록적인 벌점을 쌓았다"라고도 했다.

린은 베미지의 지역 신문에는 두 편의 부고가 다 실리도록 요청했지만, 어머니가 자란 테네시주 잭슨으로는 진지한 버전의 부고만 보냈다. 그곳의 친척들이 부고 속 유머를 이해할지 자신이 없었기 때문이다.

2021년 5월, 나는 네이트 실버$^{Nate Silver}$ 변호사로부터 이메일을 받았다. 자신의 부고에 들어갈 첫 두 문장을 임시로 작성했다는 내용이었다. "네이트 실버는 블루 크로스 블루 실드$^{Blue Cross Blue Shield}$ 보험사와의 오랜 싸움 끝에 어제 메릴랜드주 베데스다에 있는 자택에서 사망했다. 사망 원인은 본인 부담금 철폐를 위한 수술에 따라온 합병증 때문이었다."

네이트는 이렇게 말했다. "제가 바라는 것은 '실버 씨는 몽고메리 카운티 특별기동대원들에게 둘러싸여 사망했다'라고 쓰이는 상황이 생기지 않는 겁니다." 네이트는 이미 자신의 비문을 정한 터였다. "그는 자신이 초래한 불리한 상황에서도 나름의 최선을 다했다."

아이오와주 일간지 《디모인 레지스터$^{Des Moines Register}$》 기자였던 켄 푸슨$^{Ken Fuson}$은 직접 작성한 자신의 부고에서 다음과 같이 요청했다. "켄은 꽃 대신 1년의 애도 기간 동안 모두가 검은

부고마저 재미없다면 죽는 데 무슨
낙이 있을까? 장례식에서 최고의
순간, 즉 슬픔을 잠시 내려놓는
순간은 추도사를 낭독하는 사람이
고인의 재미있는 버릇이나
익살스러운 말과 행동을 상기시킬 때
찾아온다.

완장을 차고 공공장소에서 통곡해 주기를 요청했다. 그래도 슬픔이 가시지 않는다면 그레인저 또는 인디애놀라의 공공 도서관에 책을 기증하면 어떻겠는가?"

솔직한 재담으로 인기였던 안젤리카 수녀,

엉뚱한 연구를 즐긴 위안룽핑 이야기

나는 2016년에 사망한 메리 안젤리카 수녀^{Mother Mary Angelica}의 부고를 쓰면서 그녀가 전 세계적으로 영향력을 발휘하는 종교적 텔레비전·라디오·출판 제국을 만들었다고 묘사했다. 오하이오주 캔턴에서의 가난했던 어린 시절, 그녀를 버린 아버지, 우울증을 앓았던 어머니에 대해서도 언급했다. 하지만 무엇보다도 짓궂은 유머 감각을 빼고는 그녀에 관해 이야기할 수 없다. 유머가 모든 것을 가능하게 했다.

그녀가 진행한 〈안젤리카 수녀의 라이브 TV쇼〉는 특별히 대단한 콘셉트를 갖고 있진 않았다. 할머니 수녀가 안락의자에 앉아 한 시간 동안 카랑카랑한 목소리로 종교 이야기를 하는 방송이었다. 하지만 시청자들은 영적인 문제와 세속적인 문제에 대한 안젤리카 수녀의 솔직한 이야기를 좋아했다. 특히 그녀의 재치 있는 입담이 인기를 끌었다.

안젤리카 수녀는 실연당한 이들을 위해 이렇게 조언했다.

"'아, 그가 나를 떠났어. 난 죽어버릴 거야.' 사람들은 이렇게 악을 써대며 소리치죠. 아뇨, 당신은 죽지 않을 거예요. 그냥 입 다물고 있으면 기분이 나아질 겁니다."

다른 프로그램에 출연한 그녀는 은밀한 행위가 촬영되는 것을 허락한 리얼리티 TV 스타들에 관한 이야기를 듣고 이렇게 물었다. "그렇게 해서 그들은 지옥의 형벌 말고 무엇을 더 얻나요?"

안젤리카 수녀는 심각한 허리 통증을 견디며 자신의 제국을 건설했다. 그녀의 전기 작가인 레이먼드 아로요[Raymond Arroyo]에 따르면, 안젤리카 수녀는 1956년에 허리 수술을 받으면서 자신이 걸을 수 있게 되면 수도원을 짓겠다고 신께 약속했다고 한다. 목발과 보조기의 도움으로 간신히 걸을 수 있게 된 그녀는 "신과 거래를 할 때는 아주 구체적으로 이야기해야 한다"라는 결론을 냈다.

2021년, 중국의 농학자 위안룽핑[袁隆平]의 부고를 썼을 때의 일이다. 그는 수확량이 많은 하이브리드 벼 품종을 개발하여 중국을 기근에서 구하는 데 일조한 존경받는 학자였다. 위안의 사망 소식을 전하는 부고 대부분에는 전 세계 농업계 거물들의 장황한 찬사가 가득했다. 나는 그런 내용보다는 기근이 위안의 몸에 미친 영향을 비롯해 그가 직면했던 수많은 장애

물에 집중하고 싶었다.

위안은 토마토를 고구마에 접붙이는 시도를 비롯해 자신의 초기 실험에 대한 구술 기록을 남겼는데, 이를 통해 그의 기발한 측면을 발견할 수 있었다. 위안은 "땅 위에서는 토마토를, 땅 밑에서는 고구마를 수확하고 싶었다"라고 했다. 그 뒤에는 호박과 수박의 이종 교배도 시도했다. 자신이 만들어낸 울퉁불퉁하고 "맛이 괴상하고 밋밋한" 과일을 보고 제자들이 재미있어했다고 위안은 전했다.

위안의 시작은 그렇게 신통치 않았지만, 결국 그는 벼 재배 분야에서 역사적인 발전을 이루었다.

재앙을 팔아 돈방석에 앉은 하워드 러프 이야기

하워드 러프^{Howard Ruff}에 대해 근엄하거나 너무 진지하게 묘사한다면 그의 본모습을 왜곡하는 일이 될 것이다. 그래서 나는 그러지 않기로 했다. 타고난 코미디언이자 연기자였던 러프는 세상이 혼돈으로 치닫고 있다고 확신했으며, 우리를 에워싼 모든 재난으로부터 돈을 벌 수 있으리라고 굳게 믿었다.

1970년대 말, 인플레이션이 심각해지자 러프는 대재앙에 대비하기 위해 금, 은, 콩 통조림을 사재기해야 한다고 주장하면서 미국에서 유명해졌다. 하지만 러프는 자신이 너무 비관적이라는 평판은 거부했다. 그는 1988년에《상트페테르부르크 타임스^{St. Peterburg Times}》와의 인터뷰에서 "세상에 어떤 일이 일어나든 우리는 기회를 만들 수 있다"라고 주장했다.

러프는 캘리포니아주 버클리의 모르몬교 가정에서 태어났다. 2차 세계대전 당시 아직 소년이었던 그는 '빅토리 보이스'라는 애국 합창단에서 노래를 불렀다. 그는 2009년에 출간한 책에서 "그때 내가 세상에서 가장 좋아하는 것을 발견했다. 바로 박수갈채였다"라고 밝혔다. 그는 음악 학교에 들어가고 싶어 했지만, 모르몬교의 전통에 따라 신앙을 전파하는 선교 활동을 해야 한다며 어머니가 반대했다. 그 후 러프는 2년 동안 워싱턴에서 집마다 문을 두드리고 다니며 거듭되는 거절로부터 회복하는 법을 배웠다.

그는 브리검영 대학교에서 음악을 전공하고 경제학을 부전공했지만, 3학년을 마치고 중퇴했다. 군에 징집되었을 때는 말재주를 발휘해서 '싱잉 서전트^{Singing Sergeants}'라는 공군 공연 부대에 배치되었다. 그렇게 공군에서 4년간 복무한 뒤 아내 케이 러프^{Kay Ruff}와 함께 덴버로 이사했다. 덴버에서 '에블린 우드 속독 훈련 프로그램'의 지역 프랜차이즈를 인수했고, 나중에는 샌프란시스코 베이 에어리어의 프랜차이즈도 인수했다.

러프 부부는 오클랜드 심포니의 후원자가 되었다. 하워드 러프는 아내가 사회면에 멋지게 나오도록 1,000달러짜리 드레스를 사주기도 했다. 그러나 부부는 결국 너무 많은 빚을 졌고, 1968년에 파산 신청을 했다.

러프는 영양제를 팔면서 다시 일어섰다. 1970년대에는 인플레이션 심화를 걱정하면서 "가족을 위한 보험에 드는 셈 치고 비상식량을 비축해야 한다"라고 주장했다. 첫 책《미국에서의 기근과 생존Famine and Survival in America》을 자비로 출간하기도 했다. 나중에 가서는 그 책이 "매우 형편없었다"라고 인정했지만 말이다. 그럼에도 불구하고 텔레비전과 라디오의 각종 프로그램으로부터 러프에게 조언을 요청하는 연락이 끊이질 않았다.

1975년, 그는 영양제 사업을 그만두고《러프 타임스Ruff Times》라는 소식지를 발행하기 시작했다. 러프는 독자들에게 초인플레이션에서 살아남으려면 금과 은을 많이 사 모아야 한다고 몇 년에 걸쳐 조언했다. 1978년에는《다가오는 불황기에 번영하려면How to Prosper During the Coming Bad Years》이라는 책을 써서 베스트셀러로 만들었다.

그의 명성이 자자해지면서 TV 토크쇼 〈러프하우스Ruffhou$e〉, 라디오 방송, 세미나, 집회 등에 나갈 기회가 생겼고, 가는 곳마다 지지자들이 모여들었다. 1980년대 초, 그는 지지자들에게 은화, 골동품, 다이아몬드, 부동산, 동결건조 식품을 사두라고 조언했다. "우리는 고삐 풀린 인플레이션과 어쩌면 경제 붕괴를 피할 수 없을 것"이라고 적극적으로 경고했다.

그런데 상황이 굉장히 안 좋게 돌아가기 시작했다. 인플레이션이 진정되면서 금리가 하락하고 주식 시장은 호황을 누렸다. 의기소침해진 러프는 보다 긍정적인 어조를 채택하였고 일시적으로 《러프 타임스》의 이름을 《파이낸셜 석세스 리포트The Financial Success Report》로 바꿔보기도 하면서 행복한 뉴스는 대중의 관심을 덜 끈다는 사실을 깨달았다. 사업 부진에 빠진 러프는 유타주 메이플턴에 있던 실내 수영장이 딸린 1,850제곱미터의 대저택을 포기하고 근처의 훨씬 작은 주택으로 거처를 옮겼다.

계속해서 러프는 새로운 것을 찾아내서 팔았다. 그의 음반 《하워드 러프 싱스Howard Ruff Sings》에는 그가 부른 〈마이 웨이My Way〉가 수록되어 있다.

아내 케이가 늘 곁을 지킨 것은 그에게 큰 힘이 되었다. 결혼 생활을 지속할 수 있었던 비결에 대해 "우리 둘 다 같은 남자를 사랑하기 때문"이었다고 그는 자주 말했다.

'타고난 잔소리꾼' 타투를 새긴 거트 보일 이야기

거트 보일Gert Boyle의 부고에도 썼지만, 유머는 그녀의 비즈니스에서 큰 역할을 했다. 나치의 탄압을 피해 독일을 탈출한 유대인 난민이었던 보일은 1970년에 남편이 심장 마비로 사망한 뒤 가족 사업체인 콜롬비아 스포츠웨어^{Columbia Sportswear}를 물려받았다. 그녀는 스키 재킷, 낚시 조끼 등 아웃도어용 겉옷을 만들던 지방의 제조업체를 아들 팀 보일^{Tim Boyle}과 힘을 합쳐 글로벌 기업으로 성장시켰다.

보일의 거침없는 이미지는 콜롬비아 스포츠웨어의 핵심 자산이 되었다. 회사 광고에서 그녀는 '강인한 어머니'로 묘사되었다. 어느 광고에서 그녀는 '타고난 잔소리꾼^{Born to Nag}'이라는 타투를 새긴 이두박근을 보여줬다. 또 다른 광고에서는 "강박적이고 까다롭고 열정적인 사람이다. 그녀가 그나마 괜찮을 때의 이야기지만"이라고 했다. 세 번째 광고에서 그녀는 이렇게 제안했다. "나이가 들수록 부드러워지길 원한다면 와인을 마시세요." 2005년에 출간한 회고록에서는 자신을 고객에게 가치 있는 제품을 제공하기 위해 노력한 "괴팍하고 까칠한 노인네"로 묘사했다.

보일은 그동안 쌓은 부와 명예를 활용하여 스페셜올림픽을 지원했고, 오리건 보건과학 대학교의 암 연구에 1억 달러 이상을 기부했다. 그녀는 대학 건물에 자신의 이름을 붙이는 것도 한사코 마다했다. "시멘트에 내 이름을 새기는 일이 있다면, 아마도 내가 그 밑에 누워있는 때일 것"이라고 했다.

10

어머니 말씀이라도
팩트 체크는 꼭 해볼 것

*

1956년 내가 이 세상에 태어난 날, 전 세계에는 곰곰이 생각해 볼 만한 다른 뉴스들도 있었다.

- 남북전쟁 동안 북군의 북 치는 소년으로 전장을 따라다녔던 앨버트 울슨Albert Woolson이 어느덧 109세의 나이가 되어 미네소타주 덜루스의 병원에 위독한 상태로 누워있었다.
- 드와이트 데이비드 아이젠하워Dwight David Eisenhower 대통령이 수에즈 운하의 위기 상황에 관해 협의하기 위해 존 포스터 덜레스John Foster Dulles 국무장관을 런던으로 파견했다.
- 미국의 정치인 해럴드 스타슨Harold Stassen은 공화당을 설득해 리처드 닉슨Richard Nixon 부통령을 1956년에 있을 대선 후보 자리에서 밀어내려고 했다.
- 중국군이 버마를 침공했다는 소식이 전해졌다.

18세기까지 거슬러 올라가 2만여 종류의 신문 기사를 검색할 수 있는 서비스를 제공하는 '뉴스페이퍼스닷컴Newspapers.com'을 활용한 덕분에 이 모든 사실을 알 수 있었다. 유료 서비스를 원치 않는다면 공공 도서관의 자료실에서 옛날 신문을 찾아보는 방법도 있다. 물론, 인터넷 검색을 통해서도 정보를 얻을 수 있지만 디지털 시대 이전의 기사는 도서관의 자료가 더 풍성한 편이다.

옛날 신문은 전쟁부터 허리케인까지 다양한 사건에 관해 상세한 정보를 제공하는 훌륭한 참고서다. 어떤 결혼식 기사에서 우리 할머니가 입었던 웨딩드레스에 대한 정보를 발견할 수도 있다. 나는 오래전에 사라진 사람들이나 제품, 회사의 정확한 이름을 확인하기 위해 옛날 신문을 찾아본다. 옛날 신문들을 살피다 보면 친척들에 대해 놀랍거나 충격적인 소식을 발견할 때도 있다. 나 자신이나 내 이야기에 나오는 주요 인물이 언급된 기사를 검색해 보는 것도 좋다.

나는 내 기억이나 사람들에게서 들은 내용의 진위를 확인하기 위해 종종 옛날 신문을 뒤적인다. 내가 갖고 있던 기억이나 정보가 틀린 것으로 밝혀지는 일이 적지 않다. 옛날 신문 속에 남아있는 어떤 정보는 좀 놀라울 수도 있다. 오늘날에는 뉴스로 취급조차 되지 않는 것들이 수십 년 전만 해도 지역 신문에 뉴스로 실렸다. 다음은 버몬트주 랜돌프에서 발행된《헤럴드 앤드 뉴스Herald and News》1925년 11월 5일 자 신문에서 발견한 기사들이다.

- 최근 하트퍼드에서 온 매티 허친슨Mattie Hutchinson 부인은 마을에 사는 친구들을 찾아온 손님이었다.
- 병을 앓고 있는 리디아 슬리퍼Lydia Sleeper 양의 상태가 매우 좋지 않다.
- 투병 중인 제임스 A. 휘트니James A. Whitney 부인의 상태는 거의 변화가 없다.

내가 미니애폴리스에서 태어난 날은 1956년 7월의 무더위가 한창인 때였다고 어머니는 말씀하셨다. 어머니 말씀은 언제나 믿어야 하지만 그래도 확인은 해야 한다.《미니애폴리스 모닝 트리뷴Minneapolis Morning Tribune》에 따르면 그날은 비가 왔고 최고 기온이 섭씨 17도였다. 사실을 알게 되어 다행이다.

11

주고받은 편지는
훌륭한 삶의 기록이 된다

*

"문명인들은 일주일에 한 번씩 집으로 편지를 보낸단다." 내가 열여덟 살에 대학 공부와 이후 진로를 위해 집을 떠날 때 어머니가 하신 말씀이다. 얼마 안 되는 나의 장점 중 하나는 어머니의 조언과 지시를 종종 귀담아듣는다는 것이다. 그 후 나는 수십 년간 어머니와 아버지에게 거의 매주, 때로는 더 자주 편지를 썼다. 어머니는 그 편지들을 고리버들 바구니 두 개에 담아 보관하셨다. 2021년 초에 그 편지들을 다시 살펴보니 차곡차곡 쌓으면 높이가 60센티미터도 넘을 것 같았다.

부모님은 그 편지들을 고마워하셨다. 수천 통의 옛 편지는 내게도 '삶의 기록'이라는 뜻밖의 보너스를 주었다. 내가 반쯤 잊었거나 때로는 완전히 잊고 있었던 세부 사항과 사건을 떠올리는 데 귀중한 자료가 되었다.

우편이나 이메일, 소셜 미디어 등을 이용해 편지를 써보길 당신에게도 권한다. 우리의 소식이 담긴 편지는 누군가에게 기뻠을 가져다줄 것이다. 어떤 편지들은 우리 인생 이야기의 여러 챕터를 채우기도 한다.

한때는 집에 정기적으로 편지를 보내는 것이 의무까지는 아니더라도 평범한 일로 여겨졌다. 동화 작가 로알드 달^{Roald Dahl}은 기숙학교에 다니던 시절부터 어머니가 세상을 떠날 때까지 32년 동안 적어도 일주일에 한 번씩 어머니에게 편지를 썼다. 그의 어머니는 편지들을 가지런히 묶어서 보관했다. 달이 자신의 인생을 돌아보며 회고록을 쓸 때 그 편지들은 훌륭한 자료가 되어주었다.

인간은 습관의 동물이라는 이점 덕분에 나는 매주 편지를 쓰면서 한 주의 의식을 치른다는 행복감을 느꼈다. 나는 타자 치는 속도도 **빠른** 편이다. 내게 글을 쓰고 이야기를 전달하는 일은 정육점 주인이 고기를 써는 일만큼이나 자연스럽다.

요즘 사람들은 대부분 이메일이나 문자 메시지, 소셜 미디어 게시물의 형태로 아주 짧게 소식을 전한다. 그중 가장 나은 것들을 보관하면 그 또한 인생 이야기의 재료가 될 수 있다. 오래전에 자신이 쓴 편지나 가까운 이들에게서 받은 편지를 발견한다면 그 편지들을 뒤적이며 인생 이야기에 필요한 소재들을 발굴해 보자.

흥미로운 일이 있을 때는 문법을 지키거나 문체를 다듬는

데 연연하지 말고 되도록 빨리 적어두도록 한다. 우리 소식을 듣고 싶어 할 법한 이들에게 우편이나 이메일로 짤막한 편지를 보내면 그들의 하루를 행복하게 만들 수도 있다. 그리고 나 자신을 위해서 편지의 사본을 보관하자.

일주일에 한 통씩 편지를 쓰는 일은 좋은 글쓰기 훈련이 될 수 있다. 할 말이 없다고 느껴질 때도 억지로 글을 쓰게 만든다. 자리에 앉아 글을 쓰다 보면 기록할 가치가 있는 아이디어와 사건이 떠오르기도 한다.

편지에 꼭 극적인 사건이나 심오한 생각만을 적어야 하는 건 아니다. 마땅한 이야깃거리가 떠오르지 않는다면 저녁때 무엇을 먹었는지 써보자. 우리를 아끼는 사람들은 그런 작은 일에도 관심을 가질 것이다. 저녁 식사로 무엇을 먹었는지, 왜 그걸 먹었는지 생각하다 보면 크고 작은 사건들에 대한 기억이 함께 떠오를 수 있다. 고기를 얼마나 태웠는지, 어쩌다 토스트를 떨어뜨렸는지, 잼을 바른 면이 위로 떨어졌는지 아래로 떨어졌는지 설명해 보자.

시인 실비아 플라스Sylvia Plath의 팬이라면, 어머니에게 보낸 700여 통의 편지를 포함해 평생 그녀가 쓴 놀랍도록 많은 편지가 반가울 것이다. 1940년부터 1956년까지 쓴 편지들을 묶은 첫 번째 책은 1,400여 쪽에 이른다. 두 번째 책은 1,088쪽을 채웠다. 플라스의 편지들은 날씨, 여름 캠프에서 먹은 점심 이야기부터 그녀의 연애, 문학에 대한 깊은 동경, 들뜬 희망, 최후의 절망에 이르기까지 다양한 이야기를 담고 있다.

1954년 12월에 플라스가 어머니에게 보낸 편지에서 발췌한 내용이다. "케임브리지에 합격하기만 하면! 제 인생 전체가 무지갯빛으로 폭발할 거예요. (…) 계속 노력하면 언젠가 괜찮은 이류 작가는 될 수 있다고 생각해요." 플라스는 케임브리지 대학교에 들어갔고, 1955년 10월에 "바람 소리가 울리는 내 무지의 공허함 위로 다리를 놓기 시작했다"라고 썼다.

플라스는 《뉴요커New Yorker》에 시를 발표하고 유럽을 여행하다가 어느 파티에서 운명적으로 테드 휴스Ted Hughes를 만났다. 그는 만나자마자 플라스의 '입술에 돌진하듯' 키스했다. 플라스는 이 모든 일을 뒤로하고 서른 살에 자살해 큰 슬픔을 주었다. 그녀가 자신의 삶을 직접 이야기한 편지를 남기지 않았다면 더욱 슬픈 일이 되었을 것이다.

그녀의 딸 프리다 휴스Frieda Hughes는 책의 서문에서 이렇게 말했다. "어머니의 시와 산문, 일기, 그리고 편지를 묶어 출간한 책을 통해 그녀는 계속 우리 곁에 있다. 그 글들이 어머니를 가장 잘 보여준다."

동화 작가 E. B. 화이트E. B. White의 서간집을 엿보면 대가의

우리의 소식이 담긴 편지는
누군가에게 기쁨을 가져다줄 것이다.
어떤 편지들은 우리 인생 이야기의
여러 챕터를 채우기도 한다.

글쓰기 팁을 얻을 수 있다. 화이트는 다음과 같이 말했다. "나는 'oeuvre(전작)'라는 단어를 어떻게 발음하는지 모르고, 발음할 수 없는 단어는 사용하고 싶지 않으므로, 그 단어는 내 말뭉치에 한 번도 등장하지 않았다." 화이트는 축약어를 써도 괜찮다고 생각했고, 한 문장 안에서 같은 단어를 두 번 사용하는 것도 개의치 않았다.

가수 라우던 웨인라이트 3세Loudon Wainwright III는 시사 잡지《라이프Life》의 인기 칼럼니스트였던 아버지의 그늘에서 편치 않은 마음으로 자랐다. 아버지 라우던 2세Loudon II와 아들 라우던 3세는 마치 라이벌처럼 서로 경계하며 긴장된 관계를 유지했다. 라우던 3세는 회고록《라이너 노트Liner Notes》에서 아버지에게 사랑을 표현하는 것은 "나에게 무리한 요구였고 사실상 불가능한 일"이었다고 했다. 아버지가 사망한 뒤 그는 2차 세계대전 중 아버지가 집으로 보낸 편지들을 찾아냈는데, 그 편지들을 읽으면서 그제야 아버지를 제대로 이해하게 되었다. 그후 라우던 3세는 〈서바이빙 트윈Surviving Twin〉이라는 노래를 만들어 아버지에게 헌정했다.

편지를 잘 쓰기 위해, 실비아 플라스나 라우던 웨인라이트 3세, E. B. 화이트처럼 될 필요는 없다. 친구에게 이야기를 하듯이 자신의 목소리를 내보자. 나중에 친구들을 만나서 이야기할 만한 특이한 일이 생길 때마다 편지에 쓸 소재를 얻는 셈이고, 어쩌면 인생 이야기로서 간직할 가치가 있는 추억을 얻는 것일 수도 있다. 내가 애틀랜타에서 살았던 1998년 11월에 썼던 편지를 다시 읽다 보니 아버지의 고동색 올즈모빌 자동차를 물려받았던 일이 떠올랐다. 자동차의 외관은 볼품없었지만 그때까진 타고 다닐 만했다. 나는 그 차 때문에 생긴 일을 어머니에게 설명하기 위해 다음과 같은 편지를 썼다.

차를 도난당하는 건 무척 번거롭고 돈도 많이 드는 일이지만 덕분에 뜻밖의 모험을 했어요.

금요일 저녁 7시에 시내 주차장으로 들어섰는데 아스팔트 위에 깨진 유리 조각들만 반짝이고 있고 낡은 올즈모빌은 온데간데없이 사라져버려서 너무 놀랐어요. 제일 먼저, 주차 위반 차량을 끌고 가는 견인업체에 전화해 봤는데 그들은 아는 게 없다고 했어요. 그래서 경찰에 전화를 걸어 차를 도난당했다고 신고했죠. 그랬더니 어떤 여성이 연방 교도소 근처 해리엇 스트리트에 있는 '에이토$^{A\text{-}Tow}$'로 우리 차를 견인했다고 알려줬어요. 에이토에 가기 전에 경찰서에 들러 차를 되찾는 데 필요한 서류를 챙겨야 한다고도 했어요.

그래서 저는 열차를 타고 몇 정거장을 가서 내린 뒤 황량하고 어두운 대로를 따라 1.5킬로미터 정도를 걸었어요. 경찰서에 들어가니 한 여성이 서류 작업을 처리하고 택시를 불러줬죠. 택시는 제가 애틀랜타에서 한 번도 가본 적이 없는 남쪽 지역으로 굉음을 내며 달렸어요. 그 지역에는 주류를 판매하거나 수표를 현금으로 바꿔주는 가게들이 늘어서 있었는데 가게마다 거대한 쇠창살이 쳐져 있었어요.

에이토에 도착하니 유리창 너머의 출납원 자리에 귀가 삐죽 튀어나오고 기름진 머리카락 몇 가닥이 정수리에 기타 줄처럼 뻗어있는 남자가 앉아있었어요. 눈빛이 사나워 보였고 권총집에는 총이 들어있었어요.

그는 차를 되찾으려면 수수료로 75달러를 내야 하는데 먼저 우리 차를 찾아보라고 했어요.

분해 단계를 밟는 중인 수백 대의 차가 세워져 있는 질퍽거리는 주차장으로 걸어 들어갔어요. 경비원이 우리 차를 찾는 방법을 웅얼거리면서 뭐라 뭐라 설명했는데 통 알아들을 수가 없었어요. 그렇게 10분쯤 헤매다가 우연히 우리 차를 발견했죠. 차의 앞부분이 'V'자 모양으로 움푹 들어가 있었어요. 누군가가 튼튼한 표지판이나 신호등 기둥을 정면으로 들이받은 것 같더라고요.

재떨이엔 담배꽁초가 있었어요. 시트는 운전자가 안락하게 기대앉을 수 있도록 45도 정도 뒤로 젖혀져 있었고요. 시동을 걸려고 키를 꽂았지만 걸리지 않았어요. 누군가가 철사를 이용해 차에 시동을 걸었는지 핸들과 기어를 연결하는 축이 완전히 망가져 있었죠.

그래서 총을 찬 남자에게 택시를 불러달라고 해서 집으로 왔어요. 토요일에는 마음을 정하지 못하고 갈팡질팡했죠. 온종일 내린 비가 밤까지도 그치지 않아서 올즈모빌의 열린 창문으로 계속 들이칠 터였어요. 일요일에는 날이 갠 덕분에 다시 한번 차를 살펴보기로 했어요. 그렇게 차를 다시 보고 나니까 살릴 수 있겠다는 희망이 생겼어요.

저는 에이토 직원에게 '빌리의 카센터'로 우리 차를 견인해달라고 했어요. 견인차 운전사는 남의 일 같지 않다고 했죠. 자기도 얼마 전에 1984년식 캐딜락을 도난당했다고 하면서요. 자동차 절도범 대부분은 그저 폭주를 즐기는 젊은이들이래요. 그들은 오래된 차를 좋아한다고 하더라고요. 훔치기가 더 쉽다나요.

오늘 아침에는 에이토에서 트레이시와 이야기를 나눴어요. "파손이 심해서 수리하지 않는 편이 낫다"라고 그녀가 딱딱하게 말했어요. 차를 고치는 데 최소 몇천 달러가 들 거래요. 수리비가 너무 비싸면 그냥 고철로 팔아야 할까 봐요. 아마

100달러 정도는 받을 수 있겠죠.

어머니, 저에게 정말 좋은 차를 주셨는데, 세상에 공짜 차는 없나 봐요.

결국, 나는 덩치만 큰 그 빌어먹을 차에서 한 푼도 건지지 못했다. '빌리의 카센터'의 도움을 받아 그나마 새것에 가까운 타이어 네 개를 포함해 부품 몇 개만 간신히 건질 수 있었다. 주차장 건물에 안전하게 주차하지 않고 고작 몇 달러를 아끼겠다고 노상 주차장에 올즈모빌을 세워둔 나 자신이 원망스럽다.

12

완벽한 도입부를
마냥 기다리지 마라

＊

전문적인 글쓰기 기술이 없어서 인생 이야기를 쓰지 않는다는 건 변명이 될 수 없다. 당신 대신 글을 써줄 사람을 고용하는 방법도 있다. 이보다 더 추천하는 방법은 자신의 이야기를 직접 녹음하고, 조금 더 다듬고 싶다면 편집 작업에서 도움을 받는 것이다.

이 책의 목표는 당신이 이야기를 쓰게(적어도 녹음하게) 하는 것이다. 화려한 글솜씨는 중요하지 않다. 진정으로 중요한 것은 당신의 이야기를 남기는 일이다.

이 장에서는 일반적으로 통용되는 글쓰기 기술 몇 가지를 알려주려고 한다. 인생 이야기의 어느 부분을 쓰든 간에 쓰기 전에 먼저 무슨 말을 하고 싶은지 생각해야 한다. 하고 싶은 말을 메모하자. 산책하며 생각을 정리할 수도 있다. 또는 머리맡에 노트를 가져다 두고 낮잠을 청해보자. 잠들기 전에는 생각이 잘 떠오르기 때문이다.

먼저 개요를 작성해야 한다. 아주 대략적이어도 괜찮다. 고등학교에서 국어 선생님이 가르쳐주셨던 것처럼 숫자, 주요 사항, 뒷받침하는 세부 내용까지 넣어 정교하게 구성할 필요는 없다. 나는 기사를 쓰기 전에 근처의 아무 종잇조각이나 가져와서 쓰고 싶은 항목을 나열한다. 대부분은 한두 단어로 요약된다. 일단은 떠오르는 순서대로 적는다.

그리고 나서 이야기를 전달하는 논리적 순서를 생각하고 그에 따라 목록을 다시 정렬한다. 개요는 대략적인 가이드일 뿐이므로 크게 신경 쓰지 않아도 된다. 이야기를 어떻게 전달할지에 관한 생각은 글을 쓰면서 발전시켜 나간다. 어쨌든 불완전한 개요라고 하더라도 우리가 쓸 글의 전반적인 로드맵과 출발점이 되어주는 것은 사실이다.

내 인생 이야기를 어디서부터 시작할까? 앞에서 이미 제안했듯이, 우리 인생의 출발점인 출생에서부터 시작하거나 조상에 대해 간략하게 언급하며 시작할 수도 있다. 이야기의 첫머리에 넣고 싶은 중요한 메시지가 나중에 떠오를 수도 있다. 하지만 완벽한 도입부를 찾을 때까지 마냥 기다리지는 않도록 하자. 일단은 연대순으로 이야기를 쓰기 시작한다. 원한다면 나중에 순서를 다시 정렬해도 괜찮다.

어떤 어조로 써야 할까? 글의 톤이 고민이라면 대화하듯이 써보길 추천한다. 우리는 지금 논문이나 서사시, 법률 문서를 작성하는 것이 아니므로 되도록 편안한 느낌으로 써보자.

문장은 대체로 짧고 간결하게 쓰도록 한다. 짧은 문장만 반복해서는 자칫 너무 단조로운 글이 될 수 있으므로 긴 문장도 적절히 섞어 넣자.

쉬운 단어를 쓸 수 있는데도 군이 화려하거나 너무 전문적인 단어를 쓰고 있지는 않은지 점검해 보자.

- **나는 회계 부서의 규모를 적정화했다.**
  → 나는 회계 부서 동료들 중 해고 대상자를 결정하고, 그들이 적정한 퇴직금을 받을 수 있도록 최선을 다했다.

중요한 정보를 전달하지 않는 형용사는 되도록 빼는 편이 좋다.

- **불필요한 형용사:** 날렵한 초계함
- **유용한 형용사:** 분홍색 초계함

수동태보다는 능동태 표현을 쓰도록 한다.

- **수동태**: 나는 유출된 기름의 정화 작업을 위해 엑손에 고용되었다.
- **능동태**: 엑손은 기름 유출 정화 작업을 위해 나를 고용했다.

우리 인생 이야기를 쓰고 있는 만큼 자신이 가장 좋아하는 일화, 하고 싶은 이야기도 넣도록 하자. 그게 바로 핵심이다! 일화들을 쓸 때는 인생 이야기가 그저 동떨어진 일화들의 나열로 끝나지 않도록 주의해야 한다. 일화들을 엮어 더 큰 이야기를 만듦으로써 우리가 인생에서 어떤 일을, 왜 했는지에 대해 전하도록 한다. 가능하면 각 일화에서 무엇을 배웠고 그것이 왜 중요한지, 우리 시대에 대해 어떤 사실을 알려주는지도 설명해 보자.

가족이나 친구에게 초안을 보여주고 의미를 더 명확히 할 부분, 더 자세히 설명할 부분, 분량을 줄이거나 삭제할 부분에 대한 의견을 달라고 부탁해도 괜찮다. 모든 조언을 받아들일 필요는 없지만, 조언의 의미는 생각해 봐야 한다. 초고를 큰 소리로 읽어보자. 어색한 문구를 찾아서 고치는 데 도움이 될 것이다.

되도록 생생하게 묘사하되 모든 문장을 재치 있게 또는 경구처럼 쓰려고 너무 애쓰진 말자. 재치가 흘러넘쳐서 독자가

지칠 수도 있다. 가장 좋은 문체는 그 자체로 주의를 끌지 않는 문체다.

잘 읽으면 잘 쓰는 데 도움이 된다. 잘 듣는 것도 마찬가지다.

나는 《라이프》, 《타임Time》, 《스포팅 뉴스Sporting News》, 《내셔널 지오그래픽National Geographic》 같은 잡지와 신문, 책 등이 가득한 집에서 자란 덕분에 자연스럽게 글쓰기를 배웠다. 우리 집 텔레비전에는 채널이 두세 개밖에 나오지 않았고 딱히 볼만한 프로그램도 없었다. 내가 책을 읽는 것 말고 시리얼을 먹으면서 달리 무엇을 할 수 있었을까?

이제는 소셜 미디어 게시물들보다 더 많은 글을 읽고 싶다면 세상과 격리된 곳에서 스마트 기기 없이 지내는 휴식 시간을 따로 일정표에 넣어야 할 지경이 되었다. 그럼에도 불구하고 나는 인류가 독서를 포기하리라고 생각진 않는다. 나는 여전히 책과 《월스트리트 저널》, 《뉴욕 타임스》, 《이코노미스트Economist》, 《뉴요커》 같은 출판물에서 영감을 얻는다.

훌륭한 대안도 많다. 시끄럽게 떠드는 텔레비전을 끄고, 차분하고 신뢰할 수 있는 작가의 글이나 팟캐스트를 찾아보자. 성마른 패널들이 전화 토론으로 싸우는 라디오 프로그램 대신 팟캐스트 〈디스 아메리칸 라이프This American Life〉를 듣기를 권한다.

글쓰기 팁을 더 얻고 싶다면 윌리엄 스트렁크 주니어^{William} ^{Strunk Jr.}와 E. B. 화이트가 함께 쓴 《글쓰기의 요소》, 자크 바전 ^{Jacques Barzun}이 쓴 《간결하고 솔직한 글쓰기^{Simple&Direct}》를 추천한다.

13

사망할 것인가? 돌아가실 것인가?
세상을 떠날 것인가?

*

나보다 부고 기사를 더 많이 읽는 사람은 세상 어디에도 없을 것이다. 나는 타인의 부고를 작성하는 일을 하기 때문에 전 세계 각지에서 누가 사망했는지 보도하는 뉴스를 하루에 적어도 한두 시간은 둘러봐야 한다.

우선, 부고 기사 대부분은 그리 바람직하지 않은 출발점에서 시작한다는 사실을 기억하자. 기사의 첫 문장은 거의 항상 누군가가 사망했음을 알려준다. 기사 제목에서 이미 사망 사실을 알 수 있고, 기사가 위치한 지면 이름인 '부고란'이 강력한 단서를 제공하는데도 말이다.

대개 우리는 '에두르는 방식'으로 죽음을 통보받는다. "사망했다"라는 말을 쓰기를 이상하게 꺼리고 "돌아가셨다"라는 전통적인 완곡 표현에도 멈칫하는 사람들이 꽤 많다.

다음은 사람들의 감정을 해치지 않도록 표현을 다듬은 몇 가지 참신한 문장들이다.

- 천국의 문이 열리고, 하나님께서 두 팔 벌려 재닛을 왕국으로 맞이하셨다.
- 프레드는 95년을 멋지게 보낸 뒤 다음 모험을 향해 떠났다.
- 레이철이 집을 떠나 레이스 트랙을 영원히 내려다볼 수 있는 곳으로 향하자 마지막 체커드 플래그가 올라갔다.
- 해럴드는 2019년 10월 16일 수요일 오전 8시 27분에 예수를 만났다. (이 문장이 특이한 이유는 아침이 죽기 좋은 시간대라고 암시하기 때문이다. 아마도 아침 시간대에는 진주로 만들어진 천국의 문 앞에 줄을 선 사람들이 적기 때문 아닐까.)

어떤 사람들은 그저 "세상을 떠났다"라고 사망 소식을 알린다. 또 어떤 사람들은 "영혼의 세계로 여행을 떠났다", "영생을 얻었다", "이 세상을 떠나 황금 거리를 걷는다", "땅의 속박을 벗어던지고 하늘로 날아올라 천사가 되었다"라고 전하기도 한다.

나는 이들에게 이렇게 말해주고 싶다. '돌아가셨다, 승천하셨다, 쓰러졌다, 체크아웃했다, 숨이 넘어갔다, 밥숟가락을 놓았다'라고 할지 그냥 '세상을 떠났다'라고 할지 그리 걱정하지 않아도 된다. 우리 이야기를 읽을 때쯤이면 다들 우리가 더 좋은 곳에 있다는 사실을 알게 될 테니 말이다. 물론 더 나쁜 곳일 수도 있지만, 일단은 인생 이야기를 계속 이어가자.

완곡어법이 도움이 될 때도 있다. 특히 친척이나 친구에 대해 쓸 때는 더욱 그렇다. 《애틀랜타 저널컨스티튜션Atlanta Journal-Constitution》의 부고 편집자 출신인 케이 파월Kay Powell은 "상처 주지 않고도 진실을 말할 수 있다"라고 했다. 케이는 내게 이런 말을 한 적이 있다. "고인이 지루할 정도로 말이 많은 사람이었다고 가정해 볼게요. 이럴 때는 고인이 '이야기꾼'이었다고 말하는 거예요. 잠시도 쉬지 않고 말하는 인물이었다는 뜻으로요. 듣는 사람들은 그 말의 속뜻을 이해할 겁니다."

나는 내 부고에 내가 '사망했다'라고 쓸 것이다. 돌아가시거나 세상을 떠났다고 하지 않을 것이며, 하늘로 날아올랐다고 할 일은 더더욱 없을 것이다. 나는 무슨 일이든 단순한 편을 좋아하기 때문이다. 누구에게나 자신이 좋아하는 동사를 사용할 권리가 있다. 어쨌거나 이건 내 부고니까 말이다.

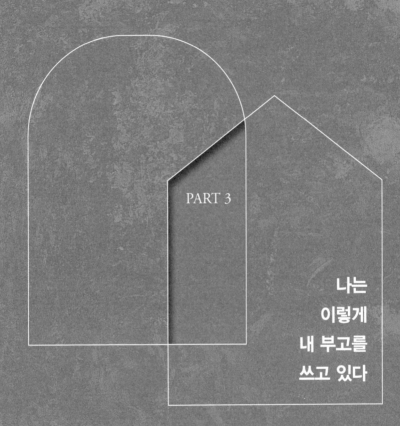

PART 3

나는
이렇게
내 부고를
쓰고 있다

14

아버지의 부고는
실패했지만

*

1997년 봄, 레드리버의 범람이 예년보다 훨씬 심해서 나의 고향인 노스다코타주 그랜드포크스 지역이 큰 피해를 보았다. 엎친 데 덮친 격으로 화재까지 발생하는 바람에 시내에서 건물 여러 채가 소실되었다. 화재 다음 날, 지역 신문의 1면 톱기사 제목은 〈어떤 어려움이 있더라도Come Hell and High Water〉였다. 상황이 너무 위태로워지자 미국 해안 경비대U. S. Coast Guard까지 출동했다. 노스다코타는 가장 가까운 바다에서 2,400킬로미터나 떨어진 내륙이었는데도 불구하고 말이다. 미국 해안 경비대는 아마도 최초로 내륙으로 출동하여 사람들을 안전한 곳으로 대피시켰다.

홍수로 불어난 물이 부모님의 동네까지 밀려와서 지하실이 차오르기 시작했다. 다른 주민 수천 명과 마찬가지로 부모님도 대피해야 했다. 한밤중에 부모님은 게일Gail 누나가 사는 노스다코타주 비즈마크로 차를 몰았다.

아버지는 뇌졸중과 신장암을 비롯해 여러 질병을 앓고 계셨다. 홍수가 아버지의 평온을 뒤흔들었다. 그때 나는 홍콩에 머무르고 있었는데, 홍콩의 아파트에서 아버지의 병원으로 전화를 걸어 병실에 연결해 달라고 했다. 잠시 뒤 병원 직원이 다시 전화를 받더니 아버지가 사망했다고 했다. 어머니는 나에게 그 소식을 전할 수 있는 상태가 아니었다.

아버지의 사망으로 생긴 급한 업무들 가운데 가장 먼저 우리는 지역 신문에 낼 부고를 준비해야 했다. 누군가는 이 과제가 우리 가족에게 쉬운 일이었으리라 생각할지도 모르겠다. 아버지는 일평생 언론인으로 살아오셨으니 오래전에 자신의 삶에 대해 간략한 글이라도 써둘 수 있었을 것이다. 하지만 그러지 않으셨다. 혹여 그런 생각을 하셨더라도 분명 우선순위에서 밀렸을 것이다. 어머니와 나 역시 언론인이었고, 누나들은 변호사였다. 우리 모두 쉬운 말로 글을 쓰는 법을 잘 알고 있었지만 아무도 전혀 준비되어 있지 않았다.

당시 나는 부고와 관련된 일을 하고 있지 않았다. 그때까지 부고를 어떻게 써야 하는지, 부고가 왜 중요한지 생각해 본 적도 없었다. 결혼 48년 만에 남편을 잃은 어머니는 다른 걱정거리도 많았으므로 경황 중에 남편의 부고를 서둘러서 써야 했다. 무난한 글이었지만 평소의 재기는 드러나지 않았다.

다음은 어머니가 쓴 아버지의 부고다.

《그랜드포크스 헤럴드Grand Forks Herald》 전 편집장 잭 해거티Jack Hagerty가 1997년 6월 13일 노스다코타주 맨던 병원에서 78세의 나이로 사망했다.

잭 해거티는 1918년 12월 14일 본가 모닝고에서 가까운 사우스다코타주 애버딘에서 태어나서 성장했다. 학생 때《아메리칸 뉴스American News》에서 일하면서 신문업계에 발을 들였다. 노던 주립 교육 대학교에 다니다가 사우스다코타주 브루킹스의 사우스다코타 주립 대학교로 편입하여 1940년에 졸업했다. 대학 신문《칼리지언Collegian》의 편집장이었다. 사우스다코타주 레먼에서 발행되는《리더Leader》의 편집장 대행으로 여름을 보낸 해도 있었다.

그는 2차 세계대전 당시 브라질에서 미 해군의 암호 해독병으로 복무한 참전 용사였다. 전쟁이 끝난 뒤에는《애버딘 아메리칸 뉴스Aberdeen American News》, 콜로라도 서부의 그랜드정크션에서 발행되는《데일리 센티넬Daily Sentinel》에서 잠시 일했다. 1946년, 유나이티드 프레스United Press의 비즈마크 통신원이 되어 비즈마크 지역으로 돌아왔다. 1953년에는 유나이티드 프레스의 미네소타주 관리자로 발령받아 미니애폴리스에서 근무했다. 1957년, 그랜드포크스로 옮겨 《그랜드포크스 헤럴드》의 편집 기자로 일하다가 편집장, 편집주간을 지냈다. 1983년에 은퇴했다. 그가 《그랜드포크스 헤럴드》에 몸담은 동안 이 신문은 AP통신으로부터 전국적인 상을 두 차례 수상했다.

그는 미네소타 대학교 뉴스 경영자 회의 의장, 노스다코타 AP통신 사장, 미국 기자 협회[SPJ]가 운영하는 '시그마 델타 치 Sigma Delta Chi'의 노스다코타 지부장, 노스다코타 공정재판 및 언론자유위원회[North Dakota Fair Trial-Free Press Commission]와 노스다코타 대학교 저널리즘 자문 위원회[UND Journalism Advisory Committee] 의장을 역임했다.

1985년, 50년간 신문업계에 종사한 공로를 인정받아 노스다코타 신문협회[North Dakota Newspaper Association]로부터 공로상을 받았다. 4월에는 사우스다코타 주립 대학교 언론학과에서 자랑스러운 동문으로 선정되기도 했다.

그는 노스다코타 헤리티지 센터[North Dakota Heritage Center]의 노스다코타 미니 전기 시리즈 중 한 권인 《개혁가 조지 B. 윈십[The Reformer: George B. Winship]》을 집필했는데, 《그랜드포크스 헤럴드》 창립자의 전기였다.

대다수의 독자가 이 부고에서 아무 문제점도 발견하지 못했을 것이다. 아버지의 삶을 정확하게 요약하고, 수상 경력을 정리했기 때문이다.

지금 와서 돌이켜보면 내 기준으로는 실패한 부고였다. 이 부고는 아버지가 어떤 사람인지 전혀 전하지 못했다. 아버지가 인생에서 무엇을, 왜 이루려고 했는지에도 침묵했다. 아버지의 별난 버릇과 유머 감각에 관한 사례를 하나도 넣지 않았다. 우리가 다 망쳐버렸다.

물론, 내가 아버지의 부고를 썼더라도 쉽지 않았을 것이다. 나는 열여덟 살까지 부모님 댁에서 살았고, 그 뒤 20년간 적어도 1년에 한 번씩 아버지를 만났다. 그런데도 아버지에 대해 아는 것이 어떻게 이렇게 적을 수 있을까?

기본적인 사실조차 흐릿하다. 내가 아버지에 관해 조금이나마 아는 사실은 다음과 같다.

아버지는 사우스다코타주 애버딘에서 자랐다. 아일랜드, 잉글랜드, 스코틀랜드, 노르웨이 혈통이 섞여 있는 아버지 가족은 부동산으로 돈을 벌었다가 대공황 때 대부분 날렸다. 아버지 가족은 어느 시기에 불명확한 이유로 워싱턴주로 급히 떠났다가 몇 년 뒤 사우스다코타주로 돌아왔다. 할아버지가 무엇을 하며 시간을 보냈는지 명확하게 들은 적이 없다. 무슨 일을 하셨든 간에 이룬 것이 별로 없다는 인상을 받았을 뿐이다. 대공황기 동안 할머니는 절약하는 생활을 하면서 낡은 밀가루 자루로 아이들의 속옷을 지어 입히셨다. 아버지 가족에게는 렉스Rex라는 개가 한 마리 있었다.

아버지의 형은 음울한 매력이 있는 미남이었는데, 2차 세계대전 중 공군에 입대했다가 비행기 추락 사고로 사망했다. 아버지는 리우데자네이루의 안전한 지역에서 해군의 메시지를 해독하는 병사로 복무하며 전쟁을 치렀다. 리우데자네이루에는 영국인 여자 친구도 있었다. 세월이 흐른 뒤, 어머니는 야자수에 기대어 있는 영국 아가씨의 사진을 보더니 종아리가 굵다고 한 소리를 하셨다. 사랑과 마찬가지로 질투도 소급 적용될 수 있다.

아버지는 상어 가죽 같은 직물로 만든 흰색 정장을 입고 귀국했는데, 그 옷은 곧 옷장 깊숙이 처박혔다. 햇볕에 탄 짙은 황갈색 피부는 결코 원래대로 돌아오지 않았다. 어머니는 아버지가 브라질너트처럼 보였다고 했다. 그 후 아버지가 리우데자네이루의 해변과 클럽을 자유롭게 돌아다니는 생활로 돌아가는 일은 없었다.

전쟁과 열대에서의 모험이 끝난 뒤 아버지는 고향으로 돌아와 기자가 되었다. 정치, 홍수, 가뭄, 범죄에 대해 간결하게 기사를 썼다. 마침내 신문사 편집장이 되고 소득도 늘어서 중상류층의 안락한 생활을 누리며 가족을 부양하고 5년마다 새 올즈모빌 자동차를 구매할 수 있었다. 아버지가 고른 둔탁한 올즈모빌은 흔히 볼 수 있는 쉐보레보다 확실히 우월해 보였지만 겉이 번지르르한 캐딜락에는 미치지 못했다. 아버지가 올즈모빌보다 더 날렵한 차를 원했는지는 잘 모르겠다.

아버지는 1940년대 영화에나 나올 법한 구식 신문 기자였다. 한쪽 입꼬리에 담배를 물고 두 손가락으로 타자를 쳤다. 사람들을 인터뷰할 때는 메모를 하지 않았다. 아버지는 모든 것을 기억했다. 확인할 길은 없지만 아무튼 아버지 말씀으로는 그랬다.

매주 수요일 저녁은 아버지가 친구들과 외출하는 날이었다. 아버지가 컨트리클럽에서 친구들과 카드놀이를 하는 동안 그 틈을 타서 어머니와 누나들과 나는 아버지가 업신여기는 피자를 먹었다. 아버지는 골프도 쳤다. 집요했지만 실력은 형편없었고 내가 알기로는 그다지 즐기지도 않았다. 9홀 코스를 걷는 것이 아버지가 말하는 운동이었다. 나는 아버지가 특별히 자기 관리를 하는 것을 본 적이 없다. 아버지는 영양 섭취나 외모에도 신경 쓰지 않았다. 어머니가 사주어야만 새 옷을 입었고 정장, 흰 셔츠, 넥타이만 있으면 되는 사람이었다.

휴가, 자녀 훈육, 집 꾸미기, 친목 활동 등 집안일은 모조리 어머니에게 맡겼다. 저녁 무렵 어머니가 술을 한 잔 들고 부엌 조리대에 기대어 고단했던 하루를 이야기하고 싶어 할 때면 아버지는 조급한 기색 없이 정중하게 위로의 신호를 보내며 경청했다. 아버지가 한탄을 늘어놓는 일은 좀처럼 없었다.

어머니는 일과가 끝나면 기꺼이 카펫 위에 철퍼덕 앉아 아이들과 놀아준 좋은 아버지로 남편을 기억한다. 나는 잠들기 전에 《곰돌이 푸Winnie the Pooh》를 비롯해 동화책을 멋지게 읽어준 아버지로 기억한다. 누나들과 나는 아버지가 당나귀 이요르Eeyore의 이름을 첫음절에 강세를 길게 넣어 고음으로 발음하는 것을 좋아했다. 우리는 몇 번이고 반복해 달라고 졸랐고 아버지는 그때마다 우리가 원하는 대로 해주었다.

여름이면 아버지는 퇴근 후 나와 함께 뒷마당에서 야구공을 던지고 받는 캐치볼 놀이를 했다. 당시에는 잘 몰랐지만 이제 와서 생각해 보니 아버지에게 캐치볼 놀이가 크게 즐겁지는 않았을 것 같다. 아버지는 나를 데리고 야구 경기를 보러 가서 득점표에 볼, 스트라이크, 안타, 아웃을 어떻게 기록하는지 가르쳐주었다.

아버지와 나는 에노스 슬로터Enos Slaughter나 피 트레이너Pie Traynor처럼 오래전에 세상을 떠난 야구 선수들의 전설을 소중히 여겼다. 우리는 장거리 자동차 여행을 할 때면 야구 선수 이름으로 끝말잇기를 하면서 시간을 때웠다. 한 명이 메이저리그 선수의 성을 말하면, 다른 한 명이 그 성의 마지막 글자로 시작하는 다른 선수의 성으로 대답하는 식이었다. 내가 뮤지얼Musial을 말하면 아버지는 레먼Lemon이라고 응수하고, 내가 다시 니크로Niekro라고 말하면 올리바Oliva나 오트Ott로 이어졌다. 우리는 이 게임을 몇 시간이고 계속할 수 있었다.

어느 시점에 아버지와 어머니 모두 담배를 끊겠다고 맹세했다. 두 분 다 단번에 그리고 영원히 끊겠다고 했다. 어머니는 그 약속을 지켰다. 아버지는 약속을 지키는 척했다. 우리는 아버지가 1년 내내 하루도 빠짐없이, 적어도 한 시간은 일을 하러 나가는 것이 언제나 신기했다. 크리스마스 때도 마찬가지였다. 한참 뒤에야 아버지의 볼일 중 하나가 집에서 나와 담배를 피우는 것임을 알게 되었다.

언젠가 집에 여자 친구를 데려갔었는데 나중에 그녀가 말했다. "너랑 아버지는 너무 대화가 없더라!" 아, 우리는 대화를 약간 하기는 했지만 야구 같은 안전한 주제에 대해서만 입을 열었다. 정치나 매우 사적인 이야기, 서로 기분이 상할 것 같은 이야기는 절대 하지 않았다. 그때는 이미 아버지가 은퇴한 뒤였다. 아버지는 텔레비전 퀴즈쇼를 보거나 딕 프랜시스Dick Francis의 소설을 읽는 것을 좋아했다. 매일 술을 정확히 두 잔씩 드셨는데 오후 5시 정각이 되면 첫 잔을 따랐다.

아버지와 마지막으로 대화한 것은 홍콩과 노스다코타를 잇는 전화선을 통해서였다. 아버지는 거의 말을 할 수 없을 정도로 기력이 쇠약해져 있었지만, 가장 좋아하는 야구팀인 시카고 화이트삭스에 대해 말하고 싶어 하셨다. 스타 선수인 앨버트 벨Albert Belle의 이름을 말하려고 하셨지만 처음 두 음절만 내뱉을 수 있었다. "앨-버……." 목이 멘 듯한 두 음절이 아버지가 내게 건넨 마지막 말이었다.

몇 개월 뒤 꿈에서 아버지를 보았다. 나무가 우거진 길을 함께 걷고 있었는데 평소와 다르게 손을 잡고 있었다. 아버지의 손은 어린아이 같은 내 손보다 크고 푹신한 느낌이 들었다. 서로에게 영원한 작별을 고하고 있다는 사실을 동시에 깨달았다. 정확히 같은 순간에 우리 눈에서 눈물이 흘러내렸다.

"아버지, 아주 화려하지는 않지만 결국 훌륭하게 임무를 완수하셨네요. 예전보다 지금 더 감사하게 생각해요. 트집을 잡으려는 건 아니지만, 아버지가 직접 자신의 이야기를 들려주셨더라면 더 좋았을 텐데 말이죠. 분명 저희에게 깜짝 선물이 되었겠죠. 저희는 아버지의 이야기를 한 단어도 빠뜨리지 않

JACK HAGERTY

1918~1997

한쪽 입꼬리에 담배를 물고
두 손가락으로 타자를 쳤던 구식 신문 기자.
《그랜드포크스 헤럴드》 편집장으로 활약하며
노스다코타주 신문업계에서 두루 인정받은 저널리스트.

아버지는 모든 것을 기억했다.

아무튼 아버지 말씀으로는 그랬다.

고 읽은 뒤 안전한 곳에 보관했을 거예요.”

고해 성사를 하는 김에 내 실패를 하나 더 고백하겠다. 나는 캐롤Carol 누나의 참모습을 전하는 데도 실패했다. 2011년 12월, 캐롤 누나는 56세의 나이에 흔히 ‘루게릭병’으로 알려진 근위축성 측삭 경화증ALS으로 사망했다.

사망하기 이틀 전, 누나는 나에게 부고를 써달라고 부탁했다.

캐롤 누나에 대해 들려줄 이야기가 참 많다. 누나는 유럽을 빈둥빈둥 돌아다녔고 식당에서 서빙을 했으며 로스쿨을 졸업한 뒤 워싱턴, 홍콩, 도쿄, 뉴욕, 덴버 등지에서 변호사로 일했다. 그러다가 콜로라도 북동부에서 커트 베르너Curt Werner라는 잘생긴 목장주를 만났다. 두 사람은 사우스플랫강 둑의 건초 더미 위에 앉은 하객들 앞에서 야외 결혼식을 올렸고 세 자녀를 두었다.

캐롤 누나가 사망했을 무렵 나는 아직 부고 전문기자가 아니었다. 부고를 어떻게 쓸지 전혀 모르는 상태였지만 누나의 인생에 관한 기본 사실들을 서둘러 모았다. 누나가 거의 말을 하지 못하는 상태였으므로 누나의 학위와 고용주에 대한 상세 정보를 얻기 위해 비즈니스 네트워크 사이트인 링크트인Linkedin에 문의했다. 학위, 직업, 가족 관계에 관해 되도록 정확하게 쓰기는 했지만 지루하게 열거하는 식으로 끝나고 말았다. 누나의 진면모와 독특한 개성은 빠져있었다.

　나는 추도사를 써서 이를 보완하려 했는데, 다음은 그 일부를 발췌한 것이다.

　남들이 장벽과 시련을 볼 때 캐롤은 기회와 모험을 보았다. 어릴 적 캐롤은 누군가가 어떤 일이 너무 어렵다고 말하면 더욱 끈질기게 그 일을 하고 싶어 했다. 다른 여자아이들이 쿠키를 구울 때 캐롤은 아이스크림 위에 머랭을 올려 구워내는 베이크드 알래스카를 만들었다. 주변이 온통 끈적이고 엉망진창이 되기는 했지만 일종의 승리인 셈이었다.

　캐롤을 콜로라도주 메리노로 이끈 것은 개 한 마리, 아니 두 마리였다. 녀석들의 이름은 빌Bill과 대피Daffy였다. 그 개들은 고든 세터 종이었다. 캐롤은 덴버에서 그 개들을 데려왔는데, 도시에서 기르기에 적합하지 않은 사냥개라는 사실을 곧 깨달았다.

　캐롤은 그때까지 총을 들어본 적도, 사냥꾼의 잠복지 근처에 가본 적도 없었지만, 그 녀석들과 함께 사냥하는 법을 배우기로 마음먹었다. 그녀는 오리 사냥이라는 이국적 세계를 처음으로 탐험하던 날 커트를 만났다. 어떤 개를 선택하느냐에 따라 우리 인생은 의외로 중대한 결과를 맞닥뜨릴 수 있다.

캐롤은 목장으로 이사한 뒤 뉴욕과 도쿄, 콜로라도주 워싱턴 카운티 등지에서 가져온 공예품들을 묘하게 조합해 목장을 꾸몄다. 나쁘지 않은 조합이었다. 그녀는 거대한 바이킹 레인지 위에서 정성을 들여 요리했다.

루게릭병 진단도 캐롤에게는 일종의 모험으로 다가왔다. 그녀는 병과 함께 되도록 잘, 그리고 오래 살 수 있는 방법을 찾으려 했다. 그래서 제약 회사의 임상 실험에 참여했다. 전동 휠체어를 타고 씽씽 돌아다니면서 자꾸 뒤를 따라오는 닥스훈트 강아지들을 따돌리는 법도 터득했다. 눈꺼풀을 깜빡여 컴퓨터를 조작하는 법도 배웠다. 우리의 마지막 스크래블 게임의 승자는 캐롤이었다.

병은 예상보다 빠르게 진행되었다. 머지않아 캐롤의 몸이 거의 완전히 마비되었다. 그녀를 위로하기 위해 전 세계에서 친구들이 몰려들었다.

사촌 크리스 하틀리Kris Hartley는 매주 콜로라도주 스프링스에서 차를 몰고 와서 먹을거리를 챙겨주고 정성껏 보살펴 주었다. 캐롤은 크리스를 가리켜 "최고의 양치질 도우미"라고 했다.

캐롤은 기술과 과학의 진보를 늘 믿었다. 누구보다 먼저 새로운 전자 기기를 받아들이는 '얼리 어답터'였다. 사브 자동차에 실험용 혼합 연료를 부어 엔진을 망가뜨린 뒤에도 바이오

연료를 신뢰했다. 하지만 기술은 끝내 캐롤을 실망시켰다. 컴퓨터 소프트웨어와 제약 회사는 루게릭병의 끈질긴 공격에 맞서지 못했다.

캐롤의 유머 감각과 가족, 친구, 신에 대한 믿음은 결코 그녀를 실망시키지 않았다. 마지막 몇 시간 동안 그녀는 평온했다. 농담도 몇 마디 던졌다. 그녀의 말대로 망가진 몸에서 벗어나 영원한 생명을 받아들일 준비가 되어있었다.

캐롤이 우리에게 말했다. "잘 지내. 내가 지켜보고 있을 거야."

CAROL KAY HAGERTY WERNER
1954~2011

로스쿨을 졸업한 후 워싱턴, 홍콩,
도쿄, 뉴욕 등지에서 변호사로 근무.
루게릭병의 도전장을 받고
용감하게 싸우다가 세상을 떠났다.

남들이 장벽과 시련을 볼 때
그녀는 기회와 모험을 보았다.

15

신문 1면을 장식한
나의 특별한 어머니 이야기

*

나는 2004년부터 어머니의 인생 이야기를 쓰기 시작했다. 당시 어머니는 78세였고, 어머니의 이야기를 글로 옮기기에 적당한 때 같았다. 그 연세에 '어머니에게 무슨 일이 더 일어날까?'라고 생각했다. 하지만 상상보다 훨씬 많은 일이 일어났다.

나의 어머니 매릴린 해거티^{Marilyn Hagerty}는 기자 출신이었으므로 자신의 이야기를 직접 쓸 수도 있었다. 하지만 나는 어머니가 그러지 않을 줄 알고 있었다. 그래서 어머니와 마주 앉아 몇 시간 동안 이야기를 나누는 자리를 마련했다. 내가 질문을 던지면 어머니가 대답했고, 일단은 그 내용을 전부 기록했다.

글을 써야 할 때가 되자 어디서부터 이야기를 시작할지 결정해야 했다. 나는 연대순으로 쓰는 것을 선호하는 편이지만, 어머니의 이야기만큼은 그녀가 초보 기자 시절에 일어난 사건에서부터 시작하기로 했다. 어머니의 직장 생활을 단적으로 보여주는 에피소드였기 때문이다.

도랑에서 헤엄친 어느 신문 기자 이야기

사우스다코타 대학교를 졸업한 뒤, 매릴린은 사우스다코타 주의 거점 도시인 애버딘에서 《아메리칸 뉴스》의 기자로 일했다. 뉴스 편집자들은 매릴린에게 결혼식, 여성 동호회 등을 다루는 사회면 기사를 써달라고 했다. 그녀는 "그런 기사를 쓰려고 대학에 들어간 게 아니라고 편집자들에게 항의했다"라고 말했다. 그래서 병원과 학교 이사회를 취재하고 특집 기사를 작성하는 일도 맡게 되었다.

1949년, 폭풍우가 지나간 어느 날 저녁 그녀는 길을 건너다가 미끄러져 도랑에 빠지고 말았다. 건설 공사를 위해 파놓은 도랑에서 흙탕물이 소용돌이치고 있었다. 그녀는 한 손에는 약혼자에게 보내는 편지를, 다른 한 손에는 허쉬 초콜릿 봉지를 움켜쥐고 있었다.

차가운 물속에서 팔다리를 허우적거리다가 손으로 여기저기 더듬으며 붙잡을 만한 단단한 물체를 찾았다. 이윽고 도랑 건너편에 도달해 간신히 빠져나올 수 있었다. 그녀의 새 비옷은 흙탕물에 흠뻑 젖어 진흙투성이가 되어버렸다. 경찰 둘이 그녀를 순찰차로 안내하더니 길 잃은 개 한 마리와 함께 뒷좌석에 태워주었다.

경찰들이 클라인 스트리트의 하숙집까지 그녀를 태워다 주었다. 집주인 보스만^{Bosman} 부인이 문 안쪽에 신문지를 펼쳐주었다. 매릴린은 그 위에 서서 흠뻑 젖은 옷을 벗었다. 그녀의 손에는 여전히 허쉬 초콜릿 봉지가 쥐어져 있었다.

이 이야기는 삽시간에 《아메리칸 뉴스》 사무실에 퍼졌다. 발행인 헨리 슈미트^{Henry Schmidt}가 매릴린에게 그 사건에 대한 "재미있는 이야기"를 써보라고 권했다.

그날은 여러 뉴스로 분주한 날이었다. 중국 공산당이 상하이를 접수하기 위해 공세를 퍼붓고 있었다. 토네이도와 홍수로 텍사스와 오클라호마에서 열네 명이 사망했다. 하지만 이튿날 아침, 그 뉴스들은 매릴린의 추락 사고 기사에 묻혀버리고 말았다. 그날 《아메리칸 뉴스》 1면의 헤드라인은 〈허브 스트리트에서 헤엄친 한 사람만 무사했다!〉였다.

매릴린은 자신이 미끄러졌던 도랑으로 다시 찾아갔던 이야기로 기사를 마무리했다.

헤엄쳤던 현장으로 돌아오니 상처받은 자존심이 어느 정도 회복되었다.

도랑의 폭은 3미터였고, 중앙 부분의 깊이는 2.4미터였다.

판자로 길을 깔고 울타리를 세우던 인부들이 "어젯밤에 어떤 아가씨가 이곳을 지나다가 물에 빠졌다"라고 설명해 주었다.

나는 "네, 저도 알아요"라고 대답했다.

이 도입부 뒤부터는 연대순으로 쓰기 시작했다.

불쌍한 한센 가족의 탄생

매릴린 게일 한센^{Marilyn Gail Hansen}은 1926년 5월 30일 사우스다코타주 피어에서 태어났다. 미국인 친구들에게 맷^{Matt}으로 불렸던 그녀의 아버지 마스 한센^{Mads Hansen}은 덴마크의 푸르고 작은 섬인 삼쇠섬의 콜비 카스 마을에서 자랐다. 한센 가족은 헛간이 딸린 초가집에서 살았는데, 마스는 9남매 중 여섯째였다. 9남매가 나누어 갖기엔 농장이 너무 작았기 때문에 그는 스물두 살에 미국으로 이민을 떠났다. '오스카르 2세호'를 타고 11일간 항해한 끝에 1908년 6월 뉴욕에 도착했다.

마스는 185센티미터에 마른 체격이었다. 어렸을 때 부러졌던 뼈가 제대로 붙지 않아 절뚝거리며 걸었다. 그는 경작자에게 대평원의 황무지를 무상으로 제공하던 '홈스테드법^{Homestead Act}'에 따라 사우스다코타주 호콘 카운티에서 농사를 짓기 시작했다. 그러나 땅이 생각보다 척박했고 농사는 그의 적성에 맞지 않았다. 그는 피어로 자리를 옮겨 식료품 도매 회사에서

배송 직원으로 일하기 시작했다. 그와 친구들은 집에서 만든 맥주를 마셨다. 언젠가 고국을 다시 방문하고 싶어 했지만 그럴 여유는 일평생 생기지 않았다.

매릴린의 어머니 티라 리닛^{Thyra Linnet}은 미네소타주 타일러에 살던 덴마크계 이민자의 딸이었다. 티라는 피어로 와서 카페에서 일했다. 키가 작고 통통했던 그녀는 매우 보수적이어서 훌륭한 여성은 립스틱을 바르지 않는다고 믿었다.

매릴린은 5남매 중 넷째였다.

그녀의 가족은 소도시에 살았지만 닭을 키웠고 우유를 얻기 위해 젖소도 한두 마리 키웠다.

매릴린이 아홉 살 때 어머니가 유방암으로 돌아가셨다. 그때부터 매릴린은 어머니의 날을 싫어했다. 어머니가 돌아가신 아이들은 그날 흰 꽃을 달고 있어야 했다. "나는 그 꽃 때문에 시선을 받는 게 싫었어. 화가 났지. 다른 사람들이 우리 어머니가 안 계신다고 이야기하는 것도 싫었어. 우리가 가는 곳마다 사람들이 어머니 이야기를 했지. 나는 그들이 우리를 가리켜 불쌍한 한센가 아이들이라고 부르는 것도 싫었단다."

매릴린의 집에는 책이 거의 없었다. 《성경》 한 권과 제인 그레이^{Zane Grey}의 서부 소설 몇 권이 전부였다. 하지만 마스는 교육받은 사람들에 대한 존경심을 드러내며, 피어에서 발행되는 신문인 《캐피털 저널Capital Journal》의 편집자 밥 히플Bob Hipple이 마을에서 가장 똑똑한 사람이라고 매릴린에게 알려주었다.

수완 좋은 꿈나무 저널리스트

한센 가족에게는 몇 가지 확실한 규칙이 있었다. 교회 학교는 반드시 출석해야 했다. "아버지는 우리를 검은색 픽업트럭에 태워 아담한 흰색 루터 교회에 데려다주곤 하셨어. 헌금함에 넣으라고 5센트씩 주셨지. 아버지가 교회에 가는 일은 드물었지만 우리는 꼭 가야 한다고 고집하셨어." 마스는 아이들에게 '닥쳐'라는 말을 금지했고, 그 말을 한 번도 하지 않고 일주일을 보낼 때마다 5센트를 주었다.

매릴린은 운동을 잘하는 편이 아니었다. 다리가 너무 길다고 어떤 남자아이들은 그녀를 거미라고 놀렸다. 그녀는 피아노를 꾸준히 쳤지만, 음정에 맞춰 노래를 부르지는 못했다.

매릴린은 무언가를 뛰어나게 잘하고 싶어 했고, 다른 아이들보다 책을 더 많이 읽으면 선생님들에게 좋은 인상을 줄 수 있다는 사실을 깨달았다. 그녀는 고등학교 신문부에서 활동했으며, 졸업 앨범 편집도 맡았다. "타이핑을 잘했고, 몹시 수줍음을 타긴 했지만 신문을 위해서라면 앞에 나서서 사람들에게 질문할 수 있다는 것을 그때 알았다"라고 나중에 말했다.

저널리즘과 관련된 첫 번째 일자리는《피어 데일리 리마인더Pierre Daily Reminder》라는 광고지에서 편집자를 보조하는 조수역할이었다. 지면에 빈자리가 생길 때면 매릴린은 짧은 기사로 공백을 채우고 '리마인더 랫Reminder Rat'이라고 서명했다.

《캐피털 저널》의 편집자가 그녀에게 여름 아르바이트 자리를 주었다. 단편적인 지역 소식을 모으는 것도 업무 중 하나였다. 다행히 그녀는 취재에 수완이 있었다. 친구 중 한 명이 식료품점 계산원으로 일하고 있었는데, 매릴린은 그 친구에게 평소보다 많은 양의 식료품을 구매하는 여성들에게 혹시 손님을 맞을 예정인지 물어봐 달라고 했다. 그렇게 얻은 정보가《캐피털 저널》의 뉴스가 되었다.

1942년, 아직 고등학교 2학년이던 매릴린은 아버지가 침대 위에 쓰러져 있는 것을 발견했다. 56세의 마스는 심장 마비로 이미 사망한 상태였다. 오빠들은 2차 세계대전에 참전 중이었고, 한센 집안의 세 자매는 이제 스스로 생계를 꾸려가야 했다. 매릴린은 설거지 일을 하다가 나중에는 피어의 세인트찰스 호텔에서 종업원으로 일했다.

평범하지 않은 엄마 칼럼니스트

1944년, 경제적으로 어려운 상황이었지만 매릴린은 버밀리

언의 사우스다코타 대학교에 들어가서 언론학을 전공했다. 2차 세계대전 동안 남성들 대부분이 자리를 비웠던 까닭에 여성들은 캠퍼스에서 리더 자리를 차지하는 드문 기회를 얻었다. 1947년, 매릴린은 대학 신문 《볼란테Volante》의 편집장이 되었다. 앨런 누하스Allen Neuharth가 육군 복무를 마치고 돌아와 대학에 입학하자 매릴린은 그를 스포츠 담당 기자로 뽑았다. 누하스는 훗날 미디어 그룹 가넷Gannett Co.의 최고 경영자가 되었고, 《USA 투데이USA Today》를 설립한 인물이기도 하다. 매릴린은 누하스가 한때 자신을 위해 일했다는 사실을 그에게 늘 상기시켰다.

1947년, 매릴린이 피어의 《캐피털 저널》에서 여름 아르바이트를 하고 있을 때였다. 한 친구가 UPIUnited Press International에서 일하고 있던 잭 해거티 이야기를 꺼냈다. 178센티미터의 매릴린은 자신의 키에 맞는 남성을 찾기가 쉽지 않았다. 매릴린이 해거티에 관해 물었던 첫 번째 질문은 키가 몇이냐는 것이었다. 180센티미터가 좀 넘는다고 하자 그녀는 해거티와 데이트를 해보겠다고 했다.

1948년, 애버딘의 《아메리칸 뉴스》에서 일하던 매릴린은 솔트레이크시티의 한 신문사로부터 일자리를 제안받았다. 솔트레이크시티는 애버딘과 멀리 떨어진 곳이었으므로 이직은 곧 해거티와의 작별을 의미했다. 매릴린은 부분적으로는 이런 이유로 이직 제안을 거절했다. 두 사람은 1949년 6월 19일에 결혼했고, 텍사스주 갤버스턴으로 신혼여행을 다녀왔다. 잭이 서른 살, 매릴린이 스물세 살 때였다.

1950년대에 세 아이가 태어나면서 그녀의 경력은 중단되었다. 매릴린은 새로운 보금자리인 노스다코타주 그랜드포크스에서 프리랜서로 가끔 기사를 썼다.

아이들이 자라면서 그녀의 경력도 활기를 되찾았다. 그녀는 반도체 회사 페어차일드^{Fairchild}가 발행하는 업계 신문의 다코타 통신원이 되었고, 가끔은 휴가를 떠난《그랜드포크스 헤럴드》직원을 대신해 기사를 쓰기도 했다.

매릴린은 평범하지 않은 엄마였다. 그녀는 '바보상자'를 보는 자녀들의 습관을 고치기 위해 텔레비전이 고장 났다고 한 적도 있다. 며칠이 지나서야 누나들과 나는 텔레비전 플러그가 그저 뽑혀있을 뿐이라는 사실을 눈치챘다.

1960년대 중반, 매릴린은《그랜드포크스 헤럴드》를 위해 그랜드포크스 교육위원회를 취재하기 시작했다. 다양한 인물과 행사에 관한 짤막한 소식을 모아 칼럼도 쓰기 시작했다. 그녀는 "괜찮은 칼럼명이 떠오르지 않아서 그냥 〈비하인드 더 신^{Behind the Scenes}〉이라고 불렀다"라고 말했다. 그녀의 칼럼은 매번 다른 사람의 이야기를 담고 있었지만, 자신의 어린 시절 추억에 관해 쓴 칼럼은 수십 년간 해마다 재인쇄될 정도로 인기를 끌었다.

크리스마스이브에는 집에 가야 한다

매릴린 해거티

아무래도 안 되겠다. 오늘은 크리스마스이브다. 집에 가야겠다. 단 5분 만이라도, 상상 속에서만이라도 크리스마스이브에는 집에 돌아가야 한다. 오랫동안 실제로 집에 간 적은 없다. 그럼에도 집에서 떠나있었던 적은 한 번도 없었다.

해마다 크리스마스가 되면 나를 집으로 데려다주는 일련의 행사들이 있다. 그 순간은 교회에서 아이들의 재잘거림을 들으면서 시작된다. 캐럴과 크리스마스트리, 장식용 반짝이, 선물 꾸러미들이 이어진다.

그러면 나는 잠시 모든 일을 내려놓고 마음속으로 사우스다코타의 14번 고속도로를 다시 한번 달린다. 커브를 돌아 미주리강 위쪽의 마지막 큰 언덕을 내려간다.

나는 뒷문을 통해 집으로 들어간다.

부엌을 지나간다. 리놀륨 바닥은 가장자리가 갈라져 있긴 하지만, 오늘 밤을 위해 글로코트 세제로 빡빡 문질러 닦은 뒤 왁스 칠까지 해두었다. 식탁 위에 짐을 올려놓으려는데 거실 트리에서 반짝이는 불빛이 보인다.

나는 트리 가까운 곳에 자리를 잡는다.

우리 형제자매의 어린 시절이 다시 보인다. 그리고 커다란 흔들의자에 앉아있는 아빠가 보인다. 내가 기다려온 순간이다.

늘 크리스마스이브에는 온 식구가 너무 천천히 먹는 것 같았다. 설거지도 한참 걸렸다. 오빠들이 소젖 짜는 일을 끝내고 집으로 돌아오기까지도 한세월이 걸렸다. 그러고 나서 오빠들은 시내에 있는 빌라스 드러그$^{Vilas\ Drug}$로 마지막으로 재빨리 쇼핑을 다녀오곤 했다.

마침내 선물을 풀어보는 시간. 아빠의 크고 투박한 손에는 손수건과 넥타이가 몇 개 들려 있다. 일본제 면도솔도 보인다. 아빠는 덴마크 억양으로 이렇게 말한다. "선물이 너무 많잖아. 이건 너무 많아."

나는 셜리 템플 인형을 감싸고 있는 하얀 박엽지를 벗겨내면서 트리 아래쪽을 탐욕스럽게 훑어본다. 선물이 더 있는지 찾는 중이다. 그리고 "내 것은 너무 많지 않네"라고 생각한다.

헬렌^{Helen}과 셜리^{Shirley}는 새 스웨터를 만지작거리면서 거품 목욕제 향기도 맡아본다. 할리^{Harley} 오빠는 현관문 밑으로 외풍이 들어오는 쪽 바닥에 앉아있다. 월터^{Walter} 오빠도 그 옆에 앉아있다.

1년 내내 나는 월터 오빠를 원수 취급한다. 기회가 있을 때마다 오빠를 꼬집는다. 오빠는 나를 주먹으로 때린다.

하지만 크리스마스이브에는 머리카락에 오일을 발라서 빗어 넘긴 월터 오빠가 마치 천사처럼 보인다. 오빠는 크리스마스이브에 여동생들에게 쓰는 돈을 전혀 아까워하지 않는다. 《캐피털 저널》을 배달해서 번 돈을 우리에게 후하게 쓴다.

우리는 교회로 출발하기 전에 코트를 입고 덧신의 버클을 채운다. 뒷길을 따라 걷다가 언덕을 올라가다 보면 오늘 밤은 다른 밤들과 다르게 느껴진다.

어쩌면 크리스마스이브에는 여자아이들이 긴 속바지를 입지 않아도 되어서 그렇게 느껴질 수도 있다. 혹은 동방 박사들을 인도했던 바로 그 별을 우리가 보고 있다고 생각해서 그럴지도 모르겠다.

크리스마스이브, 날씨가 춥고 하늘이 맑다. 아직 이른 시간이라 우리는 교회 앞의 커다란 온풍기 옆에 서서 기다리는 중이다. 치마 아래로 따뜻한 공기가 들어온다. 운 좋게 양치기로 뽑힌 남자아이 몇 명은 담요를 두르고 있다. 그 애들은 작은 루터 교회의 뒷문으로 입장해서 교단 옆에 있는 문으로 행진하며 퇴장한다.

내가 이곳에 머물 수 있는 시간은 단 5분이다.

현실로 돌아올 시간이다. 이제 눈앞에 현실이 놓여 있다. 나는 세 아이의 엄마다. 교회에 촛불 예배를 드리러 가기 전에 저녁 식사를 준비해야 한다.

다른 길은 없을 것이다.

내가 지체한 시간은 단 몇 분이다. 크리스마스이브에는 집에 가야 한다.

"우리 엄마가 바이럴을 탔어요!"

매릴린은 지역 행사 및 인물에 대한 칼럼과 더불어 레스토랑에 대한 글도 썼다. 자신이 요리 분야의 권위자는 아니라고 생각했기에 음식에 대한 비평은 자제했다. 그 대신 레스토랑의 분위기에 관해 썼고, 가장 인기 있는 요리를 가격과 함께 소개했다.

2012년 3월 초, 85세의 나이에도 거의 풀타임으로 일하고 있던 매릴린은 그즈음 그랜드포크스에 새로 문을 연 체인 레스토랑 올리브가든$^{Olive Garden}$에 관해 일상적인 이야기를 썼다. 그때부터 그녀의 삶이 완전히 새로운 국면으로 접어들었다.

인터넷에서 몇몇 사람들이 우연히 그 기사를 발견하고는, 대도시 리뷰어들이 아예 거들떠보지도 않거나 경멸 어린 눈길을 보내는 체인 레스토랑에 대해 진지하게 리뷰를 쓴 그녀를 조롱하기 시작했다. 몇 시간 만에 미니애폴리스와 뉴욕의 신문 기자들이 매릴린에게 전화를 걸어 그녀의 기사를 비꼬는 댓글들을 어떻게 생각하느냐고 묻기 시작했다.

그녀는 그런 반응에 대해 걱정하지 않았으며, 트위터와 페이스북에서 '그런 쓰레기'를 스크롤할 시간이 없었다고 정중하게 설명했다.

무방비 상태일 것 같았던 노스다코타 할머니의 이 거침없는 반응은 전 세계 사람들의 마음을 사로잡았다. 며칠 뒤, 매릴린은 앤더슨 쿠퍼Anderson Cooper의 토크쇼 〈투데이Today〉, 파드마 락슈미Padma Lakshmi가 진행하는 〈톱 셰프Top Chef〉 등 전국적인 텔레비전 프로그램에 출연하기 위해 뉴욕으로 날아갔다. 뉴욕에서 인터뷰 약속들로 너무 바빴던 나머지 〈더 투나잇 쇼The Tonight Show〉 출연 요청은 거절해야 했다. 전국의 신문들이 그녀에 관한 기사를 냈다.

어머니가 유명 인사가 된 뒤, 처음 며칠 동안은《월스트리트 저널》편집자들이 이 현상에 대한 글을 써달라고 요청하기를 기다렸다. 어머니의 갑작스러운 유명세를 설명하려는 어떤 기자들보다 어쨌든 내가 더 많은 사실을 알고 있었으니 말이다.

결국, 토요일 아침에 나는 어떤 요청도 받지 못했지만 그냥 기사를 쓰기로 했다. 노트북 앞에 앉았다. 평소에 기사를 쓸 때는 속도가 더디고 작업이 자꾸 끊겼지만, 이번에는 어떻게 쓸지 이야기 전체가 순식간에 떠올랐다. 내 손가락이 낼 수 있는 최고 속도로 타이핑했다.

《월스트리트 저널》1면에 〈우리 엄마가 바이럴을 탈 때〉라는 제목으로 다음 글이 실렸다.

어떤 사람은 명성을 좇는다. 또 어떤 사람은 카드놀이를 하러 서둘러 가다가 우연히 명성을 얻기도 한다.

85세의 신문 칼럼니스트 매릴린 해거티는 후자에 속한다. 나의 어머니이기도 한 매릴린 해거티는 지난주 노스다코타주 그랜드포크스에 새로 문을 연 올리브가든 레스토랑에 대한 리뷰를 썼다. 그때까지만 해도 노스다코타주와 미네소타주 북서부에 사는 수천 명의 충실한 독자들 말고는 다른 누군가가 자신의 글에 주목하리라고 예상하지 못했다. '고커 Gawker'라는 뉴스 사이트를 들어본 적도 없었기 때문에 자신의 이야기가 '고커'에서 어떻게 받아들여질지 걱정하지 않았다.

어머니는 너무 바빠서 블로그나 페이스북, 트위터에 신경 쓸

겨를이 없다.《그랜드포크스 헤럴드》에만 일주일에 다섯 개의 기사를 쓰고 있다. 어머니의 담당 분야는 지역 인사와 역사, 그리고 모두가 알다시피 평판이 좋거나 나쁜 레스토랑이다. 어머니의 칼럼에서 '금주의 명랑한 인물'로 선정된 사람들은 그 사실을 큰 영예로 여긴다. 그 밖에도 어머니는 집 곳곳을 쓸고 닦고 관리하며, 별로 미덥지 않은 닥스훈트 한 마리를 돌보고, 여덟 명의 손주를 찾아가고, 교회에서 자원봉사를 하고 있다.

지난 목요일, 블로거들은 어머니가 올리브가든에 대해 쓴 리뷰를 우연히 발견했는데 그녀가 음식량이 푸짐하고 인테리어가 "인상적"이라고 평한 것을 알게 되었다. 몇몇 사람들은 올리브가든 같은 체인 레스토랑에 대해 이렇게 진지한 리뷰를 쓴 것이 일종의 풍자일 수 있다고 재치 있는 댓글을 남기기도 했다. '고커',《허핑턴 포스트Huffington Post》를 비롯해 다른 웹사이트들도 맞장구쳤다. 곧 미니애폴리스, 뉴욕, 심지어 파고의 신문 기자들이 어머니에게 전화를 걸어 인터뷰를 요청했다. 기본적으로 그들은 어머니가 실존 인물인지, 그리고 인터넷 세계에서 조롱당하는 것에 대해 어떻게 생각하는지 알고 싶어 했다.

어머니는 이 일을 좋게 받아들였다. 자신의 글쓰기 스타일에 대한 트위터와 페이스북의 논평 수천 개를 스크롤할 만큼 신경 쓰지도 않았다. "지금은 일요일 칼럼을 쓰는 중이고 오후에는 브리지 게임을 할 예정"이라며 "그래서 이런 허튼소리를 읽고 있을 시간이 없다"라고 답했다. 많은 사람이 즐겨 찾는 레스토랑에 대해 글을 쓴 것도 사과하지 않았다. 집중 포화 속에서도 굴하지 않는 어머니의 침착함은 온갖 허튼소리를 읽은 사람들의 마음을 사로잡았다. 낯선 사람들이 우리 어머니를 얼마나 좋아하는지 고백하는 이메일을 나에게 보내기 시작했다.

어머니의 전화통에 불이 난 상태여서 나는 어머니에게 이메일을 보냈다. "어머니, 바이럴viral을 타셨네요!"

답장이 왔다. "바이럴이 무슨 뜻인지 알려주겠니?"

65년 동안 노스다코타와 사우스다코타의 신문사들에서 기사를 쓰고 편집을 하며 살아온 어머니는 세상에 자신의 흔적을 남길 수 있을지 걱정할 필요가 없었다. 이미 충분했기 때문이다. 10여 년 전, 어머니는 한 칼럼에다가 본인의 이름을 딴 무언가가 이 세상에 있으면 좋겠다고 썼다. 그것이 웅장한 건물이나 경기장일 필요는 없다고 했다. 하수 펌프장도 괜찮을 것 같다고 했다. 결국, 그랜드포크스 시장이 그 제안을 받아들였다. 그랜드포크스를 방문하는 이들은 벨몬트 로드에 가면 '매릴린 해거티 하수 시설'과 그녀를 기리는 명판을 볼 수 있다.

어머니는 후대에 남을 명성을 얻었음에도 여전히 자신의 직업 윤리를 지키고 있다. 휴가를 갈 때는 매주 본인이 맡은 지면을 채울 수 있을 만큼의 기사를 미리 작성한 뒤에야 떠난다. 레스토랑에 갈 때는 경비를 따로 청구하지 않고 자비로 충당하므로 아무도 어머니가 공짜 식사를 하려고 리뷰를 쓴다고 말하지 못한다. 2년 전 유방암 치료를 성공적으로 마치고 나서는 그 기회를 활용해 병원식에 대한 리뷰를 썼다. 올리브가든과 어깨를 나란히 할 정도의 식사였다고 한다.

어머니에게는 자신만의 리뷰 스타일이 있다. 어머니는 음식에 대해 나쁘게 쓰는 것을 좋아하지 않는다. 그래서 단골 독자들은 어머니의 리뷰에서 행간을 읽는다. 만일 어머니가 음식보다 인테리어를 더 많이 언급한다면 독자들은 다른 곳으로 식사를 하러 갈 것이다.

어머니의 올리브가든 리뷰에는 사실 두 가지가 뒤섞여 있었다. 어머니는 리뷰에 "추운 날이라 따뜻한 치킨 알프레도(10.95달러)가 위로가 되었다"라고 썼다. 그리고 "반갑게 맞아주는 입구를 지나 안으로 들어서면 토스카나 농가 스타일로 꾸며져 있었다"라고 식당 인테리어를 언급했다. 다음과 같은 내용도 덧붙였다. "식사할 때, 선반 위 화병과 화분에 꽂아놓은 드라이플라워 장식이 눈에 띄었다. 아치형 출입구가 있는 식사 공간이 여러 곳 있었다. 벽난로가 인테리어에 온기를 더해주었다."

어머니는 자신을 음식 평론가라고 생각하지 않는다. 대학 도시답게 잘난 사람들이 많은 지역에 살고 있고, 사람을 은근히 헐뜯는 말과 겸손을 가장한 오만에 대해서도 조금은 알고 있다. 어느 인터뷰어에게는 이렇게 말했다. "나는 여기 앉아서 자칭 음식 전문가가 내 칼럼을 좋아하는지 싫어하는지 따지며 비난할 시간이 없습니다."

어쨌든 레스토랑 리뷰는 부업일 뿐이다. 어머니는 사람들에 대해 쓰는 일을 더 좋아한다. 내 생각에 그녀가 쓴 최고의 기사 중 하나는 1974년에 전기도 없이 매우 행복한 삶을 살았던 독신 농부 매그너스 스키틀랜드Magnus Skytland를 소개한 기사였다. 그는 등유 램프의 불빛에 의지해 책을 읽었고 바이올린으로 세레나데를 연주하기도 했다. 자신이 가장 아끼는 말을 어머니에게 보여주었는데, 전 여자 친구 이름을 따서 샐리Sally라는 이름을 붙였다고 했다. 그는 "샐리라는 이름을 가진 말이 세 마리째"라고 말했다.

세상이 뒤늦게 어머니를 알아봐서 유일하게 불편한 점은, 어머니가 전국적인 텔레비전 방송과 인터뷰하느라 너무 바빠서 나와 온라인으로 스크래블 게임을 할 시간이 없다는 것이다.

어머니, 혹시 이 기사를 보면 연락하세요. 어머니 차례예요.

《월스트리트 저널》1면에 어머니에 관한 기사를 쓰는 날이 올 줄은 상상도 못 했다. 정말 놀라웠던 것은 독자들의 반응이었다. 저 멀리 인도를 비롯해 전 세계에서 이메일을 받았다. 모두가 우리 어머니를 너무 사랑한다고 했다. 어머니에게 자신을 입양해 줄 수 있는지 묻는 사람도 있었다. 어머니는 원치 않는 명성에 즐거워하면서도 한편으로는 당황스러워했다. "일부러 계획을 짜도 이렇게 되기는 힘들 것"이라고 했다.

뉴스 매체에서 정기적으로 어머니에게 전화를 걸어 레스토랑 이슈에 대해 논평해 달라고 요청하면서 어머니의 명성은 계속 이어졌다. 뉴욕의 음식 칼럼니스트이자 방송인인 앤서니 보데인Anthony Bourdain이 어머니와 만나고 싶어 했다.

어머니의 어떤 면이 보데인의 마음에 닿았던 것 같다. 그는 출판그룹 하퍼콜린스Harper Collins의 임프린트인 에코Ecco를 설득해 어머니의 레스토랑 리뷰 모음집인《그랜드포크스: 128개 리뷰로 보는 미국 식당의 역사Grand Forks: A History of American Dining in 128

^{Reviews}》의 출판을 성사시켰다. 이 책은 2013년에 출간되었다.

책의 서문에서 보데인은 어머니를 "선량한 이웃이자 시민이며 만능 엔터테이너이기도 하다"고 묘사했다. "그녀는 냉혹하고 담백하며 퍽 예리한 유머 감각을 지녔다. 무엇 하나 놓치는 법이 없다. 나는 그녀와 포커를 해서 굳이 돈을 잃고 싶지는 않다"라고 덧붙였다.

16

어느 저널리스트의
마지막 글쓰기 수업

*

톰 바타베디안^{Tom Vartabedian}은 매사추세츠주의 《해버힐 가제트^{Haverhill Gazette}》 신문에서 50년 동안 기자로 근무했다. 그는 연필을 수집한 어느 여성에 관한 기사를 비롯하여 다양한 인물, 시청, 스포츠 등에 관한 기사를 썼다. 그중에서도 톰에게 가장 의미 있는 기사는 부고였다.

그는 수천 편의 부고를 썼는데, 각각의 부고에서 날짜와 직함, 영전榮轉뿐만 아니라 인물의 개성을 드러내려고 노력했다. "동물에게 다정했던 어떤 사람이 메리맥강에서 길고양이를 구조한 적이 있다면, 부고에서 그 내용을 리드로 사용했을 겁니다. 독자의 시선을 단번에 사로잡아야 합니다"라고 톰은 말했다. 손가락을 튕기며 이 말도 덧붙였다. "부고라고 해서 진부하게 쓰면 안 돼요."

지역 뉴스에조차 나온 적 없이 스포트라이트 밖에 있던 사람들의 부고는 어떻게 써야 할까? 톰은 이렇게 말했다. "때로는 그런 사람들의 이야기가 최고의 부고가 됩니다. 25년 동안 어린이들에게 야구를 가르쳤던 사람처럼요." 그러면서 61년간 교회 집사로 봉사했던 자신의 친구 이야기를 꺼냈다. "제가 그런 이야기를 쓸까요? 당연히 쓰고 말고요."

나는 2016년에 톰을 만났다. 내가 부고 기사를 쓰기 시작한 무렵이었다. 당시 그는 75세로, 둥그스름한 얼굴에 콧수염을 기르고 흰머리를 바짝 잘랐으며 이마에는 검버섯이 군데군데 피어있었다. 그즈음 위장관암 4기를 진단받은 상태였다.

그 무렵 해버힐 고령화 위원회Haverhill's Council on Aging로부터 초대장 한 통을 받았다. 회원들에게 자신의 부고를 직접 작성하는 법을 알려주는 단기 강좌를 맡아달라는 요청이었다. 톰은 그 제안이 마음에 들었다. "사람들이 살아있을 때 자신의 인생 이야기를 쓰면서 즐거움을 찾을 수 있다면 정말 멋지지 않을까요? 저는 그런 생각을 자주 합니다."

몇 주 동안 진행되는 톰의 강좌에는 서른 명 남짓이 등록했는데 나도 그중 한 강의에 참석했다. 강의에서 들은 톰의 메시지는 나의 신조가 되었다. "아무것도 운에 맡기지 마세요. 다른 사람이 망칠 수 있어요." 가족과 친구는 좋은 의도를 가지고 부고 작성을 맡더라도 우리의 소중한 추억이나 성취를 놓칠 수 있다. 그러므로 자신이 직접 쓴 글을 남겨야 한다.

수강생 대부분은 60세가 넘었다. 톰은 이들을 격려하면서 자신의 이야기를 쓰는 일이 사소하거나 헛되지 않다고 설득하는 것으로 강의를 시작했다. "살면서 우리가 남겨야 하는 진정한 기념비는 묘비가 아니라 행동"이라고도 말했다. 그러고 나서 수강생들에게 각자의 인생 이야기 초고에서 발췌한 내용을 읽어보라고 했다.

법원 서기로 일하다가 은퇴한 수강생이 질문을 던졌다. "자기 자랑을 떠벌리는 사람처럼 보이지 않았으면 하는데요. 제가 볼링 트로피 두 개를 받은 이야기를 해도 괜찮을까요?" 톰은 전혀 문제가 없다고 대답했다. "당신의 삶이 다른 사람의 삶보다 하찮다고 생각하지 마세요."

학교 경비원 출신인 빌 로저스 주니어[Bill Rogers Jr.] 노란색 리갈 패드[legal pad] 한 장에 초고를 타이핑했다. 컴퓨터가 없어서 타자기를 사용했다. 빌은 경비원으로 일했던 학교에서 '미스터 빌의 날'을 정해서 자신을 기념했다는 사실을 부고에 넣고 싶어 했다. 하지만 그 해가 몇 년도였는지를 기억하지 못했다. 톰은 정확한 날짜를 걱정하지 말라고 조언했다. "아무도 당신을 탓하지 않을 겁니다. 부고의 세계에서는 많은 것이 용서됩니다."

빌은 중고 숍에서 일을 돕고, 하이킹 코스를 관리하는 단체에서 봉사 활동을 했다는 내용도 몇 마디 덧붙였다. 동물에 대한 사랑을 전하기 위해 "그의 영혼은 천국에 가기 전에 먼저 반려동물의 천국에 잠시 들를 것"이라고 썼다. 빌은 자신의 죽음이 신문 1면 뉴스가 될 가능성이 없다는 사실을 잘 알고 있었다. 그래도 자신의 부고를 최소한 한 사람만큼은 꼭 읽기를 바랐다. 그는 강의 중에 "제 누이는 저에 관해 잘 모릅니다. 사이가 소원해진 누이에게 제가 어떤 사람인지 알려주려고 이 글을 쓰고 있습니다"라고 했다.

한 수강생은 자신이 키우는 메추라기와 프랑스 루르드 여행에 관해 썼다. 다른 수강생은 투표 사무원으로 봉사한 것과 폴카 동아리 회원으로 활동한 일을 이야기했다. 또 다른 수강생은 멕시코와 우간다로 선교 여행을 다녀온 경험을 적었다.

82세의 어느 수강생은 자신의 부고를 직접 쓴다는 생각에 처음에는 회의적이었다고 말했다. "강의를 듣기 전에는 '내가 이미 죽었는데 그게 무슨 소용이야? 그런다고 달라질 건 아무것도 없잖아'라고 했어요." 하지만 결국 그녀는 여덟 명의 자녀를 위해 글을 쓰기 시작했다.

"아이들에게 이렇게 말했어요. '너희는 한 사람으로서 내가 어떤 가치를 추구했는지 알지 못하지. 나를 그저 엄마나 할머니로만 알고 있지만, 엄마이기 전에 나도 한 사람이었단다.'"

앨라배마주에서 10대 때 엄마가 된 그녀는 낮에 남의 집 청소를 하고 밤에 야간 학교를 다니며 고등학교 과정을 마쳤다. 가족 중 처음으로 대학을 졸업했으며 석사 학위를 두 개나 취득했다. 그녀는 자신의 이야기에 이런 메시지를 덧붙였다. "나를 기억하게 만들고 싶다면 곤란한 사람에게 친절을 베풀고 사랑을 보여주고 미소나 격려의 말을 건네세요."

줄리라는 수강생은 교회 학교 교사였고 여러 합창단에서 노래를 불렀다. 그녀의 초고에는 이런 내용이 담겼다. "그녀는 노래를 잘 부르지 못했다. 하지만 노래는 그녀에게 가장 큰 기쁨을 주었다."

톰 바타베디안은 수강생들에게 부고 쓰는 법을 가르치는 동시에 자택에서 컴퓨터로 자신의 부고를 쓰고 있었다. 벽에는 오래전 운동 경기에서 받은 상장과 메달이 장식되어 있었다. 톰에게는 풍부한 소재가 있었다. 아르메니아 이민자 출신인 부모는 커피숍을 운영했다. 그는 보스턴 대학교에서 언론학을 전공하고, 빈의 수도원에서 1년간 공부했으며, 신문 기사와 라켓볼로 여러 차례 상을 받았고, 아르메니아 공동체 프로그램을 이끌었으며, 세 자녀를 키웠다. "워싱턴산을 여섯 번 등반한 것을 비롯해 뉴잉글랜드에서 가장 높은 봉우리들"에 모두 올랐다.

톰은 초고의 첫 문장에서 자신을 "언론상을 받은 50년 경력의 기자로,《해버힐 가제트》기자 겸 사진 기자이자, 아르메니아 공동체 활동가"라고 묘사했다. 그리고 "용기 있는 암 투병 끝에" 사망했다고 썼다. 톰은 그 표현이 당연하다고 생각했다. "저는 제가 용감하게 투병 생활을 했다고 말할 거예요. 적어도 그렇게 생각하고 싶기 때문이에요. 만일 제가 어울리지 않는 과장된 표현을 쓰고 있다면, 실제로는 그렇게 생각하지 않는다는 의미입니다."

가족과 친구가 알아주거나 기억하기를 바라는 다른 에피소드들도 있었다. 그는 1970년부터 한 신문에 〈불쌍한 톰의 연감〉이라는 칼럼을 썼다. 자신의 병에 대한 글을 써서 미국 암협회American Cancer Society로부터 '희망의 검 상Sword of Hope Award'을 받았다. 뉴햄프셔주와 매사추세츠주에 걸쳐있는 메리맥 밸리의 아르메니아 집단 학살 교육위원회 일원으로서 여러 고등학교를 방문해 집단 학살과 인권에 대해 강연하기도 했다. 케노자 카메라 클럽의 리더였으며, 자신의 카메라 컬렉션을 해버힐 고등학교 사진부에 기증했다.

그는 교사 출신인 아내 낸시Nancy와 51년째 결혼 생활을 이어오고 있었다. 아내에게는 초고를 보여주지 않았다. 아내가 별것 아닌 일로 트집을 잡거나 이야기 일부를 삭제할 수도 있다고 생각해서였다. 낸시는 부고에 대해 분명한 견해를 갖고 있었다. 그녀는 자신의 부고를 자녀들이 완벽하게 작성할 수 있다고 말했다. "내가 죽더라도 문제 될 게 없어요. 애들이 원하는 대로 쓰면 되죠." 나는 낸시가 마음에 들었고, 그녀가 톰에게 안정감을 주고 있다는 사실을 알 수 있었다. 하지만 부고 문제만큼은 톰이 옳다고 생각했다.

자신의 이야기를 다 쓴 뒤 톰은 안도감을 느꼈다. 그는 내게 이렇게 말했다. "할 일을 다 했어요. 해결해야 할 일을 잘 처리했습니다. 그 일을 끝내고 나니 제 어깨에서 큰 짐을 내려놓은 기분이에요. 인생에서 가장 중요한 이야기를 쓴 셈이죠. 바로 제 이야기였으니까요."

나는 공항으로 향하기 전에 톰의 집 앞에서 잠시 함께 시간을 보냈다. 그가 말했다. "저는 죽음이 두렵지 않아요. 죽음을 환영하진 않지만 두려워하지도 않죠. 앞으로 3~4년 정도는 더 살 수 있기를 바랄 뿐입니다."

기자로서 그는 여전히 배움에 관심이 많았다. "저세상에는 무엇이 있을지 정말 궁금합니다. 천국은 어떤 곳일까요? 부디 저도 그곳에 갈 수 있으면 좋겠어요."

톰과 만난 지 6개월 뒤인 2016년 11월 12일 그가 사망했다. 《뉴욕 타임스》는 그의 사망 소식을 보도하지 않았다. 하지만 한 지역 신문은 톰이 바라던 대로 그가 직접 쓴 부고 전문을 실었다.

TOM VARTABEDIAN

1940~2016

《해버힐 가제트》에서 50년 동안 기자로 근무하며
아르메니아 공동체 활동가로 봉사했다.
부고 쓰기 강좌로 사람들에게 영감을 주었으며,
용기 있는 암 투병 끝에 사망했다.

우리가 남겨야 하는 진정한 기념비는
묘비가 아니라 행동입니다.

17

나는 이렇게
내 부고를 쓰고 있다

*

내일이라도 내가 죽는다면, 지역 신문에 다음 부고를 실어도 좋다.

40년 넘게 세 개 대륙에서 신문 기자 겸 편집자로 활동한 제임스 로버트 "밥" 해거티가 ○○세의 나이로 사망했다. (*가족에게 전하는 메모: 불쾌한 세부 사항은 생략하고 사망 날짜와 상황만 이 문장 뒤에 추가하기를 바란다.)

아내 로레인과 두 자녀 덕분에 밥은 소프트볼, 피클볼, 책, 맥주, 음악, 닥스훈트를 마음껏 좋아할 수 있었다.

밥은 생계를 꾸리고 안락함을 추구하는 등 사소한 일에 너무 많은 시간을 썼다. 한편으로는 사람들에게 친절을 베풀고 도움이 되고자 노력했다. 영어 실력을 키우려는 이민자들을 가르쳤고, 노인 돌봄 프로그램에서 자원봉사를 했고, 맥주 시음 행사를 주최해 공공 도서관을 위한 기금을 마련했으며, 스크래블 동호회를 결성했고, 시니어 소프트볼팀을 운영한 것은 긍정적으로 평가된다.

그는 어린 시절에 수집한 야구 카드를 5,000장이나 보관하고 있었다. 수천 장의 레코드판과 CD를 수집했고, 집 안 구석구석에 수많은 책을 꽂아두는 등 수집광의 면모를 보였다. 책들 일부는 그가 근무지를 옮겨 다니는 동안 여섯 번이나 바다를 건넜다.

한때는 미네소타주 덜루스에서 비즈마크까지 720킬로미터를 히치하이킹으로 이동하기도 했다. 방콕에서 싱가포르까지, 그리고 코트디부아르 아비장에서 부르키나파소의 수도 와가두구까지 기차를 타고 간 적도 있다.

그는 미니애폴리스에서 3남매 중 셋째로 태어났다. 그의 어머니 매릴린 한센 해거티는 신문 기자였고, 2012년에 작성한 올리브가든 레스토랑 리뷰가 인터넷에서 입소문을 타면서 의도치 않게 전국적인 명성을 얻었다. 아버지 잭 해거티는 UPI 뉴스에 기사를 썼고, 이후 노스다코타의 《그랜드포크스 헤럴드》 편집장을 지냈다.

그의 가족은 밥이 한 살쯤 되었을 때 그랜드포크스로 이사 갔다.

밥은 다섯 살 무렵 아주 잠깐 《웜 킬러스》라는 동네 신문을 만들면서 언론계에 첫발을 들였다. 그 뒤 누나 캐롤과 함께 《우리 동네 스타Neighborhood Star》라는 주간지를 만들기도 했다. 열다섯에서 스무 명쯤 되는 구독자가 격주로 5센트씩 냈으니 부당 구독료가 2.5센트인 셈이었다.

어릴 적 장래 희망으로는 카우보이, 메이저리그 야구 선수, 건축가, 작은 열대 섬나라의 대통령이 있었다. 열다섯 살 무렵, 누나 게일이 이끄는 고등학교 신문부가 만든 신문을 보고 그 모든 환상이 희미해졌다. 10대 청소년들이 그토록 전문적인 출판물을 만들 수 있다는 사실에 깊은 감명을 받은 그는 누나와 같은 길을 가기로 했다. 고등학교 신문인《라이더스 다이제스트Riders Digest》편집장을 2년 동안 맡았고 졸업 후에도 언론계에서 커리어를 쌓겠다고 결심했다.

맥도날드에서 프렌치프라이를 튀기는 등 다양한 일을 해보면서 자신이 보도, 사진, 편집 일을 가장 좋아한다는 사실을 깨달았다. 10대 때는 잠시 K마트에서 자전거 조립을 맡기도 했다. 자신이 조립한 자전거를 구매한 사람들에게 계속 사과하고 싶어 했다. 공소 시효가 적용되리라고도 믿었다.

밥은 노스다코타 대학교에서 학생 신문 편집장을 맡았으며 주 전공은 경제학, 그리고 테이블 축구였다.《월스트리트 저널》발행사인 다우존스Dow Jones & Co.의 후원을 받는 인턴십 프로그램을 아버지가 알려주었다. 1976년 여름, 인턴십에 합격한 밥은 뉴욕에서 말단 편집자로 일하며 3~5센티미터 길이의 기사를 편집하고 헤드라인을 작성했다. 노스다코타주 비즈마크와 미네소타주 덜루스의 신문사에서도 여름 방학 동안 인턴십에 참여했다.

노스다코타 대학교에서 마지막 해를 보내면서 그는 미국 중서부와 로키산맥 인근 주에 있는 신문사들 40여 곳에 입사 지원서를 냈다. 그중 아이다호주 모스코에 있는 한 신문사에서 그에게 《월스트리트 저널》의 추천서를 받아서 제출하라고 했다. 밥이 《월스트리트 저널》 인턴십 당시 상사였던 존 켈러허John Kelleher에게 전화를 걸어 추천서를 부탁하자 켈러허는 추천서 대신 뉴욕의 일자리를 제안했다.

밥은 기자가 되고 싶었지만 1978년 4월 《월스트리트 저널》에 교열 담당자로 입사했다. 15개월 뒤에는 홍콩이 어디에 있는 곳인지 잘 알지도 못하면서 《월스트리트 저널》의 아시아판 창간을 위해 홍콩 지사 발령을 자원했다.

처음에는 2~3년 정도의 해외 근무를 예상했지만 어쩌다 보니 《월스트리트 저널》과 《인터내셔널 헤럴드 트리뷴International Herald Tribune》에서 일하며 20년 넘게 아시아와 유럽에서 지냈다. 뉴욕, 홍콩, 파리, 런던, 브뤼셀, 애틀랜타, 피츠버그를 옮겨 다니며 다채로운 커리어를 쌓았다. 그는 브뤼셀을 가장 좋아했다.

그는 《아시안 월스트리트 저널》 편집장과 《월스트리트 저널》 런던 지국장을 지내면서 상반된 성과를 냈지만 성실하게 근무했다. 기자로 오랫동안 일했던 시간을 훨씬 긍정적으로 기억했다.

그는 석유 산업, 통화 및 채권 시장, 주거용 부동산, 제조업 등에 관한 기사를 썼다. 미국의 주택담보대출 보증 기관인 패니메이의 발전 과정을 설명한 책 《패니메이의 운명적인 역사 The Fateful History of Fannie Mae》를 여가 시간에 집필했다. 그러다가 《월스트리트 저널》 근무 말년에 자신의 진정한 소명을 발견했다. 바로 부고를 쓰는 일이었다. 그는 '부고'보다 '인생 이야기'라고 부르는 편을 더 좋아했다. 이를 계기로 《그렇게 인생은 이야기가 된다》를 집필했다.

그는 "저는 부고를 씁니다"라는 말을 자주 했다. "제 전화를 받는다면 좋은 일은 아닐 거예요."

밥은 스물한 살의 젊은 나이에 너무 일찍 결혼한 것, 결혼 생활을 정리하는 데 오랜 시간이 걸린 것을 후회했다. 한심할 만큼 결단력이 없었던 탓에 그렇게 지체되었으나 첫 번째 아내에게는 부당한 일이었다. 1990년대에 홍콩 지사로 두 번째 발령을 받았을 때 《아시안 월스트리트 저널》 사무소의 관리자로 있던 로레인 리^{Lorraine Li}를 만났다. 두 사람은 1996년에 결혼했고 두 자녀 제임스 리^{James Lee}와 카르멘 리^{Carmen Lee}를 두었다.

밥의 조언: 원한을 품지 말고, 생각하는 것을 다 믿지 말고, 자신의 인생 이야기를 꼭 쓰도록 하세요.

이것이 내 인생 이야기의 개요다. 내 나름의 재미와 몇몇 사람에게 흥미로울지도 모르는 내용을 포함해 더 긴 글을 작성 중인데 아직 완성하지 못했다. 장기 프로젝트가 되어버린 이 작업은 지금 이 책을 쓰는 일을 비롯하여 다른 프로젝트 때문에 종종 중단되지만 틈나는 대로 계속하고 있다. 누가 뭐래도 반드시 끝마칠 것을 여기에 다짐한다.

인생 이야기에는 어떤 내용을 넣어야 할까? 자신이 기억하는 모든 에피소드를 넣을 수는 없다. 그런 글은 독자는 물론이고 자기 자신마저 따분하게 만든다. 그래서 나는 삶이 왜 이렇게 흘러왔는지 설명하는 데 있어 재미있거나 교훈적이거나 유익한 내용을 선택하려고 노력한다.

다음은 내가 인생 이야기에 넣을 가능성이 큰 아주 어릴 적 기억이다.

내가 기억하는 첫 번째 장면은, 차고 안쪽 벽에 탄산음료 병 뚜껑을 못으로 고정하고 라디오 다이얼처럼 가지고 논 것이다. 길 건너편에는 마크 고트샬크Mark Gottschalk라는 친구가 살았다. 우리는 걔네 집 잔디밭 뒤편에 있는 작은 나무 덤불에서 피크닉을 하며 점심을 먹었다. 옆에는 우리가 올드포트라고 불렀던 골목이 있었다. 2차 세계대전에 참전한 군인 놀이도 했다. 당시는 1960년대 초반이었고 전쟁 영화가 인기를 끌던 시절이었다. 우리는 플라스틱 총과 나치 군모 같은 전쟁 놀이 장난감을 가지고 있었다. 돌이켜보면 홀로코스트가 벌어진 지 15년밖에 지나지 않은 때였는데도 부모님이 자녀가 나치 복장을 하는 것을 그냥 뒀다는 사실이 이상하기도 하다. 당시의 미국 부모들은 아이들에게 담배 모양 사탕을 사주고 폭죽놀이도 하게 해주었다. 그중에는 손가락을 날려버릴 만큼 강력한 폭죽도 있었다. 부모 대부분은 자신의 행동이나 부주의가 아이들에게 평생 남을 상처를 줄 수 있다는 사실을 고민하지 않았다. 대체로 나는 부모님의 감독이 느슨한 덕을 톡톡히 봤다.

이런 기억 속에 담긴 1960년대 초반의 생활상은 내 아이들을 놀라게 할 것이다. 내 학창 시절이 그리 희망적이지 않았다는 사실도 아이들에게 알려주고 싶다.

초등학교 저학년 때 나는 중하위권 학생이었다. 유치원 때 담임이었던 바바라 스파이서$^{Barbara\ Spicer}$ 선생님은 통지표에 매력적인 필기체로 "토론 시간에 자발적으로 정보를 주기를 꺼렸다"라고 적었다. 선생님은 내가 어떤 종류의 정보를 '자발적으로 주어야' 했는지까지는 구체적으로 밝히지 않았다. 전쟁 영화를 많이 본 탓에 포로가 되면 이름과 계급, 군번만 알려줘야 한다고 생각하고 있었을지도 모른다.

그 통지표에서 '청결 및 건강 습관에 대한 합리적 기준 준수'라는 항목은 3학기 때 '평균'에서 4학기 때 '칭찬'으로 향상되었다.

한동안은 최고의 학생이 될 수 없다면 최악의 학생이 되는 것이 괜찮은 차별화 전략이라고 믿었다. 가장 큰 포부는 반에서 가장 웃긴 아이가 되는 것이었다. 나는 몇몇 수업 시간에 집중하면서 선생님들의 기대에 부응하는 법을 서서히 배워갔다. 놀랍게도 그리 어려운 일이 아니었다. 선생님들의 칭찬에 조용히 감격했고 더 많은 칭찬을 갈망했다. 5학년 때부터는 우수한 학생이 되었다. 선생님들이 수업 시간에 가장 중요한 부분을 다룰 때는 더 생동감 있고 열정적으로 가르친다는 사실을 이때 발견했다. 나는 그 부분을 중심으로 필기하고 공부했다. 선생님이 말한 내용을 모두 적으려고 하면 머리가 복잡해지므로 시험에 나올 법한 중요한 내용을 기억하기가 더 어려워질 뿐이다.

자연을 사랑하는 마음은 부모님께 물려받은 것이 아니다. 두 분은 곤충이나 뱀, 골프 페어웨이보다 거친 초목에 노출되는 상황을 싫어하셨다. 우리 가족은 밀, 감자, 사탕무밭으로 둘러싸인 소도시에 살았다. 거친 자연이 우리 일상을 침범하는 일은 없었다. YMCA가 나를 구해주었다.

여름이면 나는 인근 호수와 주립 공원에서 열리는 YMCA 캠핑에 참여했다. 보이 스카우트 대원들이 산책로를 따라 행진하고 돌을 두 개 부딪혀서 불 피우는 법을 배울 때, 우리는 야영장에서 뒹굴며 고속도로 신호용 불꽃이나 엔진오일 한 컵을 눅눅한 나뭇더미에 던져 넣고 불을 피웠다. 열두 살 소년들을 위한 우드스톡 페스티벌 같은 느낌이었다. 우리가 무척 좋아했던 활동 중 하나는 개구리 잡기였다. 한번은 보이 스카우트 대원들과 함께 야영을 했다. 우리는 불안한 휴전 상태를 유지하면서 그 애들이 이른 아침에 행진을 시작할 때까지 기다렸다. 그러고 나서 스카우트 깃발을 훔치고 개구리 수십 마리를 그 애들의 텐트 안으로 던져 넣고는 텐트 지퍼를 단단히 잠근 뒤 버스를 타고 집으로 돌아가 간절했던 목욕을 했다.

아이들은 어떤 어른들이 비상식적이며 위험할 수도 있다는 사실을 어느 순간 깨닫는다. 내가 이 사실을 깨달은 순간은 기록할 가치가 있을 것 같다.

중학교 때 체육 선생님의 별명은 '무스Moose'였다. 체육 시간에 남학생과 여학생은 따로 수업을 받았다. 남학생은 흰 티셔츠, 운동복 반바지, 흰 양말, 그리고 속옷 대신 운동용 보호대, 즉 '국부 보호대'로 구성된 유니폼을 착용해야 했다. 물론 10대 남학생들은 집에 가서 체육복을 세탁한 뒤 깜빡하고 학교에 가져오지 않는 일이 흔했다. 무스는 이런 실수를 용납하지 않았다.

우리는 '국부 보호대 검사'로 체육 수업을 시작했다. 열병식을 하는 군인처럼 모두 줄을 섰다. 무스 장군은 거드름을 피우며 줄을 따라 걸으면서 국부 보호대를 진짜로 착용했는지, 일반 속옷으로 대충 넘어가려는 건 아닌지 확인할 수 있도록 우리에게 차례로 반바지를 내리라고 했다. 국부 보호대를 잊은 학생들은 허리를 굽힌 채 나무 막대기로 엉덩이를 찰싹 맞아야 했다. 그리고 샤워실에 가면 맞아서 선홍색으로 부푼 상처를 볼 수 있었다. 나는 국부 보호대를 절대 빠뜨리지 않았다.

또 다른 통과 의례는 술을 배우는 단계였다. 고등학교 때 이 단계를 거치는 사람도 있지만 나는 대학생이 될 때까지 참았다가 속성 과정을 밟았다.

대학에 입학하고 얼마 지나지 않은 어느 날 저녁이었다. 다른 학생들을 따라 남학생 모임에 갔는데 앞마당에 맥주통이 버젓이 나와 있었다. 나는 맥주를 몇 잔 마시고 처음으로 가벼운 취기가 주는 행복감을 느꼈다. 조금만 마셔도 기분이 이렇게 좋은데 많이 마시면 얼마나 더 좋을까 하는 망상에 자연스럽게 빠져들었다.

한번은 기숙사 방에서 테킬라 몇 샷을 곁들여 맥주를 마신 뒤 친구들과 함께 휴게실로 나갔다. 여느 때처럼 소파를 빙 돌아가는 대신 뛰어넘을 작정이었다. 몸이 붕 떴을 때 그만 난방 배관에 머리를 부딪히고 말았다. 타일 바닥에 불시착한 뒤 아픈 줄도 몰랐지만, 머리에서 피가 줄줄 흐르고 있다는 사실을 곧 깨달았다. 룸메이트가 응급실로 태워다 주었고 병원에서 일곱 바늘을 꿰매어 상처를 봉합했다. 다음 날, 나는 왜 병원에 갔는지 어머니에게 설명해야 했다.

"술을 마신 건 아니지?"

"에이, 아니에요!"

어머니는 분명히 내 말을 믿지 않으셨지만, 현명하게도 그 문제를 더 깊이 파고들지 않으셨다. 나는 이미 뼈에 사무치게 교훈을 얻었다.

다시는 테킬라를 마시지 않았다. 머릿속이 흐릿해지면서 자제력을 잃을 것 같은 신호가 감지되면 술을 그만 마셔야 한다는 것도 곧 터득했다. 술이 가져다주는 행복감이나 망각에 대한 욕망보다 숙취에 대한 두려움이 더 컸다.

내가 어렸을 때는 일상적인 일이었지만 지금은 이상하게 여겨질 수 있는 히치하이킹에 대해서도 쓸 것이다.

1975년 여름, 나는 덜루스에서 신문사 인턴으로 일하고 있었다. 어느 금요일 저녁, 덜루스에서 남서쪽으로 720킬로미터 떨어진 비즈마크에 있는 여자 친구를 갑자기 보러 가기로 했다. 우리 둘 다 전화가 없었으므로 내가 곧 만나러 간다고 여자 친구에게 알릴 수가 없었다. 일단은 히치하이킹을 할 요량으로 주유소로 걸어가는데 멀린 힌츠^{Merlin Hintz}라는 트럭 운전사가 조수석에 올라타라고 했다. 트럭 뒤에는 시멘트 25톤이 실려 있었고 운전석 앞쪽에는 담배가 한 갑 놓여 있었다. 멀린과 나는 미네소타 북부의 소나무 숲을 지나 노스다코타 동부의 평원으로 향하면서 밤이 깊도록 이야기를 나눴다. 새벽 3시쯤, 멀린은 노스다코타주 밸리시티의 화물 자동차 휴게소에 나를 내려주었다. 그가 데려다줄 수 있는 곳은 거기까지였고 목적지까지는 아직 215킬로미터나 남아있었다. 어둠 속에서 히치하이킹을 하는 건 그리 좋은 생각이 아닌 것 같아서 새벽까지 휴게소 카페에 앉아있다가 다시 길가로 나왔다. 빵을 운반하는 남성이 비즈마크까지 남은 거리를 태워주었다.

여자 친구는 갑자기 찾아온 나를 보고 놀라기는 했지만 기뻐하는 것 같았다. 만약 그녀가 다른 사람과 가까워져 있었다면 딜루스로 돌아가는 길은 긴 여정이 되었을 것이다.

당시 사람들은 낯선 사람을 훨씬 덜 경계했다. 나는 다른 히치하이킹 여행에서 젊은 커플의 차를 얻어 탄 적도 있다. 그 커플은 자신들이 피곤하다며 뒷좌석에서 잠깐 눈을 붙일 테니 나에게 운전해 달라고 부탁했다. 그래서 내가 대신 운전했다.

젊은 시절의 즉흥성, 모험 가능성이 보이자마자 모든 것을 내려놓고 떠났던 그 의지와 능력이 그립다.

1970년대 중반, 나는 노스다코타 대학교에 소속된 사진사의 조수로 일하고 있었다. 내가 맡은 일은 화학 약품을 섞고 필름을 현상하고 사진을 인화하는 것이었다. 어느 날 오후, 전화가 한 통 걸려 왔다. 나는 암실에서 작업을 하고 있었는데 수석 사진사 제리^{Jerry}는 그 일에 관심이 없었는지 내게로 전화기를 넘겼다. 통화 속 상대는 홍보용 사진이 필요하다고 했고, 나는 그녀가 묵고 있는 싸구려 모텔에서 만나기로 약속을 잡았다.

모텔에 도착한 나는 그 주 내내 동네 술집에서 스트립쇼를 하고 있던 다이애나 러브$^{Diana\ Love}$를 만났다. 본명은 아닌 듯했다. 다이애나는 나에게 누드 사진을 찍어본 적이 있는지 물었다. "꼭 그런 것은 아니지만……." 나는 말을 더듬었다. 침착함을 유지하려고 애쓰며 그녀를 차에 태워서 대학 스튜디오로 돌아왔다. 다이애나의 트렁크 가방에는 깃털 목도리를 비롯한 갖가지 소품이 가득했다. 내가 어설프게 카메라와 삼각대, 조명을 설치하는 사이 그녀는 아무렇지도 않게 옷을 벗었다.

촬영이 한창이던 때 시청각 부서장이 갑자기 스튜디오 문을 벌컥 열었다. 그는 말없이 재빨리 문을 닫았고 나에게 설명을 요구하지도 않았다.

나는 미세스 러브의 프로필 사진을 검은 판지 위에 붙인 뒤, 그랜드포크스 사진 동호회의 월간 콘테스트에 출품작으로 가져갔다. 대부분 중년 남성이었던 다른 회원들은 낡은 자동차나 지붕이 꺼진 헛간, 녹슨 농기구 사진을 출품했다. 내 사진이 1등 리본을 받았다.

자녀를 위해서라도, 부모의 인생 이야기에는 실수로부터 얻은 교훈이 담겨야 한다. 나는 운 좋게도 그런 교훈을 많이 얻었다. 다음 이야기를 소개하는 이유는 내가 충동적으로 모험을 감행했지만 성급한 결정으로 그 기회를 날렸음을 보여주고 싶어서다.

1985년, 《인터내셔널 헤럴드 트리뷴》에서 일하던 나는 나이지리아의 석유 기반 경제를 취재하기 위해 일주일 동안 나이지리아로 출장을 갔다. 취재 준비를 하면서 나이지리아 출신 작가인 치누아 아체베^{Chinua Achebe}의 소설 《모든 것이 산산이 부서지다》, 정치적 탄식이 담긴 《나이지리아의 문제^{The Trouble With Nigeria}》를 읽었다. 나는 그의 직설적이고 간결한 문체에 매료되었다.

그때까지 아직 나이지리아의 수도였던 라고스는 무더운 혼돈의 도시였다. 꽉 막힌 도로에서 행상들이 차량 사이를 걸어 다니며 음식, 전화기, 화장지 등 사람들이 필요로 할 만한 온갖 물품을 손에 쥐고 흔들며 팔고 있었다. 스마트폰이 발명되기 훨씬 전에 사람들은 교통 체증에 갇혀서 그 주에 필요한 물건을 구매할 수 있었다.

주말에 이렇다 할 계획이 없었던 나는 아체베를 찾아가 나이지리아 문제들에 대한 그의 최근 식견을 듣기로 했다. 아체베는 라고스로부터 수백 킬로미터 떨어진 웅수카의 대학에 근무하고 있었다. 웅수카는 1960년대 말 기근과 내전을 겪으며 황폐해진 비아프라의 소도시였다. 이메일은커녕 전화 통화마저 불안정했던 당시에 미리 작가에게 방문 계획을 알리는 일은 불가능에 가까웠다.

나는 라고스에서 에누구로 가는 국내선 항공권을 구매했다. 라고스 공항에는 탑승구가 없다는 사실을 그때 알게 되었다.

승객들은 활주로까지 나가서 목적지로 가는 비행기를 찾을 때까지 비행기 사이를 헤매고 다녀야 했다. 나는 겨우 마지막 좌석을 잡을 수 있었다.

에누구에서 택시를 타고 65킬로미터쯤 떨어진 응수카까지 가는 동안 길가에 버려진 녹슨 자동차 수십 대를 지나쳤다. 응수카에 도착한 뒤, 택시 기사와 나는 먼지투성이 거리에서 마주친 사람들에게 아체베의 집이 어디인지 연신 물었다. 그들은 말과 몸짓으로 설명하려고 애쓰다가 결국에는 택시에 올라타 훨씬 편안하게 우리를 안내했다. 여러 명의 가이드가 비집고 들어오는 바람에 택시가 비좁아졌다. 그러다가 마침내 화단으로 둘러싸인 아체베의 집을 찾았다.

똑똑, 문을 두드렸더니 아체베가 나타났다. "드디어 당신과 만나네요!" 내가 소리쳤다.

그러나 아체베는 내 흥분에 동참하지 않았다. 너무 바빠서 5분 이상 시간을 내줄 수 없다고 했다. 너무 당황한 나머지 나는 그 제안을 거절하고 말았다.

맥없이 택시로 돌아와서는 생각에 잠겼다. '아체베는 내가 자기를 찾아오기까지 얼마나 많은 수고와 비용을 들였는지 몰랐을까?', '전 세계에 조국이 처한 상황을 알리는 일이 그의 소명이 아니란 말이던가?'

나중에야 아체베의 입장에서는 내가 불청객이었을 수도 있다는 사실을 깨달았다. 그에게는 내가 순진한 질문이나 던지면서 맥락을 무시한 채 그의 말을 엉망으로 인용해대는 불청객처럼 보였을지 모른다. 어쩌면 이미 저서들이 자신의 사상을 충분히 대변하고 있다고 생각했을 수도 있다. 내가 좀 더 현명했더라면 몇 분만 시간을 내주겠다는 그의 제안을 받아들였을 것이다. 몇 분이 몇 시간으로 늘어났을지도 모르는 일이고 말이다. 틀림없이 그 대화를 통해 나는 무언가를 배웠을 것이다.

그다지 중요하지는 않더라도, 자신이 겪었던 특이한 에피소드를 넣는 것도 좋다.

《월스트리트 저널》에서 내가 맡았던 아주 특이한 미션 중 하나는 음경 확대제에 관한 기사를 쓰는 일이었다.

때는 2003년이었고 당시 사람들은 시도 때도 없이 스팸 메일을 받았다. 스팸 메일을 거르는 괜찮은 필터가 없던 시절이었다. 가장 성가신 스팸 메일 중 하나는 음경 확대제 광고였다. 어떻게 봐도 분명히 사기였지만 한 편집자는 우리가 이 알약을 조사해서 어떤 성분이 들어있는지 정확히 알아내야 한다고 했다.

당시 내 상사는 여성이었는데, 그녀가 회사의 법인 카드로 음경 확대제를 주문하라고 지시했다. 회사에 제출하는 청구서에 구매 내역을 어떻게 기록했는지까지는 잘 기억나지 않는다. 내 업무는 음경 확대제를 구해서 화학 실험실을 찾아 성분 분석을 맡기고 그 내용을 보도하는 것이었다. 동료 줄리아 앵윈Julia Angwin과 함께 브리티시컬럼비아주 너나이모로 가서 음경 확대제 판매회사를 방문했다.

음경 확대제를 분석할 수 있는 화학 실험실을 찾아서 거래를 트느라 며칠 동안 바쁘게 지냈다. 캘리포니아주 샌환캐피스트라노의 플로라 연구소Flora Research에서 음경 확대제를 검사한 결과 대장균, 효모, 곰팡이, 납, 살충제 잔류물이 상당 수준으로 검출되었다. 메릴랜드 대학교 전염병학과의 마이클 도넨버그Michael Donnenberg 학과장은 "분변 오염이 심각한 수준"이라고 말했다. 이런 오염은 설사를 유발할 수 있다. 또 다른 전문가는 "이 제품을 사용하면 침실보다 화장실에서 더 많은 시간을 보내게 될 것"이라고 말했다. 어쨌든 나는 이 약을 먹을 필요성을 느끼지 못했다.

18

영감을 자극하는
최고의 회고록들

*

다른 사람의 회고록을 읽다 보면 내 이야기에 생기를 불어넣어줄 아이디어를 얻을 수도 있다. 다음 목록은 읽을 가치가 있는 수천 권의 회고록 중 극히 일부일 뿐이다. 문학적 가치가 있거나 베스트셀러가 되는 경우에만 인생 이야기를 쓸 가치가 있다고 말하려는 것은 아니다. 이 회고록들을 통해 자신만의 방식으로 인생 이야기를 들려줄 수 있는 영감을 얻길 바란다.

《벤저민 프랭클린 자서전(The Autobiography of Benjamin Franklin)》,
벤저민 프랭클린 지음

대부분의 도서관이나 인터넷에서 무료로 구할 수 있는 책이다. 이 책에서 벤저민 프랭클린[Benjamin Franklin]은 "조상들의 짤막한 비화를 알아가는 즐거움"을 언급하며, 언젠가 가족과 친구가 그의 삶에 대해 잘 몰랐던 부분에 관심을 가질 수도 있다고 했다.

《캐서린 그레이엄 자서전(Personal History)》, 캐서린 그레이엄 지음

"부모님이 각자 걸어오던 두 갈래 길이 뉴욕 23번가의 박물관에서 처음 교차했다. 1908년, 링컨의 생일날이었다." 이 책을 여는 두 문장은 우리에게 훌륭한 본보기가 된다. 월스트리트 부유층의 딸로 태어난 캐서린 그레이엄^{Katharine Graham}은 폴 세잔^{Paul Cézanne}과 오귀스트 르누아르^{Auguste Renoir}의 그림이 장식된 저택에서 자랐다. 소녀 시절에 유럽을 방문했을 때 알베르트 아인슈타인^{Albert Einstein}을 만나기도 했다. 그레이엄은 집으로 보낸 편지에 "그의 머리카락이 새 둥지 같았다"라고 적었다. 그녀는 부모님과 자신의 결함에 대해서도 고백했다. 인생에서 느꼈던 커다란 공포, 특히 남편의 자살과《워싱턴포스트》발행인으로서 겪었던 불안과 성공을 이야기한다.

《미스 알루미늄(Miss Aluminum)》, 수재나 무어 지음

수재나 무어^{Susanna Moore}는 방치 아동에서 가난한 청소년, 모델, 할리우드 뮤즈, 문학적 성공에 이르기까지 자신이 걸어온 믿기 힘든 여정을 회고록에서 들려준다.

《라이너 노트(Liner Notes)》, 라우던 웨인라이트 3세 지음

라우던 웨인라이트 3세는 세간에서 저평가된 싱어송라이터

이다. 그는 뉴욕주 웨스트체스터 카운티 북부에서 운전 중 겪은 일로부터 영감을 얻어 자신의 유일한 히트곡 〈데드 스컹크 인 더 미들 오브 더 로드Dead Skunk in the Middle of the Road〉를 단 12분 만에 작곡했다. 누군가에게는 불쾌감을, 다른 누군가에게는 즐거움을 주는 거침없는 이야기로 자신의 고질적인 바람기와 가벼운 우울증, 나약한 자아와의 싸움을 기록했다. 그에게 구원이란 무대에 서서 사람들을 웃기고 얻은 한 잔의 술이었다.

《로알드 달의 발칙하고 유쾌한 학교(Boy)》, 로알드 달 지음

로알드 달Roald Dahl은 얇지만 매력적인 이 책을 쓰면서 어린 시절의 지루하고 자잘한 내용은 과감히 생략했다. 여덟 살 때, 죽은 쥐를 캔디병에 넣었다가 회초리를 맞았던 일처럼 흔치 않은 경험에 초점을 맞추었다.

《로알드 달의 위대한 단독 비행(Going Solo)》, 로알드 달 지음

이 책은 《로알드 달의 발칙하고 유쾌한 학교》가 끝나는 지점에서 출발한다. 글로벌 석유 회사인 쉘Shell에서 일하던 달은 동아프리카로 발령받는다. 그는 동물들이 정글에서 춤추는 모습을 상상하며 탕가니카(오늘날의 탄자니아)의 다르에스살람으로 항해한다. 2차 세계대전이 발발하자, 석유 회사 직원이었던 스물세 살의 민간인 달은 탕가니카에 거주하는 독일인들을 포로 수용소로 몰아넣는 임무를 맡게 된다.

그는 영국 공군에 입대하기 위해 다르에스살람에서 나이로비까지 차를 몰고 가면서 코끼리들을 보고 감탄하기도 한다. "코끼리의 가죽은 몸집이 훨씬 거대했던 조상으로부터 물려받은 정장처럼 몸에 헐렁하게 걸쳐져 있었다." 열여섯 명의 청년이 함께 조종사 훈련을 받았지만, 달을 포함해 셋만이 전쟁에서 살아남았다. 하지만 그는 다음과 같이 썼다. "케냐만큼 아름다운 나라의 상공을 날아오를 수 있는 운 좋은 젊은이가 몇이나 될까? 나 자신에게 거듭 물었다."

《문 앞의 택시(A Cab at the Door)》·《미드나잇 오일(Midnight Oil)》,
V. S. 프리쳇 지음

단편 소설의 거장 V. S. 프리쳇V.S.Pritchett은 아버지의 채권자들에게 쫓겨 영국 전역을 전전하며 성장한 자신의 이야기를 들려준다. 열다섯 살에 가죽 장사로 내몰린 그는 5년 뒤 파리로 도망가 사진용품점에서 일하다가 훗날 신문사 통신원으로 자리를 잡았다. 프랑스로 도피한 이유는 "어리석게도 나의 치명적인 약점이라고 생각했던 교육의 결핍에 대한 해결책이었다"라고 썼다. 프랑스 문학을 읽고 파리 풍경을 바라보던 젊은 시절부터 그는 이렇게 생각했다. "내가 살아있다는 것 말고 무슨 할 말이 더 있는지 알 수 없었다. 소스 병의 광고처럼 시시한 문장을 두세 개 써서라도 그 밑에 내 이름이 찍힌 인쇄물을 보고 싶었을 뿐이다."

그는 《뉴욕 헤럴드New York Herald》 파리판에 아무 우스갯소리나 써서 보냈다. 보수는 받지 못했지만 드디어 자신의 이름이 실린 첫 번째 출판물을 갖게 됐고 다음과 같은 교훈을 얻었다. "할 말이 전혀 없는 사람은 다른 사람들이 한 말이라도 쓰면 된다." 그리고 이런 깨달음과 함께 그의 커리어가 시작되었다. "나도 모르는 사이에 내 안에 이야기가 가득 차 있었다." 혼란스러웠던 어린 시절과 별난 가족은 최고의 이야깃거리로서 그를 가득 채우고 있었다. 우리도 그와 같은 처지일 수 있다.

《로스와 함께한 시간(The Years With Ross)》, 제임스 서버 지음

이 책은 《뉴요커》를 창립한 편집자 해럴드 로스Harold Ross의 전기라고 주장하지만, 실제로는 제임스 서버James Thurber가 전 상사와 겪었던 재미있고 당혹스러운 에피소드를 적은 회고록에 가깝다. 서버는 연대기 같은 전통적 구성법을 탈피하여 이야기를 주제별로 묶으려고 시도했지만 추억을 무작위로 나열한 것처럼 보인다. 어쨌든 결과는 나쁘지 않았다. 서버는 연대기에 얽매이고 싶지 않은 사람들을 위해 혼돈 상태의 재치를 보여주는 모델을 만들었다.

《비즈윙(Beeswing)》, 리처드 톰슨 지음

싱어송라이터 리처드 톰슨^{Richard Thompson}은 때로는 유쾌하고 때로는 감동적인 회고록에서 젊은 시절 모험담을 풀어놓는다. 톰슨은 "늘 내가 왜 지금의 나인지 알아내려고 노력하고 있으며" 그 덕분에 그의 이야기가 매우 설득력 있게 들린다.

《난제(Conundrum)》, 얀 모리스 지음

한때 제임스 험프리 모리스^{James Humphry Morris}라는 이름으로 살았던 얀 모리스^{Jan Morris}는 "서너 살 무렵, 내가 잘못된 몸을 갖고 태어났으며 사실은 여자아이였어야 했다는 사실을 깨달았다"라고 회고록에 썼다. 어렸을 때는 자신이 사기꾼 같다고 생각했다. 성별보다는 정신적 문제가 더 컸다. "내가 품은 난제는 신체 기관보다는 나 자신에 관한 것이다. 그러므로 이것이 단순히 음경이나 질, 고환이나 자궁의 문제라고 한다면 여전히 모순 같다."

모리스는 영국 육군에서 정보 장교로 훌륭하게 군 생활을 했으며, 그 과정에서 자신이 "동시대 남성들과 근본적으로 다르다는 직감을 확인했다." 그는 한 여성과 결혼해서 자녀들을 낳았지만, 중년에 이르자 자신과 맞지 않는 역할을 더는 견딜 수 없었다. 그리하여 호르몬제를 복용하고 카사블랑카에서 수술을 받은 뒤 여성이 되었다. 모리스는 "이제 성별 사이의 장벽이 더 얕아졌다"라고 썼다.

《U. S. 그랜트의 사적인 회고록(Personal Memoirs of U. S. Grant)》, 율리시스 S. 그랜트 지음

미국 18대 대통령인 율리시스 S. 그랜트Ulysses S. Grant는 회고록을 쓰라는 친구들의 제안을 거절했었다. 그러다가 말년에 형편없는 투자로 파산한 뒤에야 빚더미에서 헤어 나올 요량으로 글을 쓰기 시작했다. 그는 오하이오에서 가죽 무두질을 하던 아버지의 사업에 혐오감을 느꼈고, 한창때의 에너지를 농장 운영과 승마에 쏟았다고 회상했다. 사나운 개가 말 한 마리를 놀라게 했을 때 두건으로 말의 눈을 가려서 진정시킨 일도 있었다.

그는 실패에 대한 두려움 때문에 웨스트포인트 사관학교에 들어가기를 부담스러워했다. 아버지가 사관학교 입학 수속을 끝내자 굴복하기는 했지만, 자신이 "졸업할 수 있을 줄 몰랐고, 졸업하더라도 군대에 남아있을 생각이 전혀 없었다"라고 썼다.

그랜트는 인후암으로 생명이 꺼져가는 와중에 이 회고록을 완성했고 상업적·비평적으로 큰 성공을 거두었다.

《나는 그림자로 왔다(I Came as a Shadow)》, 존 톰슨 지음

조지타운 대학교 농구 코치 존 톰슨[John Thompson]은 가난했지만 사랑은 넘쳤던 어린 시절을 회상한다. 그의 어머니는 대학 학위를 가지고도 남의 집 청소 일을 했고, 문맹인 아버지는 타일 공장 직공이었다. 초등학교 6학년 때 이미 키가 180센티미터를 넘었던 톰슨은 학교생활에 어려움을 겪었다. 하지만 한 선생님이 그가 놀림을 당하지 않도록 최선을 다해 보호했고, 톰슨은 그 친절을 절대 잊지 않았다. 그는 선수들을 스카우트할 때 학점이 낮다고 해서 그들이 멍청하다고 생각하지 않았다. 흑인 청년들이 주변의 낮은 기대치 때문에 여러모로 제약을 받는다는 사실을 누구보다 잘 알고 있었기 때문이다.

《오프 투 더 사이드(Off to the Side)》, 짐 해리슨 지음

소설가이자 시인인 짐 해리슨[Jim Harrison]은 자신의 학창 시절을 뒤돌아보며 학교에 대해 "우리는 서로를 실망시켰다"고 말했다. 10대 시절의 해리슨은 미시간주의 시골을 떠나 뉴욕, 보스턴, 샌프란시스코의 어두운 뒷골목을 탐험했다. 우울증에서 회복하기 위해 자연으로 숨어들었던 때도 있었다. 그는 "언어에 취해" 시인이 되기 훨씬 전부터 시인을 자칭했다.

이 회고록은 해리슨의 소박한 인생 여정이 주는 즐거움과 자신의 이야기를 쓴다는 것에 대한 가르침 때문에 읽을 가치가 있다. 그의 이야기에는 인생이란 무엇이며, 어떻게, 왜 살아야 하는지에 대한 명상도 섞여 있다. 해리슨은 자신의 젊은 시절을 연대순으로 대략 서술한 다음에 술, 사냥, 종교, 스트립쇼 기술 등 주제별로 책의 나머지 부분을 구성했다.

《쿠레인에서 오는 길(The Road from Coorain)》, 질 커 콘웨이 지음

매사추세츠주의 명문 여대 스미스 칼리지의 첫 여성 총장인 질 커 콘웨이Jill Ker Conway는 1930~1940년대 호주 뉴사우스웨일스주의 양 떼 목장에서 성장한 이야기를 들려준다. "해 질 녘이면 로지핑크색의 장미앵무가 나뭇가지에 내려앉아 나무를 주홍색으로 물들이는 것처럼 보이는" 곳이었다. 그녀의 집에는 전기와 실내 수도 시설이 없었다. 양 치는 법을 배웠으며, 아버지가 양가죽을 벗기는 모습을 지켜보기도 했다. 그녀가 열 살 때 아버지가 익사했고, 남동생은 차 사고로 사망했다. 10대 시절에는 튜더 왕조 역사와 엘리자베스 시대 드라마에 집착하는 자신을 보면서 "미운 오리 새끼"같은 부적응자라고 생각했다.

《아메리칸 차일드후드(An American Childhood)》, 애니 딜러드 지음

1945년에 태어난 애니 딜러드[Annie Dillard]는 매일 아침 남성들은 바쁘게 일터로 나가고 여성들은 집에 머물던 시절의 피츠버그에서 자랐다. 이 책에서 딜러드는 기나긴 여름날에 다섯 살 아이가 느낀 지루함과 경이로움을 놀랍도록 세밀하게 묘사한다. "내 계획은 그네를 타고 정상을 넘어 여기저기 돌아다니는 것이었다. 집에서 벽에다가 공을 튕기거나 어머니가 준 불법 새총에 돌멩이를 끼워 날리기도 했다." 어린 시절의 느낌을 정확히 기억하기는 어렵다. 그러나 딜러드는 그 기억을 잘 간직하여 멋지고 생생한 산문으로 우리에게 보여준다.

《바람만이 아는 대답(Chronicles: Volume One)》, 밥 딜런 지음

밥 딜런[Bob Dylan]의 회고록은 까다롭게 소재를 선별해 인생 이야기를 쓴 예를 보여준다. 이 위대한 신비주의자는 독자들에게 완전하고 솔직한 자서전을 제공할 생각이 전혀 없었다. 그런데도 이 책은 밥 딜런의 음악 인생의 어느 측면에 대해 매우 흥미로운 통찰을 제공한다. 자신에 관한 전체적인 비밀은 지키면서도 일부는 유쾌한 방식으로 드러내고 싶다면 이 책이 훌륭한 본보기가 될 것이다.

19

나의 첫 번째 부고

*

1970년대 중반, 내가 아직 스물한 살이었던 때의 일이다. 부고를 써서 밥벌이를 해먹겠다는 생각을 하기 수십 년 전에 이미 나는 첫 번째 부고를 썼다. 프레드 엥^{Fred Eng}의 부고였다.

노스다코타 대학교 1학년 때 프레드는 기숙사에서 내 옆방에 살았다.

프레드는 노스다코타주 제임스타운 출신으로, 고등학교 시절 파고의 한 쇼핑몰에서 알몸으로 뛰어다니다가 체포되어 75달러의 벌금형을 받은 일로 유명했다. 내가 대학에서 만난 프레드는 딱히 어떻게 살아야겠다는 생각이 없어 보였다. 크나큰 야망으로 고민하지도 않았다.

프레드는 침대에서 일어나는 것조차 힘들어했다. 한번은 그가 수업 시간에 맞춰 깨워달라고 부탁했다. 변덕이 심했던 프레드는 내가 매일 아침 그의 방에 들어가 얼음물 한 바가지를 끼얹는 것을 허락한다는 내용의 정교한 계약서까지 작성했다. 그가 공증인을 준비한 덕분에 엄숙하게 계약을 체결할 수 있었다.

얼굴에 찬물을 끼얹는 것은 이제껏 프레드가 시도했던 어떤 알람보다 효과가 확실했다. 잠이 덜 깬 그의 머리를 흠뻑 적시면서 얻은 통쾌함은 덤이었다. 아쉬운 점은 내 임무가 하루밖에 못 갔다는 것이다. 그날 이후 프레드는 방문을 꼭 잠갔다. 그러고는 원래의 일상으로 돌아갔다. 거의 아무 노력도 하지 않고 강의를 두세 번 빼먹고는 길고 마른 몸으로 흔들의자에 널브러져 그래놀라를 먹으며 프룬 주스를 홀짝였다.

프레드의 놀라운 점은 평소에 노력이라면 질색하면서도 편지만큼은 기꺼이 쓴다는 것이었다. 우리는 여름 방학 동안 편지를 몇 차례 주고받았다. 그중 어느 편지에서 프레드는 자신이 삶을 대하는 방식을 설명했다. "10년이라는 긴 시간 동안 사람들은 나에게 앞으로, 앞으로 가라고 재촉했고 나는 싫다고, 싫다고, 천천히, 천천히 갈 거라고 말했어."

내가 프레드를 마지막으로 본 것은 1977년에 그의 고향인 제임스타운을 잠깐 들렀을 때였다. 우리는 술집에서 만나 그가 가장 좋아하는 스포츠이자 체력 소모가 거의 없는 당구를 쳤다. 8볼 게임을 느긋하게 여러 판 즐긴 뒤 나는 안절부

절못하기 시작했다. 집에 가야 하는 시간이라고 했는데도 프레드는 계속 치고 싶어 했다. 하지만 나는 서둘러 자리를 떴다.

그해 여름, 프레드는 몬태나에서 통나무집을 짓는 인부로 일했다. 그는 "처음으로 내가 즐길 수 있는 일을 하게 되었다"라는 놀라운 소식을 편지로 전해 왔다.

그해 가을, 내가 학교로 돌아왔을 때 한 친구가 믿기 힘든 소식을 전했다. 프레드의 작업반이 짓던 오두막의 지붕에서 통나무가 굴러떨어졌다는 것이었다. 프레드는 통나무에 머리를 부딪혀서 사망했다. 향년 21세였다.

나는 학생 신문에 프레드의 삶에 대한 글을 썼다. 부고 작가로서 데뷔작이었던 이 글에 C+를 주고 싶다. 프레드의 편지를 군데군데 인용했고 그의 유머 감각과 별난 면모를 어느 정도 알릴 수 있었지만, 프레드의 가족과 다른 친구들을 인터뷰했다면 훨씬 더 많은 이야기를 남길 수 있었을 것이다.

모든 인생 이야기에는 크든 작든 가르침이 담겨있다. 프레드의 부고는 내게 한 가지 가르침을 주었다. 그날 나는 제임스타운을 떠나지 않고 프레드와 당구를 몇 게임 더 쳤어야 했다.

FRED ENG

1955~1977

크나큰 야망보다는 흔들의자 위에서
느긋하게 일상을 즐겼던 청춘.
건축 현장에서 일하다가 향년 21세에 사고사로
너무 빨리 생을 마감했다.

사람들은 나에게
앞으로, 앞으로 가라고 재촉했고
나는 싫다고, 싫다고,
천천히 가겠다고 말했다.

20

살아 있는 내내
기록할 것

*

피트 코렐^{Pete Correll}은 감동적인 이야깃거리를 갖고 있었지만 자신의 이야기를 종이에 적거나 녹음할 시간이 없었다.

그의 정식 이름은 올스턴 데이턴 코렐 주니어^{Alston Dayton Correll Jr.}이다. 외아들이었던 그는 '리틀 피트'로, 그의 아버지는 '빅 피트'로 불렸다. JC페니 백화점의 관리자였던 빅 피트는 나중에 조지아주 해안 마을인 브런즈윅에 남성복 매장을 열었다.

알코올 중독자였던 빅 피트는 리틀 피트가 열두 살 때 사망했다. 남겨진 리틀 피트와 어머니 엘리자베스 코렐^{Elizabeth Correll}이 매장을 책임져야 했다. 코렐 모자는 여태껏 재고가 들어있다고 생각했던 선반 위의 상자들이 대부분 빈 상자였다는 사실을 뒤늦게 깨달았다. 다른 상자들을 찾아내긴 했지만 사정은 별반 다르지 않았다. 상자 안에는 빈 술병이 들어있을 뿐이었다. 코렐 모자는 상황을 그럭저럭 정리하고 수익성을 올릴 방법을 모색했다.

시간이 흘러 피트 코렐은 조지아 공과 대학교에 입학했다. 하지만 얼마 가지 않아 대학을 중퇴하고 뉴욕 증권 거래소에서 트레이더들에게 주문 전표를 배달하는 심부름꾼으로 잠깐 일했다. 그 뒤 조지아 대학교에 입학해서 경영학을 전공했다. 그곳에서 교육학을 전공하는 에이다 리 풀포드^{Ada Lee Fulford}를 만났고, 두 사람은 1963년 결혼했다.

소매업에서 경력을 쌓고 싶었던 코렐은 JC페니 매장에서 관리자로 일했다. 다른 직업을 찾아보라는 친구들의 조언을 받아들여 더 나은 기회를 모색하던 코렐은 펄프 및 제지를 생산하는 공장의 관리자로 입사했다. 이후 메인 대학교에 들어가 펄프 및 제지 기술 연구로 석사 학위를 받았다.

그는 제지업체 와이어하우저^{Weyerhaeuser Co.}, 노트류를 만드는 미드^{Mead Corp.}의 공장 감독을 거치며 임원 자리에 올랐다. 1988년에는 조지아퍼시픽^{Georgia-Pacific Corp.}에서 펄프 및 인쇄용지 부문 수석 부사장이 되었다. 5년 뒤에는 조지아퍼시픽의 베테랑 임원들을 제치고 최고 경영자가 되었다. 그가 할리데이비슨 오토바이에 걸터앉은 사진이 지역 잡지에 실리기도 했다.

애틀랜타에 본사를 둔 조지아퍼시픽은 원래 펄프, 종이, 합판, 석고 보드를 만드는 회사였다. 건설업의 부침에 따라 건축자재업 역시 호황과 불황을 반복하자 조지아퍼시픽의 투자자들이 불안을 느끼면서 주가가 떨어졌다.

2001년, 코렐은 《시카고 선타임스Chicago Sun-Times》에 이렇게 말했다. "어느 해에는 북미에서 가장 존경받는 경영진이었다가 바로 다음 해에는 가장 미움받는 사람이 돼요. 전 아무 짓도 안 했는데 말이에요. 합판 가격이 절반으로 떨어졌을 뿐이죠."

그는 더 안정적이고 불황에 강한 사업을 원했다. 그런 이유로 2000년에 조지아퍼시픽은 퀼티드 노던Quilted Northern 화장지와 브로니Brawny 키친타월을 인수했다.

코렐은 "화장지의 제왕"이라는 자신의 별명을 유쾌하게 받아들였다. 그리고 확실한 웃음거리로 만들었다. "화장지는 훌륭한 제품입니다." 그는 자못 진지한 표정으로 이렇게 말했다. "미국 국민의 98퍼센트가 화장지를 사용합니다." 나머지 2퍼센트는 무엇을 사용하냐고 진지하게 물었다면 그는 모른다고 대답했을 것이다. 《뉴욕 타임스》와의 인터뷰에서 "우리는 그에 관한 연구는 진행하고 있지 않습니다"라고 했다.

이따금 아쉬웠던 점은, 보통 사람들은 조지아퍼시픽이 무슨 회사인지 전혀 몰랐다는 것이다. 코렐이 조지아퍼시픽의 최고 경영자라는 사실을 알게 된 어느 호텔 직원은 "끝내주는 철도 회사"를 운영하는 것에 대해 축하의 말을 건넸다.

바겐 헌터bargain hunter들은 이 회사의 가치를 알아보았다. 2005년,

코크 인더스트리즈Koch Industires Inc.가 132억 달러에 조지아퍼시픽을 인수하기로 했다. 이듬해 코렐은 회장 자리에서 물러났다. 리틀 피트는 이제 리치 피트가 되었고, 65세의 나이에 골프를 즐기다가 가끔 모금 행사를 열면서 유유자적 여생을 보낼 수도 있었다. 하지만 그는 더 힘든 일을 선택했다.

애틀랜타의 그레이디 기념 병원Grady Memorial Hospital은 대도시 지역의 빈곤층과 건강보험 미가입자에게 의료 서비스를 제공하면서 재정적으로 큰 어려움을 겪고 있었다. 당시 코렐은 힘만 들고 보상도 못 받는 궂은일을 시민들을 위해서라면 기꺼이 맡는 인물로 알려져 있었다. 병원을 방문한 코렐은 우중충한 복도에서 바퀴 달린 들것 위에 누워 점점 더 쇠약해져 가는 환자들을 보았다. 그레이디 병원은 아직도 손 글씨로 차트를 작성하고 먹지를 이용해 사본을 만들고 있었다. "마치 30년 전으로 되돌아간 것 같았다"라고 그가 말했다.

코렐은 친구 톰 벨Tom Bell과 술을 마시면서 그레이디 병원의 위기에 관해 이야기했다. 그들은 누군가가 병원을 구해야 한다는 데 동의했다. 코렐은 《애틀랜타 저널컨스티튜션》과의 인터뷰에서 "술이 몇 잔 더 들어간 뒤 우리가 나서기로 결심했다"고 말했다.

2008년, 그들은 병원의 지배 구조 개편안을 마련했다. 목표

중 하나는 병원 경영진을 정치권에서 임명한 사람들이 아니라 정치적 압력으로부터 자유로운 이사들로 구성해서 그레이디 병원을 비영리 법인으로 전환하는 것이었다. 코렐은 조직을 개편하더라도 가난한 사람들이 서비스를 박탈당하는 일은 없으리라고 시민 대표들을 안심시키는 노력도 병행해야 했다.

코렐은 애틀랜타 지역의 다른 병원들에 그레이디 병원을 지원해 달라고 압력을 넣었다. 교외의 부유한 병원들에다가는 그레이디 병원의 건강보험 미가입 환자들을 강제로 돌보게 된다면 "개똥밭에 빠진 기분"일 것이라고 코렐 특유의 퉁명스러운 말투로 말했다. 그는 그레이디 병원의 낙후된 장비와 시설을 개선하기 위해 앞장서서 3억 달러를 모금했고, 8년 동안 그레이디 병원의 회장으로 재직했다.

코렐 가족은 피트 코렐의 인생 이야기, 그리고 그가 살면서 얻은 교훈을 세상에 남길 방법을 논의했다. 하지만 논의가 뚜렷한 진전을 거두기도 전에 그가 암 진단을 받고 말았다. 그의 친구 중에는 대필 작가에게 자신의 인생 이야기를 들려준 사람도 있었지만, 딸 엘리자베스 코렐 리처즈Elizabeth Correll Richards는 "아버지는 그럴 시간이 없다는 것을 깨달았다"라고 말했다.

머지않아 코렐의 병세가 악화되어 말소리가 어눌해지자 주변 사람들은 그가 무슨 말을 하는지 알아듣지 못했지만, 엘리자베스만큼은 아버지의 말을 대부분 알아들었다. 그녀는 아버지가 수년간 미디어와 했던 인터뷰의 녹취록을 살펴보기 시작했다. 이야기의 공백이 발견되면 아버지에게 그 부분을 채워달라고 했다. 아버지는 자신의 삶에 관해 말하고 싶어 하는 것 같았다. 엘리자베스는 '대학 시절 동아리를 어떻게 선택했는지' 등을 아버지에게 물었고 "한 시간 만에 아버지의 대학 생활에 대해 모든 이야기를 들었다"라고 했다. 그녀는 아버지의 이야기를 빠짐없이 메모했다.

2021년 3월, 죽음이 머지않다고 느낀 피트 코렐은 엘리자베스에게 "내 장례식에서 꼭 하고 싶은 말이 있다"라고 했다. 엘리자베스는 아버지를 홀로그램으로 만들어 장례식에 데려가겠다고 농담했다. 그들은 다른 사람, 즉 목사가 장례식에 모인 사람들에게 코렐의 글을 대신 읽도록 했다. 코렐은 자신의 장례식에서 추도사를 원치 않았다. 가족과 친구들이 이미 잘 알고 있는 수많은 수상 경력과 업적을 지루하게 낭독하는 일 역시 원치 않았다. 남겨진 이들에게 자신이 어떻게 기억되고 싶은지에 대해 그가 남긴 메시지만 전해지기를 원했다.

코렐의 메시지는 그리 길지 않았지만 "제대로 완성하는 데 두어 달이 걸렸다"라고 엘리자베스는 말했다. 아버지가 이야기하는 것을 엘리자베스가 아이폰에 녹음했다.

2021년 6월 2일, 애틀랜타 제일장로교회에서 열린 장례식에 800여 명이 모였다. 토니 선더마이어^{Tony Sundermeier} 목사가 코렐이 남긴 글을 읽었다.

와주셔서 감사합니다. 토니가 이 글을 읽고 있으니 저는 죽었겠군요.

하지만 여러분께 드리고 싶은 말씀이 몇 가지 있습니다. 슬퍼하지 마세요. 저는 세 가지 덕분에 풍요롭고 충만한 삶을 살았습니다.

첫째, 저는 장로교 신자라는 운명을 타고난 사람입니다. 신께서 무언가를 시키시려고 저를 이 땅에 보내신 것은 알고 있었지만 그게 무엇인지는 알지 못했습니다. 그것은 분명 그레이디 병원을 돕는 일이었을 겁니다. 조지아주 브런즈윅의 한부모가정에서 자란 가난한 남부 소년이 한 번도 가보지 못했던 조지아주 애틀랜타의 그레이디 병원을 이끌어나가는 촉매제 역할을 하게 됐다는 사실을 달리 어떻게 설명할까요? 신은 이 일을 위해 저를 평생 준비시켰을 겁니다. 이 가난한 소년이 애틀랜타 사업가들을 이끌고 그레이디 병원을 구했다고 생각해 보세요. 신의 계획이 없었다면 상상도 할 수 없는 일이었죠. '신이 모든 사람의 삶에 대해 계획을 가진 것은 아니다'라고 누군가가 말한다면 저는 그 앞에서 웃고 싶습니다. 신께서 저를 미국 전역으로 인도하셨을 때 단 한 가지 일을 위해 저를 준비시키고 계셨습니다. 바로 그레이디 병원을 살리는 일이죠. 제가 태어난 지 70년 뒤의 일이었습니다. 신사 숙녀 여러분, 여러분이 신의 계시를 따르기로 선택했다면, 장기 계획이란 바로 이런 것이며 그분께서 여러분의 삶에 다 준비해 놓으셨다는 사실을 알 수 있을 겁니다.

제 인생에서 두 번째 버팀목은 강인한 어머니였습니다. 아버지는 제가 열두 살 때 돌아가셨죠. 좋은 분이셨지만 폭력적인 성향을 지닌 알코올 중독자였습니다. 우리는 파산 상태였는데 그때는 너무 바보 같아서 그 사실을 알지 못했어요. 어머니와 저는 아버지의 빚을 모두 갚고 조지아주 브런즈윅에서 남성복 매장을 운영하기 시작했습니다. 경영학과에서는 절대 배울 수 없는 현금의 가치를 이때 제대로 배웠습니다. 경영학과 학생들은 대차대조표와 손익계산서는 읽을 수 있을지 몰라도 현금흐름표는 읽지 못합니다. 하루를 마감할 무렵 현금출납기를 들여다보고 하루를 시작할 때보다 돈이 더 많은지 적은지 확인하는 것만큼 정신이 번쩍 드는 일도 없습니다. '코렐 남성복점'에서 깨우친 그 전제가 제 비즈니스 경력의 원동력이었습니다. 현금 말고는 아무것도 중요하지 않습니다.

제 인생의 세 번째 버팀목은 또 다른 강인한 여성 에이다 리였습니다. 그녀는 조지아주 스웨인즈버러 출신의 상냥한 아가씨로, 인생에서 항상 모든 것이 잘되리라고 믿었던 진정한 낙천주의자였습니다. 저는 조지아주에서 버지니아주, 메인주, 노스캐롤라이나주, 아칸소주, 시애틀, 오하이오주 데이턴으로, 그리고 마침내 애틀랜타까지 아내를 데리고 전국을 옮겨 다녔습니다. 아내는 줄곧 이것은 신이 당신을 위해 계획하신 일이니 받아들이라고 이야기했습니다. 퇴근하고 집에 돌아와 '여보, 우리 이사 가야 해'라고 말하는 게 일상이 됐죠. 그러면 아내는 어디로 가는지 묻지도 않고 짐을 싸기 시작했습니다. 우리 부부는 어린아이 둘과 개 한 마리를 데리고 이사를 다녔습니다. 앨스턴과 엘리자베스에게 어디 출신이냐고 물으면 그 애들은 당황스러워합니다. 그 애들은 너무 많은 장소와 다양한 상황을 겪어왔죠. 우리 가족에게 집은 정해진 이름을 가진 정해진 장소가 아닙니다. 우리 넷이 함께 있는 곳이라면 어디든 우리 집이 될 수 있습니다.

토니가 뒷문에서 장로교회 입회 신청을 받을 겁니다. 신께서 여러분 모두와 함께하시길 바랍니다. 제가 완벽한 삶을 살아왔다는 것을 항상 기억해 주셨으면 합니다. 이제 저는 경기장을 떠날 때가 되었습니다.

여러분 모두의 축복을 빕니다.

코렐이 피날레를 위해 선곡해 놓은 〈성자의 행진When the Saints Go Marching In〉을 브라스 밴드가 연주하기 시작했다. 밴드는 느리고 애절하게 연주하다가 경쾌하게 곡을 마무리했다.

몇 주 뒤 엘리자베스는 여전히 인터뷰 녹취록을 정리하고 있었다. 하지만 아버지가 인생에서 사명으로 여겼던 일이 정확히 무엇인지 누구보다 잘 알고 있었다.

엘리자베스는 "사실 그 일을 계기로 우리 가족은 살면서 일어나는 일들을 상세히 기록해야 한다고 생각하게 되었다"라고 말했다. "당신이 자신을 소중한 존재라고 생각하지 않을지 몰라도 다른 누군가에게 당신은 소중한 존재입니다."

아멘.

PETE CORRELL

1941~2021

조지아퍼시픽 최고 경영자로서
안정적 경영을 일군 '화장지의 제왕'.
그레이디 기념 병원의 재건에 힘쓰며
인생의 사명을 발견했다.

이제 저는 경기장을 떠날 때가 되었습니다.
여러분 모두의 축복을 빕니다.

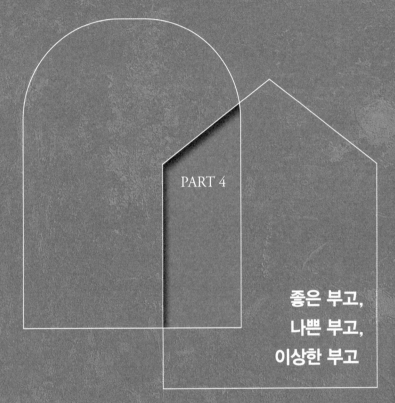

PART 4

**좋은 부고,
나쁜 부고,
이상한 부고**

21

작은 영웅들의 부고

*

우리는 신문의 부고란에서 착하디착한 사람들을 만난다. 물론, 어떤 사람은 주변인들이 그의 악행을 입 다물어준 덕분에 선해 보이는 것일 수도 있다. 어떤 사람들은 한 면에서 큰 결점을 갖고 있음에도 다른 면에서 진정한 영감을 보여주기도 한다.

만일 내 부고가 나의 삶을 어느 정도 솔직하게 표현한다면 나는 어떤 사람으로 보일까? 혹시라도 그 모습이 마음에 들지 않는다면 내 인생 이야기를 고쳐 쓰면 된다. 아직 늦지 않았다. 다른 사람의 인생 이야기를 읽다 보면 앞으로 어떻게 살아야 할지 아이디어를 얻을 때가 있다. 내 인생 이야기를 어떻게 써야 할지 영감을 받을 수도 있다.

나는 삶의 의지를 다잡아야 할 때마다 오스트리아의 정신과 의사 빅터 프랭클^{Viktor Frankl}이 1946년에 완성한 짧은 책을 떠올린다. 그의 책 《죽음의 수용소에서》는 회고록이자 심리학 논문이며 삶의 지침서이다. 프랭클의 부모와 형제, 임신한 아내는 홀로코스트로 사망했다. 프랭클은 아우슈비츠 수용소, 다카우 수용소를 전전하며 3년을 견뎠다. 그는 잔혹한 경험으로부터 숭고한 깨달음을 얻었는데, 상상할 수 있는 최악의 상황에서도 사람들은 서로 도우며 불행을 견디고 다시 일어서면서 삶의 의미를 찾았다.

간수들에게 괴롭힘을 당하며 묽은 수프와 빵 한 조각으로 하루하루 근근이 버티던 프랭클은 함께 고통받는 동료들에 대한 연민, 아내를 향한 그리움 속에서 삶의 의미와 목적을 발견했다. 그는 이런 결론을 내렸다. "그때 나는 인간의 시, 생각, 믿음이 전달해야 하는 가장 위대한 비밀의 의미를 파악했다. 인간의 구원은 사랑을 통해 이루어지고 사랑 안에 있다." 독창적이진 않더라도 프랭클에게 계속 나아갈 힘을 준 이 통찰을 사람들은 종종 잊고 살아간다.

좋아하지 않는 사람, 좋아할 가치가 없는 사람, 우리를 모욕하거나 실망하게 한 사람 등을 포함하여 타인에게 친절을 베푸는 일은 자위적 습관, 심지어는 이기적 습관으로 비칠 수 있다. 우리 자신이 그 친절의 가장 큰 수혜자이기 때문이다. 친절은 적은 노력으로도 자신과 세상에 대해 더 긍정적인 마음을 품게 하는 가장 확실한 방법이다. 내가 상대에게 친절을 베풀면, 상대도 나에게 더 친절하게 대하고 싶은 마음이 들기 마련이다. 결국 우리는 베푸는 것보다 더 많은 것을 얻는 셈이다.

이 장에서는 내가 그동안 일하면서 만난 영웅들을 소개하려고 한다. 하나같이 널리 알려지지 않은 사람들이지만, 아직 현재진행 중인 내 인생 이야기를 어떻게 하면 더 나은 이야기로 다듬을 수 있을지 영감을 주는 이들이다. 더 많은 사람이 그들에게서 영감을 얻고, 어떻게 살아야 하는지, 어떻게 이야기를 전달할지 배울 수 있으면 하는 바람에서 이 이야기들을 골랐다.

6만 명의 에티오피아 여성들을 치료한 캐서린 햄린 이야기

오랫동안 아프리카 밖에서는 캐서린 햄린^{Catherine Hamlin}이라는 인물이나 에티오피아 여성들을 도운 그녀의 의료 선교에 대해 아는 사람이 거의 없었다. 어떤 이들은 알고 싶지 않았을 수도 있다. 그녀는 산과누공^{産科瘻孔}이라는 질환을 주로 치료했다. 산과누공은 산도^{産道}와 직장^{直腸} 사이의 조직에 구멍이 생기는 질환으로, 부유한 나라 사람들 대부분은 상상조차 하지 못할 병이다. 일반적으로 이런 질환은 의료 혜택이 부족한 외딴 지역의 여성들이 분만을 장시간 하는 중에 발생하며 결국 사산으로 이어진다. 이 질환 때문에 소변이나 대변이 질 밖으로 새어 나와서 남편에게 버림받는 여성도 적지 않다.

'캐서린 햄린 누공 재단Catherine Hamlin Fistula Foundation'에 따르면, 캐서린 햄린과 남편 레지널드 햄린Reginald Hamlin이 만든 에티오피아 비영리 병원 네트워크가 61년 동안 6만 명이 넘는 에티오피아 여성들의 누공을 치료했다. 호주, 캐나다 등 여러 나라의 기부자들로부터 자금을 지원받은 햄린 부부의 사명은 2004년에 캐서린 햄린이 〈오프라 윈프리 쇼〉에 출연하면서 미국에서도 널리 알려졌다.

캐서린은 〈오프라 윈프리 쇼〉에서 "만일 남성들에게 누공이 있었더라면 훨씬 오래전에 이미 조치가 취해졌을 것"이라고 말했다.

오프라가 불쑥 내뱉었다 "남성들의 성기에 구멍이 났다면 말이죠? 당신 말이 맞아요."

캐서린은 시드니에서 태어났으며 다섯 명의 형제자매가 있었다. 출생 당시의 이름은 엘리너 캐서린 니컬슨Elinor Catherine Nicholson이었다. 그녀의 아버지는 부유한 집안 출신이었는데, 엘리베이터 제작에도 관심을 가졌다. 그녀는 2001년에 발표한 회고록 《지구에 하나뿐인 병원》에서 자신을 말을 타거나 나무에 오르는 말괄량이로 묘사했다.

그녀는 기숙학교를 졸업한 뒤 1946년에 시드니 대학교에서 의학 학위를 받았다. 한 선교사의 강의에서 영감을 받은 그녀는 의료 선교를 위해 기독교 선교 단체를 찾았다. 그러다가 시드니의 어느 여성 병원에서 자신과 같은 생각을 가진 레지널드 햄린을 만났다. 레지널드는 그 병원의 의료 과장으로 일하고 있었는데, 캐서린보다 열다섯 살 연상이었다. 두 사람은 캐서린이 스물여섯 살 때 결혼했다.

햄린 부부는 영국, 홍콩, 호주에서 산과와 부인과 의사로 일했다. 그러던 어느 날 에티오피아의 수도 아디스아바바에서 조산사 교육학교를 세울 사람을 찾는다는 광고를 보았다. 그다지 유망한 커리어 행보는 아니었지만 햄린 부부는 무언가에 이끌리듯 그 일에 뛰어들었다. 1959년, 아디스아바바에 도착한 그들은 몇 년 동안만 머무를 생각이었다. 결국, 누공 치료에 중점을 둔 그들의 사역은 평생의 사명으로 발전했다.

캐서린은 "레지널드와 내가 이곳에 있는 것은 신이 인도한 덕분이라고 믿는다"라고 했다.

에티오피아에 정착하는 과정은 험난했다. 밤이면 하이에나의 울음소리가 들려왔다. 햄린 부부는 중고 폭스바겐 비틀을 몰았고, 시간과 에너지 대부분을 지역 관료들과 싸우는 데 쏟아부었다.

햄린 부부는 누공 수술법을 배우기 위해 이집트의 산과 전문의에게 편지를 썼고 영국과 독일의 권위자들에게 조언을 구하기도 했다. 노력 끝에 그들만의 수술법을 개발하는 데 성공했고 다른 의사들에게도 전파했다.

치료법이 있다는 소식을 들은 여성들은 수백 킬로미터를 걸어서 그들의 병원까지 찾아왔다. 캐서린은 "참으로 비극적인 광경이었다. 그들은 고약한 냄새가 났고 누더기를 걸치고 있었으며 대부분 굉장히 궁핍한 이들이었다"라고 회고록에 썼다. 한 여성은 완치된 뒤 햄린 부부의 발에 입을 맞추고 싶어 했다.

두 사람은 에티오피아 황제 하일레 셀라시에[Haile Selassie]와 친구가 되었고 그를 존경했다. 1974년에 황제가 퇴위당한 뒤로 햄린 부부는 오랫동안 폭력과 정치적 혼란을 견뎌냈다. 그들의 전략은 낮은 자세를 유지하는 것이었다.

그녀는 "우리 병원은 모든 것이 무료였기 때문에 무사했을 것이다. 레지널드가 말했듯이, 우리는 진정한 사회주의자였다"라고 했다.

1993년, 레지널드가 암으로 사망했다. 은퇴를 고민하던 캐서린의 손을 잡고 병원의 정원사가 간청했다. "우리 모두 도울 테니까 우리를 떠나지 마세요." 그 후 캐서린은 아디스아바바에 있는 자택에서 여생을 보내다가 그곳에서 사망했다.

물불 가리지 않는 헌신으로 성공한 이민자 이희숙 이야기

한 이민자의 손자이자 또 다른 이민자의 남편으로서, 나는 새로운 문화에 적응하여 번영을 일군 사람들의 인생 이야기에 매력을 느낀다. 나는 거의 모든 이민자에게서 영웅적인 면모를 찾을 수 있다고 생각한다. 그중에서도 특히 깊은 인상을 남긴 인생 이야기의 주인공은 이희숙이다.

희숙은 서울에서 태어났는데, 그녀의 아버지는 교사였다. 아버지가 뇌졸중으로 쓰러져 몸이 마비되자 어머니가 식당에서 설거지하고 벼룩시장에서 물건을 팔아 생계를 이었다. 희숙은 10대 때부터 식당 종업원으로 일했다. 어머니는 네 딸 중 가장 책임감이 강한 희숙에게 "이제 네가 집안의 아들 노릇을 해야 한다"라고 했다.

희숙은 서울에서 냉면집을 운영하던 변호사 이태로와 결혼했다. 1989년, 그녀는 두 아들과 함께 로스앤젤레스로 이주했다. 처음에는 두 아들의 영어 교육을 위해 몇 년만 머무를 생각이었다. 그러다가 부부는 로스앤젤레스의 매력에 빠져들었고 거기서 사업 기회를 발견했다. 결국 온 가족이 캘리포니아에 뿌리를 내렸다.

희숙은 비법 양념으로 조리한 순두부찌개를 파는 북창동순두부^{BCD Tofu House} 체인을 창업했다. 처음에는 장사가 잘되지 않았다. 희숙은 근무 시간이 일정하지 않은 사람들, 시내에서 밤을 새운 뒤 기운 나는 음식을 찾는 사람들을 위해 영업시간을 연장했다. 밥솥에 오래 두면 밥이 마르기 때문에 주문 즉시 1인분씩 밥을 지었다. 찌개에 카레나 햄, 치즈 같은 재료를 추가할 수 있게 해서 전통 한식을 좋아하지 않는 사람들도 즐길 수 있는 메뉴를 늘려갔다.

마침내 그녀의 식당 앞에 줄을 서서 기다리는 손님들이 생겼다.

"어떤 일이든 성공하기 위해서는 물불 가리지 않고 그 일에 헌신해야 한다"라고 그녀는 말했다.

빈곤 퇴치를 위해 문제를 일으켰던 폴 폴락 이야기

또 다른 이민자인 폴 폴락Paul Polak은 나치의 탄압을 피해 아메리카 대륙으로 건너온 유대인 난민이었다. 그는 덴버에서 정신과 의사와 부동산 투자자로 성공했다. 40대 후반에 이르러서는 자신의 역량을 인도주의 사업에 바치면서 오늘날 우리가 말하는 '사회적 기업가'로 거듭났다.

폴락의 소박한 야망은 벨리즈에서 방글라데시에 이르기까지 농촌 지역의 빈곤을 퇴치하는 것이었다. 그는 구호품이나 보조금만으로는 빈곤을 물리칠 수 없다고 생각했다. 좁은 땅

덩이에서 살아남기 위해 고군분투하는 가난한 농부들이 사서 쓸 수 있는 간단하지만 효과적인 도구를 찾아내려 했다.

폴락은 가난한 사람들이 돈을 주고 구매한 물건만큼은 소중히 다루고 아낀다고 했다. "기부로는 사람들을 가난에서 건져낼 수 없습니다."

문제는 어떤 도구가 필요한지, 어떻게 하면 저렴한 비용으로 도구를 만들 수 있는지 알아내는 것이었다. 폴락은 세계에서 가장 가난한 지역을 40년 가까이 돌아다니며 농부들에게 무엇이 필요한지 물었다.

1980년대 초, 소말리아를 방문한 그는 사람들이 맨손이나 당나귀 수레로 물과 물건을 나르는 모습을 보았다. 폴락은 그곳의 대장장이들과 손잡고 폐차 부품을 이용해서 더 편리한 수레를 개발했다. 그 뒤는 시장의 원리에 맡기기로 했다. 그랬더니 대장장이들이 알아서 수레를 만들어 팔기 시작했다.

폴락과 동료들은 더 큰 규모의 일도 추진했다. 철판과 대나무로 만들어져서 발로 밟으면 작동하는 워터 펌프, 그리고 점적點滴 관개 장비의 설계를 개선하는 일이었다. 그들이 고안한 관개 시스템은 놀라울 정도로 간단하면서도 효율적이었다. 플라스틱 관에 구멍을 뚫어 물이 찔끔찔끔 흘러나오도록 하는 방식이었다.

폴락은 현재 체코 공화국에 속한 프라하티체에서 태어났다. 독일에서 몰려오는 난민들을 보고 너무 늦기 전에 탈출을 결심한 기민한 아버지 덕분에 목숨을 부지할 수 있었다. 폴락의 부모님은 몇 푼 안 되는 돈에 세간을 다 팔고 아들이 아끼던 흔들목마도 남겨둔 채 1939년 캐나다에 도착했다. 그들은 온타리오주 해밀턴에 있는 한 유대교 회당의 후원을 받았다.

10대 시절 폴락은 딸기를 재배하는 소규모 사업을 시작했다. 웨스턴온타리오 대학교에서 의학 학위를 취득하고, 콜로라도 대학교에서 정신과 레지던트 과정을 마쳤다.

그는 정신과 의사로 일하면서 아파트 건물, 석유 관련 사업 등에 투자했다. 그런 한편, 정신과 진료를 하면서 많은 환자가 가난으로 고통받는다는 사실을 알고서는 이들을 위한 일자리를 찾기 시작했다. 1970년대에는 벨리즈에서 스쿠버 다이빙을 하다가 건어물 가공과 판매에 도움이 되는 아이디어를 떠올리기도 했다.

폴락은 자신을 '문제를 일으키는 사람'이라고 부르며, 주류 구호 단체들이 현장에서 제때 도움을 주지 않는다고 자주 비판했다. 그는 국가 구호 기관, 빌&멀린다 게이츠 재단Bill&Melinda Gates Foundation과 포드 재단Ford Foundation에서 출연한 자금으로 구호 프로젝트를 지원했다.

PAUL POLAK

1933~2019

나치의 탄압을 피해 캐나다로 망명한 유대인.
정신과 의사, 부동산 투자자로 성공한 뒤
'문제를 일으키는 사람'을 자처하며
빈곤 퇴치에 힘쓰는 사회적 기업가로 활약했다.

기부로는 사람들을 가난에서
건져낼 수 없습니다.

그는 자신의 경험을 바탕으로 2008년에 《적정기술 그리고 하루 1달러 생활에서 벗어나는 법》을 집필했고, 2013년에는 《소외된 90%를 위한 비즈니스》를 공동 집필했다.

그의 빈곤 퇴치 활동은 아시아, 아프리카, 라틴 아메리카 전역에서 이루어졌다. 폴락은 자신의 업적에 겸손했다. 그는 미국 공영 라디오 방송 NPR에서 다음과 같이 말했다. "어쩌다 보니 여기까지 왔어요. 제대로 된 계획에 따라 이루어진 일은 아니었습니다."

누가 그녀를 위해 울어줄 것인가? 힐다 김펠 아이젠 이야기

힐다 김펠 아이젠Hilda Gimpel Eisen은 최후에 웃은 자로 기억되어야 할 것이다.

힐다는 20대 초반에 홀로코스트로 부모님과 다섯 형제자매를 잃었다. 그녀는 남편 데이비드David와 함께 폴란드의 숲으로 도망쳐 살아남았다. 그곳에서 유대인 저항군에 합류해 두 번의 겨울을 보내는 동안 눈비를 맞으며 땅바닥에서 먹고 자는 생활을 했다.

2차 세계대전이 끝나갈 무렵 데이비드가 사망했다. 힐다는 러시아군 장교에게 데이비드의 무덤으로 데려가 달라고 간청했지만, 장교는 심한 악담을 퍼부으며 그녀의 남편은 울어주는 사람이 있어서 운이 좋은 편이라고 비아냥거렸다. 그러면서 그녀를 위해 울어줄 사람은 아무도 없을 것이라고 했다.

'그러게, 왜 굳이 무덤에 가려는 걸까?' 힐다는 러시아군 장교의 말에 일리가 있다고 생각했다. 울고 있을 시간이 없었다. "살아서 내일은 또 어떤 일이 일어나는지 보는 거야." 그녀는 홀로 되뇌었다.

전쟁이 끝난 뒤 힐다는 홀로코스트의 또 다른 생존자인 해리 아이젠Harry Eisen과 결혼했다. 아이젠 부부는 서던 캘리포니아로 이주했고, 닭을 키워서 슈퍼마켓에 계란을 납품하면서 생계를 유지했다. 노년에는 유대인을 위한 활동에 기부할 여유도 생겼다. 그들은 다른 홀로코스트 생존자들과 카드놀이를 즐겼다.

결국, 힐다는 러시아군 장교가 틀렸음을 증명해 냈다. 힐다가 백 살의 나이로 사망했을 때 자녀 3명과 손주 8명, 증손주 7명이 곁에서 그녀의 죽음을 애도했다.

타버린 가발에서 영감을 발견한 크리스-티아 도널드슨 이야기

젊은 나이에 사망한 사람이 회고록을 남기는 일은 드물다. 크리스-티아 도널드슨Chris-Tia Donaldson은 여러 면에서 예외적인 사람이었다.

하버드 대학교 출신의 변호사인 도널드슨은 헤어로션 회사를 창업한 뒤 오랫동안 고전했다. 2015년부터 마침내 사업이 성공 궤도에 오르기 시작했을 때 그녀는 유방암 2기를 선고받았다. 도널드슨은 2019년에 발표한 회고록 《이건 시험일 뿐이야This Is Only a Test》에서 운명에 분노한 순간을 회상했다. 그녀는 눈앞의 벽에다가 아이폰을 던져버리고 싶었지만, 휴대전화를 바꾸거나 수리하는 편이 더 속상할 것 같았다. 그래서 쿵쾅거리며 욕실로 들어가 이소룡식 발차기로 샤워부스의 유리문을 걷어차 버렸다. 유리문은 산산조각이 났고, 그녀는 그 자리에 웅크리고 앉아 흐느껴 울었다. 그녀는 "그렇게라도 해야 했었다"라고 썼다.

도널드슨은 화학 요법과 방사선 치료를 견디면서, 시카고에 본사를 둔 헤어 및 피부 관리 제품 제조업체인 Thank God It's Natural(이하 tgin)의 최고 경영자 역할에 몰두했다. tgin은 도널드슨처럼 자연스러운 머릿결을 원하는 흑인 여성들을 위한 제품을 만들었다. 그녀는 집에서 소규모로 운영하던 사업을 전국적 규모의 체인에 납품하는 공급업체로 키워냈다.

도널드슨은 혹독한 암 치료에서 회복하는 동안, 자신과 다르게 최고의 병원에서 암 치료를 받지 못하는 가난한 여성들을 돕기 위해 tgin 재단을 설립했다.

회사는 살아남았지만, 도널드슨은 2021년 11월 13일 사망했다. 향년 42세였다.

그녀는 암 진단을 받기 훨씬 전에 있었던 자신의 인생 경로를 바꾼 한 사건에 관해서도 회고록에 썼다. 너무 바빠서 부스스한 머리카락을 관리하기 힘들었던 그녀는 어느 날부터 가발을 쓰기 시작했다. 하루는 파티를 준비하며 데리야키 윙을 굽다가 오븐에 너무 가까이 다가서는 바람에 가발의 앞머리가 녹아서 플라스틱 방울이 맺혔다. 그때 그녀는 마침내 "내가 타고난 머리카락을 완전히 받아들이겠다"고 다짐했다. 그것은 훌륭한 사업 계획으로 이어졌다.

그녀의 회고록을 읽어보길 권한다. 짧고 분주했던 삶을 사는 동안 어떻게든 시간을 내어 자신의 이야기를 쓴 도널드슨의 사례가 당신에게도 도움이 되길 바란다.

"우리에게는 큰 생각이 필요하다" 파즐 하산 아베드 이야기

1970년, 사이클론이 동파키스탄을 강타하면서 수십만 명이 사망했다. 영국에서 유학한 회계사 파즐 하산 아베드^{Fazle Hasan Abed}는 당시 쉘 사의 재무 담당 임원으로 동파키스탄에서 근무하고 있었다. 그는 구호 활동을 해야 한다는 의무감을 느꼈다.

불행은 쉽게 물러가지 않았다. 이듬해 전쟁이 일어나 동파키스탄은 독립국 방글라데시로 탈바꿈했고, 수백만 명이 굶주림 속에서 떠돌아다녔다. 아베드는 직장을 포기하고 런던의 아파트를 매각한 자금으로 1972년에 방글라데시 농촌발전위원회 BRAC를 설립했다.

한시적인 프로젝트로 시작한 일이었지만 장기적인 사명이 되고 말았다. 그는 톰슨 로이터 재단Thomson Reuters Foundation과의 인터뷰에서 "조국에서 계속되는 죽음과 참상을 목격하면서 석유 회사 임원으로서의 내 삶이 매우 하찮고 무의미하게 느껴졌다"라고 말했다.

BRAC은 세계 최대 비정부 구호 단체 중 하나로 성장했다. 아베드가 사망한 2019년에는 아시아와 아프리카 11개국에 9만 명의 직원을 두고 있었다. 방글라데시에서는 학생 수 12,000명의 대학교 한 곳, 여러 학교와 교육 센터 약 36,000곳을 운영했다.

BRAC은 가난한 사람들에게 소액 대출을 해주는 은행업, 의류 및 가정용품 소매업, 유제품 가공업, 수산업, 농부들을 대상으로 한 종자 공급 사업, 재생지 제조업 등을 운영하면서 자금을 조달했다.

아베드는 작게 생각해선 안 된다고 믿었다. "작은 생각이 멋질 수도 있지만 큰 생각이 꼭 필요하다"라고 자주 말했다.

아베드는 영국령 인도였던 실헷 지역의 바니아청에서 지주의 아들로 태어났다. 젊은 시절에는 스코틀랜드 글래스고에서 2년간 조선공학을 공부했다. 그 뒤 런던으로 자리를 옮겨 회계학으로 전공을 바꾸었다. 영국에 머무는 동안 존 키츠^{John Keats}, 앨프리드 테니슨^{Alfred Tennyson} 등 영미 시인들에 대한 안목을 길렀다. 1968년, 고국으로 돌아와 쉘 사에 입사했다.

그는 글로벌 석유 회사에서 일하면서 큰 조직을 운영하는 방법을 익혔지만, 빈곤과 싸우는 것은 또 다른 문제여서 새로운 대처법을 배워야 했다. 그는 BRAC이 개설한 읽고 쓰기 및 산술 교육과정에 관심을 보이는 성인이 거의 없다는 사실을 일찌감치 알아차렸다. 그가 얻은 결론은, 사람들에게 무엇이 필요할지 결정하는 대신 사람들이 필요하다고 느끼는 부분에 맞춰야 한다는 것이었다.

1973년, BBC 방송에서 가난과 질병에 맞서 싸우는 BRAC의 노력을 칭송했다. 방송이 도움이 되긴 했지만, 아베드는 BBC가 BRAC의 실패에 대해서는 언급하지 않고 성공에만 초점을 맞추었다고 직원들에게 말했다. 그러면서 "안주할 여유가 없다"라고 덧붙였다.

초기에 성공을 거둔 사업 중 하나는 아이들이 설사로 사망하는 것을 예방하기 위해 엄마들에게 경구용 수액을 만드는 법을 가르친 캠페인이었다. BRAC은 여성을 대상으로 많은 프로그램을 진행했다. 아베드는 "살면서 패배한 남성은 많이 만났지만 패배한 여성은 만난 적이 없다"라고 했다.

변화를 촉진하기 위해 그가 자주 사용한 방법은, 사람들에게 씨앗이나 가축을 나눠주는 것이었다.

그는 "빈곤은 단지 돈이나 소득의 빈곤이 아니다. 우리는 자존감, 희망, 기회, 자유의 빈곤도 함께 목격한다"라고 했다. 가난한 사람들이 자신의 힘으로 더 나은 삶을 향해 나아갈 수 있다는 사실을 깨달으면 "어두운 방에 불이 켜지는 것과 같다"라고도 덧붙였다.

《성경》은 우리 곁에 항상 가난한 사람들이 있을 것이라고 말하지만, 아베드는 가난을 피할 수 있다고 생각했다. 2015년, 그는 세계식량상World Food Prize을 수상하면서 "우리는 역사를 통해 널리 퍼져있는 운명론적 믿음, 즉 빈곤의 만연이 불변하는 자연의 일부라는 믿음에 의문을 제기해 왔다"라고 말했다.

악착같이 돈을 모아 교육계에 기부한 유진 랑 이야기

1981년, 뉴욕 5번가에 살던 기업가 유진 랑Eugene Lang은 자신의 모교인 할렘의 초등학교에 초대받아 6학년생들 앞에서 연설을 했다. 그는 학교에 나와 열심히 공부하라는 일반적이고 상투적인 이야기를 들려주려 했다. 하지만 마지막 순간에 그런 메시지가 이토록 문제가 많은 동네에서는 무의미하리라고 판단했다.

그는 61명의 학생들에게 여러분이 고등학교를 졸업하면 시립 대학교나 주립 대학교의 등록금을 내주겠다고 약속했다. 학생들이 목표를 향해 충실히 나아갈 수 있도록 계속 연락을 취하겠다고도 다짐했다. 그렇게 해서 부유한 기부자들이 학생들을 지속적으로 멘토링하고 후원하는 '아이 해브 어 드림 재단I Have a Dream Foundation'이 탄생했다.

헝가리계 이민자의 아들인 랑은 전 세계 제조업체에 기술 사용권을 허가해 주는 본업보다 자선 사업으로 더 많이 알려졌다. 주로 교육과 관련된 다양한 활동에 약 2억 달러를 기부했다.

그가 그렇게 큰돈을 기부할 수 있었던 이유 중 하나는 악착같이 돈을 모았기 때문이다. 그는 워싱턴 D.C.로 이동할 때 아셀라 고속열차를 타지 않고 일반 열차나 버스를 탔다. 1950년대에 폐업 세일에서 구매한 스포츠 코트를 반세기가 지난 뒤에도 입고 있었다. 집에 불을 켜놓고 다닌다고 딸을 꾸짖기도 했다. "불이란 불은 다 켜놓으니 크리스마스트리 같구나."

《월스트리트 저널》기자가 말년의 랑에게 자선 활동으로 얼마나 많은 명예 학위를 받았는지 묻자 다음과 같이 대답했다. "마흔 개가 넘습니다. 몇 개 드릴까요?"

꺾이지 않는 낙관주의로 삶을 즐긴 로버트 가디너 이야기

1945년 1월, 스물두 살의 로버트 가디너[Robert Gardiner]는 미 육군 장교로 복무 중이었다. 그는 독일 휘르트겐 숲의 언덕 꼭대기에 있는 콘크리트 사격 진지에 웅크리고 앉아 고민하고 있었다. 어서 결정을 내려야 했다. '이대로 있을까, 아니면 도망칠까?'

가디너는 덴버에서 태어났다. 그의 가족은 원래 뉴욕에서 사탕 사업을 했었지만, 아버지 클레멘트 가디너[Clement Gardiner]가 폐결핵에서 회복하는 데 깨끗한 공기가 도움이 되기를 바라며 콜로라도주로 이사했다. 클레멘트는 로버트가 아홉 살 때 사망했다. 그 뒤, 가디너 가족은 메릴랜드주 프레더릭 근처의 낙농장으로 이사했다.

가디너는 프린스턴 대학교에서 역사학을 전공했고 학생 군사 교육단[ROTC]에 입단했다. 군복을 입고 학교생활을 했으며, 수업에 들어가거나 식사하러 갈 때도 행군하듯 걸어 다녔다. 2미터 남짓한 키 때문에 어디서든 눈에 띄는 체격이었다.

나중에 그는 "키를 잴 때 더 작아 보이도록 해서 육군의 신장 제한에 맞추려고 구부정하게 서서 무릎을 구부리는 연습을 했던 기억이 난다"라고 했다. 1943년, 그는 프린스턴 대학교를 졸업하고 육군에 입대했다. 1944년 10월에는 유럽으로 파병되었다. 포병의 전방 관측장교였던 가디너는 자신이 "포병의 눈 역할을 했다"라고 말했다.

독일군이 휘르트겐 숲의 언덕으로 진격할 때 가디너는 포병 사격을 지휘하는 임무를 맡고 있었다. 박격포 공격을 당해 잠시 기절하긴 했지만 무선 통신병이 사망한 뒤에도 자신의 자리를 지켰다. 등에 피가 흘러내리고 있었지만 자신의 병사들을 엄호하기 위해 무전 임무를 넘겨받았다.

그는 무사히 집으로 돌아와 월스트리트에서 직장 생활을 시작했다. 어떤 일에도 당황하는 법이 없었다.

직장 생활 초기에 그는 레이놀즈$^{Reynolds \& Co.}$에서 투자 애널리스트로 일했는데, 일이 만족스럽지 않아서 사직서를 제출했다. 그랬더니 회사 대표가 가디너를 사무실로 불러 퇴사 이유를 물었다.

가디너는 "그 회사가 형편없는 회사라고 말했고, 왜 형편없는 회사인지도 설명했다"라고 당시를 회상했다. "대표는 저를 내쫓는 대신 '내 비서가 되는 건 어떤가? 어쩌면 우리가 뭔가를 해볼 수 있을 것 같아'라고 말했습니다."

1958년 무렵, 레이놀즈가 미국 전역과 캐나다에 지사를 내면서 가디너는 매니징 파트너의 자리에 올랐다. 마침내 레이놀즈는 미국 서부 해안의 강자였던 딘 위터$^{Dean Witter}$와 합병하여 메릴린치$^{Merrill Lynch}$와 경쟁하는 국가적인 기업이 되었다.

가디너의 낙관주의는 수그러들 줄 몰랐다. 1987년 10월, 다우존스 산업평균지수가 하루 만에 23퍼센트 하락했을 때도 그는 이내 반등할 것이라고 동료들에게 장담했다. 그리고 실제로 그렇게 되었다. 89번째 생일에 뇌졸중을 겪은 뒤, 의사들은 그가 다시 걸을 수 있으리라고 기대하지 않았다. 그는 보행 보조기의 도움으로 다시 움직일 수 있었고, 플로리다주의 걸프스트림과 뉴저지주의 파힐스에 있는 집을 오가며 6년이나 더 즐거운 삶을 살았다.

그는 다음과 같이 말했다. "튤립이 필 때 뉴저지에 있는 것을 좋아합니다. 저는 튤립의 열렬한 팬이거든요."

숭고한 감동을 날려버린 장 바니에 이야기

지금까지 내가 쓴 부고 가운데 무척 감동적이었던 인생 이야기 중 하나가 장 바니에Jean Vanier의 사연이다.

프랑스계 캐나다인으로 명문가 출신인 바니에는 사회생활에 서툴렀고 앞으로 무엇을 하며 살아갈지 좀처럼 결정하지 못했다. 처음에는 영국과 캐나다 해군에서 자신의 소명을 찾으려 했고 수도원, 대학교, 신학교에서도 계속 노력했다. 그러던 어느 날 중증 정신 장애를 지닌 두 남자와 친구가 된 뒤 그들을 자기 집으로 불러들여 같이 살기 시작하면서 마침내 자신의 소명을 발견했다. 그의 친절한 행동은 오랫동안 장애인 공동체의 글로벌 네트워크 역할을 맡아온 라르슈 인터내셔널 L'Arche International 로 발전했다.

새로운 친구들을 보살피고 먹이고 씻겨주면서 바니에는 그 혜택이 쌍방으로 퍼진다는 사실을 깨달았다. 그는 "본성에 순응하지 못하는 이들과 지내면서 나의 약점과 연약함을 인식하고 받아들이게" 되었다. "나는 더 이상 강한 척, 똑똑한 척, 남들보다 더 나은 척할 필요가 없어졌다"라고도 했다.

바니에의 부고를 쓰면서 가장 마음에 들었던 부분은 그가 《월스트리트 저널》의 어느 기자에게 한 말이었다. 내 동료는 그에게 평생을 자선 활동에 바칠 수 없거나 그럴 의사가 없는 사람들이 더 나은 세상을 만드는 데 기여할 방법이 있는지 물었다. 바니에는 다음과 같이 대답했다. "외로운 사람을 찾아보세요. 그들은 자신을 만나러 온 당신을 구세주로 볼 겁니다. 가족이나 친구가 없는 할머니를 찾아가 보세요. 갈 때는 꽃을 들고 가세요. 사람들은 '그런 일은 아무것도 아니야'라고 말하죠. 아무것도 아니지만 전부이기도 하답니다."

그가 사망한 지 1년도 채 지나지 않아 충격적인 뉴스가 전해졌다. 라르슈 인터내셔널은 바니에가 이 단체에서 일한 수녀, 여성 비서 등과 "기만적인 성관계"를 맺어왔다는 조사 결과를 내놓았다. 보고서에 따르면, 그에게 학대당한 것으로 밝혀진 여성 가운데 지적 장애인은 단 한 명도 없었다.

바니에의 숭고한 명성은 무너졌다. 하지만 그의 모든 업적이 무효가 되지는 않았다고 믿고 싶다. 라르슈 인터내셔널은 바니에의 악행을 비판하는 동시에 자신들의 사명을 이어나갔다.

대책 없는 고집으로 의료 서비스를 혁신한 율라 홀 이야기

어떤 사람들은 율라 홀^{Eula Hall}을 보건 의료계의 영웅이라고 불렀다. 율라는 그저 자신이 "대책 없이 고집이 세서" 그렇게 되었을 뿐이라고 설명했다.

율라는 켄터키주 파이크 카운티에 있는 방 네 개짜리 오두막집 바닥에서 7남매 중 둘째로 태어났다. 결혼 전 이름은 율라 라일리^{Eula Riley}였다. 오두막집에는 전기가 들어오지 않았고 수도 시설도 없었다. 그녀의 아버지는 소작농이었고 어머니는 학교 교사였다.

키란 바트라주^{Kiran Bhatraju}가 쓴 율라의 전기 《머드 크릭 의술^{Mud Creek Medicine}》에 따르면, 어릴 때 율라는 의료 혜택을 받지 못한 산모가 아기를 사산하고 피 흘리며 죽을 뻔한 모습을 본 기억이 있었다.

어린 시절의 율라는 몽상가였다. 그녀는 "항상 훌륭한 사람이 되고 싶었다"라고 했다. 하지만 집 근처에 고등학교가 없어서 열네 살에 정규 교육을 끝내고 일을 하기 시작했다. 하숙집에서 광부들을 위해 요리하고 그들의 흙투성이 옷을 빨래판에 문질러 빨았다. 열일곱 살에는 광부 맥킨리 홀^{McKinley Hall}과 결혼했다. 맥킨리는 탄광 일을 하지 않을 때는 율라와 함께 밀주를 만들었다. 훗날 율라는 그 술이 결코 질 낮은 혼합주가 아니었다고 짚고 넘어갔다. "질 좋고 깨끗하고 안심하고 마실 수 있는" 술이었다고 했다.

율라는 우연한 계기로 자신의 소명을 찾았다. 출산을 앞둔 이웃이 있어서 병원 진료를 받도록 도와주려고 했었다. 율라는 임신부를 차에 태우고 병원을 두 곳이나 찾아갔지만 모두 진료를 거절당했다. 세 번째로 찾아간 병원에서는 지역 신문사에 전화하겠다고 협박한 뒤에야 안으로 들어갈 수 있었다.

율라는 켄터키주 플로이드 카운티에 새 보금자리를 얻었다. 그녀는 보통 사람이라면 실패할 상황에서도 일을 성사시키는 인물로 플로이드 카운티에서 명성을 얻기 시작했다. 돈을 낼 수 없는 사람들에게 의료 서비스를 제공하는 것은 공허한 공약이라고 말한 지역 병원의 간부에게 공개적으로 맞섰다. 식비를 지원받는 학생들을 부유한 학생들과 떨어져 앉도록 강요해서 수치심을 준 교육위원회를 비판하기도 했다. 오염된 우물에 대한 의존도를 낮추기 위해 새로운 급수 시설 도입도 요구했다. 이제 그녀의 직업은 독학의 무보수 사회복지사로 한 단계 발전했다.

율라는 자신을 학대하는 남편에게 벗어나기 위해서 수입이 필요했다. 그녀는 1960년대에 린든 존슨$^{\text{Lyndon Johnson}}$ 대통령이 벌인 빈곤과의 전쟁에서 병사 역할을 수행한 비스타^{VISTA} 봉사단에서 자원봉사자로 활동했다.

1967년, 연방경제기회국$^{\text{Office of Economic Opportunity}}$이 플로이드 카운티의 "포괄적인" 의료 서비스 프로그램에 지원금을 제공하기로 했다. 처음에 율라는 그 결정에 감격했지만 이내 환멸을 느꼈다. 이 의료 프로그램이 여력이 전혀 없는 병원으로 환자들을 보내는 경우가 많았고 "대부분 미화된 택시 서비스"에 불과하다는 사실을 깨달았기 때문이다. 반면에 의사들은 연방 정부가 불공정한 경쟁을 조장한다고 이 프로그램을 공격했다. 1971년, 연방 정부는 관리 부실을 이유로 지원금을 중단했다.

마침내 율라는 직접 나서서 문제를 해결하기로 했다. 콘크리트 도로 위에 낡은 트레일러를 세워놓고 비공식 의료 서비스를 시작했다. 훗날 그녀는 "내가 도대체 무슨 일을 벌이고 있는지 몰랐다"라고 말했다.

처음에 그녀의 '머드 크릭 클리닉$^{\text{Mud Creek Clinic}}$'은 의료 서비스가 필요한 사람들에게 의료 상담을 제공하는 일을 주로 했다. 나중에는 젊은 의사들을 클리닉 직원으로 고용했다. 머드 크릭 클리닉의 초기 운영자금 일부는 광업노동조합에서 지원받았다.

메리 스웨이커스^{Mary Swaykus}는 1970년대 중반에 머드 크릭 클리닉에서 가정의학과 전문의로 일했다. 그녀는 율라가 "자신의 방식대로 일을 처리하고 싶어 했다"라고 했다. "그녀는 보스 기질이 강한 데다가 억척스러웠어요. 이웃들에게 의료 서비스와 법률 지원을 제공하는 일, 즉 진정한 정의를 실현하는 데 전적으로 헌신했습니다." 진폐증, 당뇨병, 류마티스 관절염 환자들이 이 클리닉에서 도움을 받았다. 어느 환자는 진료비 대신 양배추를 가져오기도 했다.

한편, 율라는 술에 취해 자신을 때리던 남편과 이혼했다. 클리닉에서 많진 않지만 그녀가 먹고살 정도의 수입이 나왔다.

1982년 6월, 화재로 클리닉이 소실되었다. 율라는 수십 년 만에 처음으로 눈물을 흘렸다. 그녀는 방화를 의심했지만 며칠 뒤 다시 기운을 차리고 폐허가 된 클리닉 옆에 피크닉 테이블을 내놓고 환자들을 맞았다. 곧 학교 급식실로 자리를 옮겨 임시 클리닉을 운영했다.

율라는 집에서 마당 세일, 포트럭 디너 등을 하면서 새 건물을 짓기 위한 자금을 모으기 시작했다. 그녀가 운전자들로부터 기부금을 모으기 위해 고속도로에 바리케이드를 쳤을 때 동정심 많은 경찰관들은 그녀를 못 본 척해 주었다. 전국적인 텔레비전 방송에 그녀의 사연이 소개되자 멀리 있는 지지자들로부터 기부가 이어졌다. 1984년, 새 클리닉이 문을 열었다.

1987년, 《루이빌 쿠리어–저널Louisville Courier-Journal》과의 인터뷰에서 율라는 시골에서 낮은 급여를 받고 일할 의사를 모으는 데 어려움을 겪었다고 털어놓았다. "이곳에는 고된 업무와 아픈 사람들 말고는 아무것도 없습니다." 반면에 진찰과 예방 의학 분야에서 큰 진전을 거두었다고 덧붙였다. "우리가 하는 일은 호미로 막을 것을 가래로 막는 일이 생기지 않게 하는 겁니다."

침대에서 떨어진 뒤 인생이 달라진 오거스트 데로스 레예스 이야기

오거스트 데로스 레예스August de los Reyes는 어느 날 침대에서 떨어진 뒤 자신의 소명을 찾았다.

2013년, 마이크로소프트는 레예스에게 엑스박스 게임 콘솔의 디자인 총괄 자리를 안겨주었다. 그가 꿈에 그리던 일이었다. 그 무렵 레예스는 숙면을 취하는 방법에 관한 기사를 읽고 "침구에 푹 빠져 있었다"라고 한 팟캐스트에서 말했다. 그 덕

EULA HALL

1927~2021

대책 없는 고집으로
의료 서비스를 혁신한 영웅.
가난한 이들에게 의료 상담을 제공하는
머드 크릭 클리닉을 창설했다.

우리가 하는 일은 호미로 막을 것을
가래로 막는 일이 생기지 않게 하는 겁니다.

에 너무 큰 오리털 이불을 구매해서 "침대가 얼마나 큰지 가늠하지 못할 정도"였다. 어느 날 그는 구름처럼 푹신한 이불에 다시 누우려다가 침대의 크기를 착각하는 바람에 넘어져서 침대 가장자리에 척추를 부딪쳤다. 이 사고로 가슴 아래가 마비되어 버렸다.

훗날 그는 이 불행 덕분에 더 나은 제품 디자이너가 될 수 있었다고 했다. 장애 때문에 액티비티에서 소외된 사람들을 위한 제품을 만드는 데 남은 경력을 바쳤다. 그는 소외된 소수를 위한 디자인이 사회 다수에게 도움이 될 수 있다는 사실을 발견했다. 일례가 리모컨이다. 처음에 리모컨은 소파에서 일어나 텔레비전 채널을 바꿀 수 없는 사람들을 위해 고안된 장치였지만, 지금은 거의 모든 사람이 리모컨을 사용한다. 레예스는 "한 사람을 위해 문제를 해결하면 그것이 많은 사람에게 도움이 된다"라고 입버릇처럼 말했다.

그의 목표는 "조니 애플시드^{Johnny Appleseed}처럼, 디자인과 접근성에 대한 자신의 접근법을 널리 퍼뜨리는 사람이 되는 것"이었다. 레예스는 개척 시대 미국 전역에 무상으로 사과 씨앗을 뿌리고 다녔던 조니 애플시드처럼 되고자 했다. "존재하지도 않는 이른바 평균적인 소비자"를 위한 디자인에 반대했다.

2020년 12월, 레예스가 코로나19로 사망했을 때 그의 나이는 겨우 쉰 살이었다. 유족으로는 남편 라인 에베르트^{Rein Ewerth}와 샐러드^{Salad}라는 이름의 고양이가 있다.

레예스는 따로 회고록을 쓰지 않았지만, 팟캐스트를 통해 자신의 이야기를 직접 들려주었다. 글쓰기가 자신의 이야기를 전달하는 유일한 방법은 아니다.

69명의 아이를 키운 조이스 듀몬트 이야기

조이스 듀몬트^{Joyce Dumont}가 사망하면, 유가족 전부를 일일이 나열하는 일이 골칫거리일 것이다. 그저 그녀가 아주 많은 유가족을 남겼다고 말하는 것이 최선일지도 모른다. 그녀가 다정한 사람으로 기억되리라는 점은 의심의 여지가 없다.

조이스는 치페와^{Chippewa} 부족 출신의 북미 원주민이었다. 그녀는 간호사를 은퇴한 뒤, 캐나다와 국경을 이루는 국제평화가든^{International Peace Garden} 근처 노스다코타주의 작은 도시 던시스에 살았다. 2013년, 내가 찾아갔을 때 조이스는 69명의 아이를 양육하고 있었다. 그중에는 그녀가 출산한 자녀 6명, 의붓자식 5명, 입양한 자녀 11명, 위탁 아동 수십 명, 달리 갈 곳이 없어 함께 살게 된 몇 냥이 포함되어 있었다.

조이스는 자신이 특별하다고 생각하지 않았다. 언론의 관심을 끌고 싶다거나 누군가가 자기 이야기에 관심을 보이리라 생각한 적도 없었다. 2011년, 입양의 날 행사에서 조이스가 우연히 우리 어머니를 만났고, 어머니가 노스다코타주《그랜드포크스 헤럴드》에 조이스에 관한 기사를 쓰면서 그녀의 명성이 던시스 밖으로 퍼져나갔다. 2013년, 내가 조이스에 관해 쓴 기사가《월스트리트 저널》1면에 실렸다. 2015년에는《피플People》매거진에도 그녀에 관한 기사가 실렸다.

처음에 어머니가 되는 길은 순탄치 않았다. 고등학교를 막 졸업했을 무렵 "나는 열여덟 살이었고 내가 정말 똑똑하다고 생각했기에 이 남자와 결혼하기로 마음먹었다"라고 조이스가 말했다. 그녀와 첫 남편 사이에서 여섯 자녀가 태어났다. 그들은 일리노이주에서 캘리포니아주까지 많은 곳을 떠돌아다녔지만 결국 노스다코타주로 돌아와 파경을 맞았다.

남편이 며칠간 집을 비운 사이, 조이스는 이사업체를 불러서 인구가 800명 남짓인 던시스의 다른 지역으로 집을 통째로 옮겼다고 했다. 남편이 집에 돌아왔을 때, 가족의 집이 있던 자리에 남아있는 것이라고는 현관 계단뿐이었다. 메시지는 분명했다. 이혼이 뒤따랐다.

1960년대 후반, 싱글맘 조이스는 낮에는 보조 교사로, 밤에는 레스토랑 요리사로 일했다. 가계부가 "때로는 너무 빠듯했다." 맏아들 로키 데이비스Rocky Davis가 동생들을 돌보는 일을 도왔다. 로키는 "우리는 일찍부터 요리하는 법을 배웠다"라고 했다. 자신이 "기본적으로 아버지 역할"을 했다고 회상했다.

생계를 꾸려야 했던 조이스는 정부 보조금을 받아 간호학교 학비를 마련했다. 그 무렵, 이혼하고 나서 두 아이를 키우고 있는 트럭 운전사를 만났다. 조이스는 처음에 그와 데이트하기를 주저했지만, 그는 "아이들과 함께 영화를 보러 가자"면서 조이스의 마음을 얻었다. 두 사람은 1970년에 결혼했고 32년 뒤 그가 암으로 세상을 떠날 때까지 함께했다.

조이스의 자녀는 계속 늘어났다. 의도한 일은 아니었다. 조이스는 그저 자기만의 방식으로 주어진 상황에 대응했을 뿐이었다. 그녀가 사는 지역은 가난과 알코올 중독으로 얼룩진 곳이었다.

조이스의 포용력을 눈여겨본 사회복지사들은 그녀에게 위탁 아동을 맡아달라고 자주 부탁했다. 어려움에 처한 아이들이 있다는 이야기를 들으면 자원해서 그들을 보호하기도 했다. 어떤 아이들은 그냥 불쑥 찾아왔다. 1970년대 후반, 의붓아들의 고등학교 친구가 밤샘 파티에 초대받고 하룻밤 묵으러 왔다가 2년 동안 머무른 일도 있었다.

조이스는 자신의 집을 방문하는 사람들에게 적어도 식사한 끼는 대접하려 했다. 튀긴 빵에 잘게 다진 쇠고기, 사워크림, 생양파, 토마토, 블랙올리브 등을 얹어서 만든 음식인 인디언 타코를 자주 내놓았다.

내가 찾아갔을 때, 조이스는 떡갈나무와 자작나무로 둘러싸인 언덕 비탈의 베이지색 단층집에 살고 있었다. 작은 침실이 세 개 있었고, 거실에 침대 두 개가 나와 있었으며, 넘쳐나는 사람들을 재우기 위해 지하실에도 침대가 더 있었다. 거실 한쪽 구석에는 천장 패널에서 빗물이 새고 있었다. "지붕이 부서졌어요." 조이스가 유쾌하게 말했다. "그 아래에 양동이를 받쳐놨어요." 세탁기가 덜컹거리며 돌아갔고, 피위Peewee라는 이름의 통통한 치와와 한 마리가 시리얼 부스러기를 찾아 바닥을 샅샅이 훑고 다녔다.

조이스의 양육 방식은 아이들에게 소리를 지르기보다 모범을 보이는 쪽이었다. 그녀는 남자아이 하나가 숨겨둔 마리화나를 발견했을 때 변기에 넣고 물을 내려버렸다. 조이스의 눈물에 아이들이 다툼을 멈추기도 했다. 중학교에 다니는 딸이 몰래 학교를 빠져나오자, 조이스는 딸의 손을 잡고 아무 말 없이 교실로 데려가서 타자 수업 내내 딸 옆에 앉아있었다. 당사자인 매릴린 루베리Marilyn Ruberry는 그 사건이 너무 창피해서 다시는 수업에 빠지지 않았다고 했다. 성인이 된 그녀는 앨버타주 레이먼드에서 경리로 일했다.

조이스는 다음과 같이 말했다. "모든 아이는 안정을 원합니다. 아이들은 부모가 자신을 사랑하는지 확인하고 싶어 해요. 꼭 큰 컴퓨터나 멋진 옷 같은 것으로 사랑을 표현할 필요는 없어요. 그저 관심을 가져주는 것만으로도 충분합니다."

22

우리를 기억하게 하는 것들

*

누군가가 우리를 애틋하게 기억한다면, 우리가 살면서 베푼 크고 작은 친절 때문만은 아닐 것이다. 가족과 친구는 우리의 별난 성격, 이상한 습관, 실패한 목표, 당황스러운 행동, 집착, 기벽, 고집마저 소중히 여길 것이다.

이 장에서는 부고 기사를 쓰면서 가장 기억에 남았던 인물들을 소개하려 한다. 기억할 가치가 있는 개개인의 특성을 찾아서 글로 남기는 방법을 여러분에게 알려주고 싶다.

아포스트로피의 수호자 존 리처즈 이야기

정확한 구두점을 고수하는 사람들은 존 리처즈[John Richards]를 기리고 싶을 것이다.

영국에서 신문 기자와 편집자로 경력을 쌓은 리처즈는 생략과 소유격을 표시하는 기호인 아포스트로피[apostrophe]를 지키기 위해 직접 나섰다. 2001년, 리처즈가 아포스트로피 보호협회

Apostrophe Protection Society를 만들었을 때 회원이라곤 그 자신과 아들 스티븐Stephen 둘뿐이었다. 하지만 얼마 지나지 않아 회원 수가 250명을 넘어섰다. 몇몇은 요청하지도 않았는데 현금을 기부하기도 했다.

곳곳에서 보내온 편지와 이메일에는 아포스트로피를 명백하게 오용한 사례들이 적혀 있었다. 사례 상당수가 소유격 문구에서 아포스트로피를 빠뜨렸다. "apple's"라고 광고하는 시장 간판처럼 불필요한 곳에 아포스트로피를 삽입한 사례도 있었다.

물론, 모든 사람이 리처즈처럼 생각하지는 않았다. 리처즈는 《데일리 메일Daily Mail》과의 인터뷰에서 "coffee's"라고 광고하는 레스토랑을 보았다고 했다. 그는 레스토랑 주인에게 무료로 조언을 해주었다. "저는 '집합 명사에는 아포스트로피를 붙이지 않는다'라고 매우 정중하게 말했어요. 하지만 주인은 '아포스트로피를 붙이는 편이 더 멋있어 보인다'라고 하더군요. 거기에 대고 제가 무슨 말을 더 할 수 있었겠어요?"

리처즈는 아포스트로피 보호 활동을 하면서 타인을 괴롭히거나 모욕하지 않으려 노력했다. 그의 조언이 담긴 편지는 대개 이렇게 시작했다. "선생님의 아포스트로피 사용법에 약간의 문제가 있는 것 같아서 실례를 무릅쓰고 알려드리고자 합니다."

그는 문법과 어법의 모든 오용과 맞서는 대신 자신이 싸울 전투를 선택했다. 2001년, 《뉴욕 타임스》와의 인터뷰에서 "'fewer'와 'less'의 잘못된 사용은 매우 짜증 나는 문제입니다. 계속 신경 쓰다가는 덜컥 화를 내버릴지도 모릅니다"라고 했다.

리처즈는 광신적인 사람은 아니었다. 언어의 자연스러운 진화를 받아들일 줄 알았다. 2009년, 그는 《워싱턴포스트》에 다음과 같이 말했다. "물론 영어는 변화하고 있습니다. 그 변화가 개선이라면 괜찮습니다. 하지만 지금의 많은 변화는 게으름과 무지에서 비롯되었다고 생각합니다. 영어는 지금 내리막길을 향하고 있습니다."

그는 힘겨운 오르막길을 오르는 전투를 계속했지만, 2019년 결국 캠페인을 접고 "야만인들이 승리했다"라고 선언했다.

그즈음 리처즈는 한층 진화해 있었다. 그는 다음과 같이 말했다. "예전만큼 열정적이지 않아요. 나이 탓일 수도 있지만, 왠지 아포스트로피가 이전처럼 나에게 중요한 것 같지 않습니다."

형편없는 음악에 질려 책을 듣기 시작한 듀발 헥트 이야기

듀발 헥트Duvall Hecht는 재창조의 대가였다. 증권 중개인의 아들로 태어나 로스앤젤레스에서 성장한 그는 저널리즘을 공부하기 위해 스탠퍼드 대학교에 입학한 뒤 훨씬 흥미로운 일을 발견했다. 조정팀의 일원으로 조정 경주를 하는 것이었다. 미 해병대에서 전투기 조종사로 복무하는 동안에도 계속해서 노를 저었고, 1952년과 1956년에는 올림픽 출전 자격도 얻었다. 1956년 멜버른 올림픽에서는 친구 짐 파이퍼$^{Jim Fifer}$와 함께 무타 페어 경기에 출전해 라이벌 러시아를 제치고 금메달을 땄다.

헥트는 멘로 칼리지에서 잠시 영문학을 가르치다가 로스앤젤레스의 증권 회사로 자리를 옮겨 마케팅 매니저로 일했다. 1970년대 초, 출퇴근길에 그는 "형편없는 음악과 뉴스"를 듣는 데 싫증을 느꼈다. 그래서 조수석에 오픈릴식 테이프 플레이어를 놓고 시각 장애인용 책을 듣기 시작했다.

이런 괴상한 시도가 사업 아이디어로 이어졌다. 책의 내용을 카세트테이프에 녹음하는 사업이었다. 1970년대 들어서 자동차에 카세트테이프 플레이어를 설치하는 사람들이 늘어나면서 헥트의 카세트테이프들이 인기를 끌기 시작했다. 1975년, 헥트는 북스 온 테이프$^{Books on Tape Inc.}$를 창업했다. 10년 된 포르쉐를 팔아 종잣돈을 마련했다.

헥트가 사업을 시작한 시기는 대형 출판사들이 이 사업에 뛰어든 시기보다 10년 정도 앞서 있었다. 접근 방식도 달랐다. 대형 출판사들은 유명 배우에게 베스트셀러 요약본을 읽혀서 홍보했다. 반면에 헥트는《전쟁과 평화》를 녹음하는 데 테이프 수십 개가 들어가더라도 축약하지 않은 버전을 선호했다. 그리고 잘 알려지지 않은 배우들을 고용했다. 그들은 수고료를 적게 받았고, 연극 조의 과장된 발성으로 청자를 산만하게 하지도 않았다.

1986년, 헥트는 《월스트리트 저널》과의 인터뷰에서 이렇게 말했다. "우리에게 테이프를 빌려 가는 사람 중에는 방직공과 조각가도 있었습니다. 장례식 때 이어폰을 끼고 테이프를 듣는 장의사도 있었죠."

그의 회사는 거대 기업까지는 되지 못했지만 캘리포니아주 코스타메이사에서 직원 수십 명을 고용하고 있었다. 책의 전체 내용을 듣고 싶어 하는 사람들이나 도서관의 수요도 꾸준히 있었다. 마침내 헥트에게는 새 포르쉐를 살 여유가 생겼다. 새 차의 번호판에는 '책을 들으세요 Listen to Books'라는 뜻의 'LSN2BKS'가 적혀 있었다.

2001년, 그는 2000만 달러를 받고 베르텔스만 Bertelsmann 산하의 랜덤하우스 Random House에 회사를 매각했다.

당시 70대 초반이었던 헥트는 아직 은퇴할 생각이 없었다. 고용주들이 자기 또래의 노인을 고용하는 데 주저한다는 사실을 알게 된 그는 어린 시절의 꿈으로 돌아갔다. 장거리 트럭 운전을 하는 것이었다. 그는 6개월간 교육을 받고 화물 운송 회사에서 일할 수 있는 자격을 얻었다. 곧 프라이트라이너 트럭을 한 대 구매했고, 7년간 트럭 운전을 계속했다.

그는 《오렌지 카운티 비즈니스 저널Orange County Business Journal》과의 인터뷰에서 트럭 운전이 "나에게는 명상입니다. 고독이고요. 더 이상 고독을 즐기기 힘든 세상이죠"라고 말했다.

트럭 운전에는 또 다른 이점도 있었다. 책을 들을 수 있는 시간이 더 많아졌다.

올림픽 선수급 속도로 돈을 좇은 얼 그레이브스 이야기

바베이도스 출신 이민자의 아들인 얼 그레이브스Earl Graves는 브루클린의 베드퍼드-스튜이버선트 지역에서 자랐다. 1950년대, 볼티모어에서 모건 주립 대학교에 재학 중이던 그는 돈을 벌기 위해 잔디 깎는 일을 시작했다.

"정원 관리 걱정은 이제 끝! 더는 힘들게 일하지 마세요." 그는 등사판으로 찍어낸 전단지에 이렇게 광고했다.

하지만 한 가지 문제가 있었다. 그레이브스에게는 전화기가 없었다. 그렇다면 고객들이 어떻게 연락을 취할까? 그는 이 문제를 간단히 해결했다. 광고에 대학 본부의 전화번호를 남긴 것이다. 그레이브스의 잔디 깎기 서비스가 대학의 비서 인력을 이용하고 있다는 사실을 학장이 발견하기 전까지는 일이 순조

로웠다. 훗날 그는 《크레인스 뉴욕 비즈니스Crain's New York Business》와의 인터뷰에서 "학장은 내 뻔뻔함을 믿기 힘들어했다"라고 말했다.

그의 뻔뻔함은 살면서 두고두고 도움이 되었다. 그레이브스는 1970년에 《블랙 엔터프라이즈Black Enterprise》라는 잡지를 창간했고, 1990년대에는 워싱턴 D.C.에서 펩시콜라 병입 사업을 운영했다. 애트나Aetna, 크라이슬러Chrysler, 페더레이티드Federated 백화점 등 여러 기업에서 임원으로도 일했다. 1997년에는 《백인이 아니어도 사업에서 성공하는 법How to Succeed in Business Without Being White》이라는 책을 써서 인기를 끌었다.

그레이브스는 우아한 정장을 입었고, 양갈비에 붙은 고기 모양으로 구레나룻을 세심하게 다듬었다. 아내 바바라Barbara와 함께 뉴욕주 스카스데일에 있는 방 열 개짜리 집에서 세 아들을 키웠다. 집에는 20미터 길이의 수영장, 테니스 코트, 아이스크림 코너를 갖추고 있었다. 아들들은 각각 예일, 브라운, 펜실베이니아 대학교를 졸업했다.

그레이브스는 의류 공장의 운송 직원이었던 아버지가 직업윤리를 심어주었다고 했다. 아버지는 "하루에 한 번씩 보도를 쓸었다. 쓰레기를 수거해간 뒤 쓰레기통을 가져다 놓지 않는 일은 어림도 없었다"라고 《로스앤젤레스 타임스Los Angeles Times》

에 이야기했다. 《블랙 엔터프라이즈》를 창간하고 경영하는 데 도움을 준 아내의 공로를 인정하는 것도 잊지 않았다. 아내는 "우리 출판사가 나쁜 아이디어를 채택하는 것을 막는 부사장" 이었다고 했다.

그는 모건 주립 대학교에 거액을 기부했고, 대학은 경영대학원과 우등생 프로그램에 그의 이름을 붙였다.

그레이브스는 인종 차별을 비난하면서도 흑인들이 서로를 돕기 위해 더 많이 노력해야 한다고 질책했다. 1997년, 한 연설에서는 "어떤 흑인들은 흑인과 백인 중 한 사람에게서 얼음을 사라고 선택권을 주면, 백인의 얼음이 더 차갑다고 믿기에 백인의 얼음을 선택할 것"이라고 꼬집었다.

그는 모건 주립 대학교에서 보낸 인생의 결정적인 시기를 자주 돌아보았다. "나는 모건 주립 대학교 육상팀에서 발이 가장 느린 선수였을지 몰라도, 돈을 좇아서 달릴 때만큼은 올림픽 선수급이었다"라고 했다.

'신앙과 성공을 조화시킨 경영 구루' 클레이튼 M. 크리스텐슨 이야기

클레이튼 M. 크리스텐슨[Clayton M.Christensen]은 하버드 대학교 경영대학원의 교수이자 경영 구루였다. 그는 시장에 늦게 뛰어든 후발주자가 앞선 기업을 무너뜨릴 수 있는 강력한 무기인 '파

EARL GRAVES

1935~2020

《블랙 엔터프라이즈》 잡지 창간.
애트나, 크라이슬러, 페더레이티드 백화점 등
여러 기업에서 임원으로 근무.

나는 발이 가장 느린 선수였을지 몰라도,
돈을 좇아서 달릴 때만큼은
올림픽 선수급이었다.

괴적 기술Disruptive Technology'의 권위자였다. 하지만 그는 자신의 삶을 연구 사례로 제공한 인물로 더 널리 알려졌다.

2010년, 그는 〈어떻게 삶을 측정할 것인가?How Will You Measure Your Life?〉라는 제목의 기사와 강연에서 경영대학원 학생들에게 좋은 삶을 살기 위한 전략을 세우는 데 시간을 쏟으라고 조언했다. 이 강연은 나중에 《하버드 인생학 특강》이라는 책으로 발전했다. 크리스텐슨은 뚜렷한 목표를 갖는 것이 핵심 역량과 파괴적 기술에 통달하는 것보다 더 중요하다고 주장했다.

예수 그리스도 후기 성도 교회(모르몬교)의 신자였던 그는 옥스퍼드 대학교의 농구팀에서 시합을 뛰다가 힘든 결정을 내려야 했다. 그는 일요일에 열리는 챔피언 결정전에 출전을 거부해 동료들의 분노를 샀다. 그는 "그때 한 번 선을 넘었더라면 그 뒤로 몇 년 동안 계속 그랬을 것"이라고 했다.

교수이면서 컨설턴트이기도 했던 크리스텐슨은 사람들에게 '무엇을 해야 하는지'가 아니라 '어떻게 생각해야 하는지' 알려주는 것이 자신의 역할이라고 보았다. 그는 학생들에게 수익과 단기적인 결과 너머를 보라고 조언했다.

그는 자신의 책에 다음과 같이 썼다. "비즈니스에서 '커리어'란 기업을 사고팔거나 투자하는 것이라는 생각으로 경영대학원에 들어오는 학생들이 늘고 있다. 안타까운 일이다. 그런 거래가 사람들과 관계를 쌓는 데서 오는 크나큰 보상을 대체하지는 못한다." 크리스텐슨은 메시지의 중심에 신앙을 두기는 했지만, 성공적인 삶을 위한 자신의 처방은 종교와 관계없이 모두에게 적용할 수 있다고 설명했다.

크리스텐슨은 솔트레이크시티의 한 가정에서 8남매 중 둘째로 태어났다. 출생 당시의 이름은 클레이튼 매글비 크리스텐슨 Clayton Magleby Christensen이었다. 아버지는 백화점 식료품 코너의 관리자였고, 어머니는 고등학교 영어 교사이면서 라디오 프로그램 작가였다.

가족의 증언에 따르면, 크리스텐슨은 초등학교 6학년 때《월드 북 백과사전World Book Encyclopedia》을 전부 다 읽었다. 그 시기에 《연방 의회 의사록》의 정기 독자가 되었고, 의회 의원들의 투표 기록을 도표로 만들기도 했다. 어릴 적 꿈 중 하나는《월스트리트 저널》의 편집장이 되는 것이었다.

신장이 203센티미터였던 그는 고등학교와 대학교에서 농구를 했다. 1970년대 초에는 교회의 전통에 따라 한국에서 선교사로 활동했다.

크리스텐슨은 브랜딩이 상품과 서비스뿐만 아니라 가족에게도 적용될 수 있다고 믿었다. 자녀 하나가 학교에서 다른 학생을 밀쳐서 혼났을 때 크리스텐슨은 가족회의를 소집했다. 그리고 "우리 가족의 브랜드는 친절하기로 소문난 크리스텐슨 가족"이라고 선언했다.

크리스텐슨은 그 브랜드가 내세에서도 자신에게 도움이 되리라고 기대했다. 2016년, 그는 《월스트리트 저널》과의 인터뷰에서 다음과 같이 말했다. "제가 나중에 죽어서 신과 인터뷰할 때 그분이 '세상에, 클레이튼 크리스텐슨, 너는 하버드 경영대학원에서 이름난 교수였구나'라고 말씀하시진 않을 겁니다. '네 도움으로 더 나은 사람이 된 이들에 관한 이야기나 해볼까?'라고 하실 거예요."

"의자에 궁둥이를 붙이고 그냥 쓰세요" 쳇 커닝햄 이야기

쳇 커닝햄^{Chet Cunningham}은 자신이 선택한 일에 끈기 있게 매달린 것으로 유명한 인물이다. 자신의 작품에 대한 다른 사람들의 생각에는 집착하지 않는 성격이었다.

1972년, 여러 출판사에 원고를 보낸 커닝햄은 피너클북스^{Pinnacle Books}라는 출판사로부터 한 통의 편지를 받았다. 편집자는 "이제껏 읽은 서부극 소설 중 최고는 아니지만 우리는 이 원고를 출간하기로 했다"라고 편지에 썼다.

커닝햄은 그것만으로도 충분했다. 그에게는 세 자녀와 다발성 경화증을 앓고 있는 아내가 있었다. 수입이 필요한 상황이었다. 그의 계산에 따르면, 50년 동안 서부극, 스릴러, 오토바이 정비 매뉴얼, 좌골 신경통과 과민 대장 증후군 환자를 위한 핸드북 등 375권의 책을 출간했다. 때로는 캐시 커닝햄^{Cathy Cunningham}이라는 필명으로 로맨스 소설을 쓰기도 했다. 아들 그레그 커닝햄^{Greg Cunningham}은 "아버지는 누군가가 돈을 준다고 하면 무엇이든 쓰셨다"라고 말했다.

커닝햄은 영감이 떠오를 때까지 무작정 기다리지 않았다. 아버지와 마찬가지로 소설가의 길을 걷고 있는 딸 크리스틴 애슈워스^{Christine Ashworth}는 "목공 블록이 있다고 해서 목수가 일하지 않는 것은 아니다"라면서 이렇게 말했다. "아버지는 글을 쓰는 일이 공예와 같다고 하시면서 그냥 쓰셨어요."

커닝햄의 소설들은 화려한 묘사나 철학적 사색을 위한 우회 없이 독자를 사건으로 곧바로 인도한다. 그의 소설《복수의 광산^{Vengeance Mine}》의 첫 문장은 이렇게 시작한다. "로저 혼세이크 부매니저가 샌디에이고 트러스트 은행의 정문을 잠그고 블라인드를 막 내렸을 때 한 무장 강도가 그의 등에 권총을 들이밀었다."

커닝햄의 또 다른 소설《절규의 복수^{Scream Vengeance}》첫 장면에서는 시체를 검시하던 스테이시 드프레인 형사가 이렇게 말한다. "정말 이상하군요. 만일 그녀의 양손이 등 뒤로 묶여있지 않고 발목이 팬티스타킹으로 묶여있지 않았더라면 자살로 볼 수도 있었을 겁니다."

커닝햄은 침실을 개조한 공간에서 서류 캐비닛과 수천 권의 책으로 둘러싸인 채 글을 썼다. 그는 "복도를 걸어가다가 왼쪽으로 돌면 그게 바로 출근"이라고 말했다.

1928년 12월 9일, 커닝햄은 네브래스카주 셸비에서 태어났다. 그의 풀 네임은 체스터 그랜트 커닝햄^{Chester Grant Cunningham}이었다. 그의 말에 따르면, 셸비 근처에서 농사를 짓던 부모님은 "1937년의 흙모래 폭풍으로 네브래스카에서 사는 것을 포기했다." 커닝햄 가족은 오리건주 포레스트 그로브로 이사했다. 그의 아버지는 농장과 통조림 공장에서 일했다. 쳇 커닝햄은 오트밀과 자몽이 싸서 잔뜩 먹었다고 그 시절을 회상했다.

그는 포레스트 그로브에 있는 퍼시픽 대학교에 다녔다. 학교 영어 시험에서 낙제하자 한 교수는 그렇게 해서는 언론인으로 성공하기 힘들다며 그를 훈계했다. 커닝햄은 속이 상했지만 잡지에 기사 몇 개를 팔아 언론학 학위를 취득할 수 있었다. 육군에 징집된 뒤에는 한국전쟁에 투입되었다. 군에서 전역한 후 뉴욕의 컬럼비아 대학교에 진학해 1954년에 언론학 석사 학위를 받았다.

그는 작은 신문사에서 일하며 교육 기사를 썼다. 여가 시간에는 참전 경험을 바탕으로 소설을 썼는데, 그의 소설은 좀처럼 팔리지 않았다. 수없이 많은 거절을 당한 뒤 서부극을 써보기로 했다. 출판사들이 다른 장르에 비해 서부극에는 인세를 더 짜게 지급한다는 이야기를 듣고는 경쟁이 덜하리라고 생각했기 때문이다. 《아파치족의 매복Apache Ambush》, 《안장에 올라 높이 매달아라Ride Tall, Hang High》 같은 그의 서부극 작품은 커닝햄 가족의 주요 소득원이 되었다.

커닝햄은 샌디에이고에 기반을 둔 작가 단체를 결성했고 정기적으로 만나면서 서로의 작품을 비평하고 아이디어를 공유했다. 그가 초보 작가들에게 해준 조언은 단순했다. "의자에 궁둥이를 붙이고 앉아 글을 쓰세요." 물론 이 조언은 인생 이야기를 쓰고자 하는 모든 이에게도 해당하는 말이다.

"개가 짖어도 마차는 전진한다" 리처드 젠레트 이야기

월스트리트에 있는 어느 증권 회사의 공동 창업자인 리처드 젠레트Richard Jenrette에게는 별난 습관이 있었다. 그는 입사 지원자들에게 별자리와 좋아하는 색을 물어보고, 그들의 필체에서 심리학적 난서를 찾는 파격적인 상사였다. 충동적으로 19세기 저택을 구매한 뒤, 실내 장식가를 고용해 골동품과 대량의 가죽 장정 책들로 장식하는 등 전통에 대한 사랑에 푹 빠져서

CHET CUNNINGHAM

1928~2017

서부극, 스릴러, 오토바이 정비 매뉴얼,
좌골 신경통과 과민 대장 증후군 환자를 위한 핸드북 등
50년 동안 375권의 책을 출간한 프로 작가.

의자에 궁둥이를 붙이고 앉아

글을 쓰세요.

여가 시간을 보내기도 했다.

매일 아침 식사 전에는 몸무게를 재서 체중을 그래프용지에 표시했다. 목표 체중을 초과하는 경우 점심 식사 때 빵을 건너 뛰는 식으로 즉각적인 조치를 취했다. 헬스장에 가는 대신 집에서 팔굽혀펴기 50회, 스쾃 50회, 제자리 달리기로 하루를 시작했다.

그는 심사숙고해서 계획을 세웠다면 비판을 무시해도 된다고 생각했다. "개가 짖어도 마차는 전진한다"라는 속담을 자주 인용했다.

젠레트는 노스캐롤라이나주의 주도인 롤리에서 보험 설계사의 아들로 태어났다. 어렸을 때는 집을 그리며 놀았다. 그러다가 그의 가족이 살고 있는 튜더 양식의 집에 건축학적 개성이 부족하다는 점을 깨달았다. 그는 이미 그때부터 큰 뜻을 품고 있었다.

노스캐롤라이나 대학교에서 언론학을 전공했고 대학 신문의 편집장을 맡았다. 10대 시절과 20대 초반에는 스포츠 기자와 생명 보험 설계사로 일했지만 부를 얻을 수 있는 길은 아니라고 결론 내렸다. 자신에 대한 장기적인 투자로 하버드 경영대학원에 입학해서 1957년에 졸업했다.

마침내 하버드 학위를 갖게 된 그는 월스트리트의 유서 깊은 회사인 브라운 브라더스 해리먼^{Brown Brothers Harriman}에 취직했다. 사무실에서 참나무 패널로 된 벽과 벽난로, 뚜껑이 뒤로 밀리는 롤 톱 데스크를 보고 감탄하기도 했다. 처음에는 증권 가방을 운반하는 메신저로 일하다가 리서치 보고서를 작성하는 법을 배웠다. 리서치에 관한 기초 지식을 익힌 뒤에는 부유층 고객의 돈을 관리할 수 있게 되었다. 그중 한 명이 배우 그레타 가르보^{Greta Garbo}였다.

하지만 이 은둔형 여배우를 직접 만나보기도 전에 더 매력적인 제안이 들어왔다. 하버드 경영대학원 동문인 윌리엄 도널드슨^{William Donaldson}과 댄 러프킨^{Dan Lufkin}이 새로운 회사의 파트너로 함께 일하자고 그를 설득했다.

젠레트는 브라운 브라더스 해리먼에서 파트너로 인정받기를 바라며 20년을 기다리기보다는 새로운 회사를 창업하는 편이 현명한 결정이라고 생각했다. 1959년, 친구들과 함께 도널드슨 러프킨 앤드 젠레트^{DLJ} 투자 은행을 설립했다. 젠레트는 새 회사의 사무실을 골동품과 유화로 장식해 유서 깊은 회사라는 인상을 줘서 고객의 신뢰를 얻으려고 했다.

호황기였던 1960년대에 DLJ는 리서치 하우스, 증권 트레이더, 펀드 매니저로 활약했다. 그러나 1974년에 젠레트가 최고 경영자의 자리에 오른 뒤 모든 것이 잘못되기 시작했다. 유가와 금리가 치솟았고, 주가와 거래량이 뚝 떨어졌다. 월스트리트의 증권 회사들은 주식 거래 수수료가 폐지되고 자유 경쟁이 시작되면서 수입이 줄어들 것에 대비했다. 러프킨은 DLJ를 더 작고 전문적인 투자 회사로 전환하고 싶어 했다. 반면, 젠레트는 어려운 시기에 동료들을 해고하고 싶지 않았으므로 DLJ를 거의 그대로 유지해야 한다고 주장했다.

개들이 짖었지만 마차는 덜컹거리며 앞으로 나아갔다. DLJ는 살아남았다.

1997년에 출간한 회고록 《역발상 매니저^{The Contrarian Manager}》에 따르면, 젠레트는 밤에 잠이 오지 않을 때면 머리맡의 리갈 패드에 걱정거리를 적어두었다. 걱정 목록을 보관해 두었다가 해결되는 대로 하나씩 지워나갔다. 부정적인 생각을 떨쳐내는 그만의 방식이었다.

투우에 들이받친 J. 듀이 데이너 이야기

2017년, 나는 J. 듀이 데이너^{J. Dewey Daane}의 부고를 쓰기로 했다. 그의 성격을 잘 보여준 한 가지 사건 때문이다.

데이너의 이력은 인상적이다. 그는 하버드 대학교에서 행정학 박사 학위를 받았고, 파라과이의 재정 문제에 자문을 제공했으며, 1963년부터 1974년까지 미국 연방준비제도이사회에서 근무했다. 물론, 이력서가 훌륭하다고 해서 반드시 기억에 남는 인생 이야기를 쓸 수 있는 것은 아니다.

내 생각에 데이너의 최고의 순간은 1966년 미국 은행 협회 회의에 참석하기 위해 스페인을 방문했을 때였다. 데이너와 다른 은행가들은 회의를 잠시 쉬는 동안 톨레도 근처의 투우장을 방문했다. 그날은 투우의 용맹함을 확인하는 테스트가 있는 날이었다. 《월스트리트 저널》 기사에 따르면, 정식 시합이 아닌데도 불구하고 소들은 무시무시했다. "먼지투성이 회오리 바람이 작게 일더니 몇 초 뒤 뿔이 달린 근육질 소들이 검은 번개처럼 내달렸다."

테스트 주최자들은 소 앞에서 망토를 흔들어줄 자원자를 구했다. 아내 바바라 맥만 데이너Barbara McMann Daane는 이렇게 증언했다. "듀이는 '누군가가 해야 한다'라고 말했어요. 그러고는 어느 틈에 자기가 무대에 내려가 있었죠."

비즈니스 정장을 말쑥하게 차려입고 선글라스를 낀 47세의 연준이사회 이사가 빨강과 노랑이 섞인 망토를 흔들었다. 몇 초 뒤 그가 "계속 질주하는 소의 목에 몸을 걸치고 있었다"라고 《월스트리트 저널》은 보도했다. "영원처럼 느껴졌던 순간이 지난 뒤 데이너는 소의 몸에서 미끄러져 내려와 비틀거리지 않고 똑바로 착지했다."

데이너는 가벼운 타박상만 입은 채 소를 따돌렸다. 기념품으로 받은 황소 머리 박제를 연준이사회 사무실 벽에 걸어두었다.

연준에 관해 잘 아는 사람이라면 스페인에서 보인 데이너의 대담한 행동에 크게 놀라지 않을 것이다. 1965년 12월, 린든 존슨 대통령이 강력히 반대한 금리 인상에 찬성하는 결정적인 한 표를 던진 인물이 바로 데이너였다.

대통령의 강력한 뜻을 거스르거나 투우장에서 투우에게 내팽개쳐진 사람은 그리 많지 않을 것이다. 하지만 안전한 플레이를 할지 모험을 할지 결정해야 하는 순간에 직면한 경험은 누구나 있을 것이다. 이런 순간을 인생 이야기에 넣도록 하자.

23

바르탄 그레고리안의
방랑하는 삶

*

바르탄 그레고리안^{Vartan Gregorian}은 뉴욕 공립 도서관을 구한 인물로 기억된다. 덧붙여서, 그는 자신의 놀라운 인생사를 제대로 기록한 특별한 인물로도 알려져야 한다.

그레고리안은 스스로를 '방랑하는 아르메니아인'이라고 불렀다. 그는 점심 한 끼 사 먹기도 힘든 돈을 가지고 20대에 미국으로 이민을 갔다. 스탠퍼드 대학교에서 역사학 박사 학위를 취득한 뒤, 캘리포니아 대학교 로스앤젤레스 캠퍼스^{UCLA}와 텍사스 대학교에서 학생들을 가르쳤으며, 펜실베이니아 대학교에서 학장을 지냈다. 1980년대에는 뉴욕 공립 도서관을 먼지 구덩이에서 구해냈으며, 브라운 대학교 총장을 지냈다. 마지막으로는 뉴욕 카네기 재단^{Carnegie Foundation}을 이끌었다. 그의 사무실에는 이민지 출신으로 또 다른 노력가였던 앤드루 카네기^{Andrew Carnegie}의 초상화가 걸려 있었다.

그레고리안은 세상사를 탐구하고 해석하느라 바빠서 개인

사를 챙길 시간이 없었다. 그러다가 60대 중반에 "왼쪽 신장을 제거하고" 한참을 병원 침상에 누워있는 자신을 발견했다.

자신이 얼마나 더 살 수 있을지 고민하며 병상에서 시간을 보내던 그레고리안은 회고록의 개요를 짜기 시작했다. 2003년, 미국 공영 라디오 방송과의 인터뷰에서 그는 다음과 같이 말했다. "책을 쓰기로 했어요. 세 아들과 친구들이 그레고리안의 공적인 모습만 알았지 사적인 모습은 잘 모르고 있어서요."

허영심이나 자신의 이름이 잊힐지 모른다는 두려움 때문이 아니었다. 그레고리안의 이름은 그동안 수상한 수많은 명예 학위와 상에 잔뜩 새겨져 있었다. 세 아들과 친구들은 그레고리안의 업적을 익히 알고 있었다. 그가 회고록을 쓰게 된 진짜 동기는 "사람들이 한 사람의 인생에 대해 모든 것이 그저 뜻밖의 행운이었다고 생각하지 않도록" 자신의 실수와 고난을 이야기해야 한다는 의무감을 느꼈기 때문이라고 했다.

2003년에 출간한 회고록 《집으로 가는 길The Road to Home》을 보면, 그레고리안의 이야기는 1934년 이란 서북부 도시인 타브리즈에서 시작한다. 그는 타브리즈의 아르메니아인 가정에서 태어났다. 타브리즈는 한때 동양과 서양을 잇는 교역로인 실크로드의 중간 기착지였다. 여름에는 날씨가 쾌적하고 정원이 아름다웠으나 겨울에는 혹독하게 추운 곳이었다. 또한 "크고 작은 지진과 천연두, 발진 티푸스, 콜레라 같은 지독한 전염병이 끊이지 않는 곳"이었다고 회고록에 썼다.

그레고리안의 친할아버지는 실크 로드를 오가는 대상隊商들이 묵는 여관을 운영했는데, 그레고리안은 이 여관을 "일종의 동물 주차장"이라고 묘사했다. 회계사였던 아버지는 석유 회사에서 중간 관리자로 일했다.

그레고리안에게 미국은 영화에서나 볼 수 있는 머나먼 낙원이었다. 학창 시절 그는 미국이 아주 깨끗한 나라여서 개미 한 마리조차 없으리라고 상상했다. 그러면서 개미가 없다면 동물원에서 개미핥기에게 무엇을 먹일지 궁금해했다. 이런 생각은 그레고리안과 그의 여동생을 잠시 사업가로 변신시켰다. 두 남매는 검은 개미 수천 마리를 죽여서 미국으로 수출하려고 했다. 이 프로젝트는 초등학교 2학년 때 선생님이 미국에 개미가 아주 많다고 확실하게 이야기해 주는 바람에 그대로 끝나버렸다.

그의 아버지는 영어를 할 줄 알았지만 아들에게 영어를 가르치려 하지 않았다. 자녀 교육에 대체로 무관심한 편이었다. 어머니는 문맹이었던 외할머니에게 어린 남매를 맡기고 일찍 세상을 떠났다. 하지만 외할머니는 교육을 중시했고 우화와 속담으로 정서를 풍요롭게 해주었다. 그레고리안은 그것들을 평생 기억했다.

"좋은 약이 입에 쓰듯이 좋은 충고는 귀에 거슬린다."

"위장은 오븐과 같아서 안에 땔감이 충분하면 더 집어넣지 않아야 한다."

"강을 건너기 전에 악어를 모욕하지 마라."

어린 시절 그레고리안의 집에는 《성경》과 세계사 교과서, 이 두 권의 책밖에 없었다. 열한 살 때, 그는 도서관에서 아르바이트하며 문학에 대한 열망을 키웠다. 처음에 그가 몹시 좋아했던 책은 빅토르 위고Victor Hugo의 《레 미제라블Les Misérables》이었다.

아르메니아 공동체의 한 지도자가 이 소년의 총명함을 눈여겨보았고, 그레고리안이 열다섯 살 때 베이루트로 보내서 아르메니아계 대학교에서 공부할 수 있도록 도와주었다. 그는 "닥치는 대로 읽었다"면서 그 시절을 회상했다. 돈이 없어서 굶주릴 때도 많았지만 아르메니아 공동체가 그를 지탱해 주었다. 학교에서 살아남기 위해 프랑스어를 배웠고 영어도 한결 유창해졌다.

그는 교사들과 후원자들의 도움으로 스탠퍼드 대학교에 입학할 수 있었다. 1956년, 미국에 도착한 뒤로 중국 식당에서 수프, 간肝, 차로 끼니를 해결하며 돈을 모았다. 학기가 시작하기를 기다리던 그는 샌프란시스코 베이 에어리어의 오락거리들이 학업을 방해할까 봐 불안해졌다.

이 불안감 탓에 "인생에서 가장 어리석은 행동"이라고 부를 만한 실수를 저지르게 된다. 그는 유흥의 유혹을 피하고자 삭발을 결심했다. 하지만 삭발할 때는 먼저 머리카락을 짧게 자른 뒤 나머지 부분을 면도기로 밀어야 한다는 점을 알지 못했다. 머리카락에 면도 크림을 바르고 머리를 밀기 시작했다.

머리카락을 다 밀고 나자 두피는 상처투성이가 되었고 지혈하기 위해 안간힘을 써야 했다. 그때, 광신도들이 자신을 채찍질한 뒤 사용했다는 치료제가 떠올랐다. 상처에 달걀노른자를 바르고 나서야 약간이나마 안도할 수 있었다. 그 뒤 몇 주 동안은 베레모로 상처를 가리고 다녀야 했다.

그레고리안은 불운했던 연애사도 고백했다. 젊은 이란 여성과 뜨거운 편지를 주고받았는데 알고 보니 그녀에게는 약혼자가 있었다. 나중에 그를 포함한 몇몇 외국인 유학생들은 미국의 젊은 여성들이 사랑에 빠지지 않고도 키스하고 포옹할 수 있다는 사실을 알고 충격을 받았다.

어느 날 그는 스탠퍼드 대학교에서 "피아노로 스콧 조플린의 래그타임 곡을 연주하는 키 큰 금발 아가씨"를 보았다. 그녀는 뉴저지주 테너플라이 출신으로, 스탠퍼드 대학교에서 역사학을 전공하고 있는 클레어 러셀Clare Russell이었다. 그녀의 조상은 메이플라워호를 타고 미국으로 건너온 이민자였다. 그레고리안은 회고록에 "그녀는 자신감이 넘쳤고 무척 침착했으며 걸음걸이가 우아했다"라고 썼다. 1960년, 두 사람은 결혼했다.

그 후 그레고리안은 아프가니스탄의 역사에 관한 책을 썼고, 스탠퍼드 대학교에서 박사 학위를 마무리하는 동안 샌프란시스코 주립 대학교에서 학생들을 가르치기 시작했다. 30대 중반에는 오스틴에 있는 텍사스 대학교의 정교수가 되었다. 사람들은 카리스마와 열정이 넘치는 그에게서 리더의 상을 보았다. 펜실베이니아 대학교는 그를 역사학 교수로 채용했다. 곧 문리과대학 학장으로 승진했고, 나중에는 교무처장이 되었다.

1980년, 그레고리안은 펜실베이니아 대학교의 유력한 총장 후보로 지목되었다. 하지만 이사회에서 누군가가 그를 반대하며 그레고리안의 억양과 매너가 이질적이어서 총장이 되기에는 점잖지 못하다고 깎아내렸다. 결국 이사회는 그를 제치고 외부 인사를 택했다. 그레고리안은 그 소식을 라디오 뉴스에서 들었다.

그는 회고록에서 "거절은 견딜 수 있었지만 모욕과 굴욕은 참을 수 없었다"라고 당시를 회상했다. 교무처장직을 사임하자마자 뜻밖의 제안을 받았다. 뉴욕 공립 도서관 관장을 맡아달라는 제안이었다.

처음부터 그 자리가 매력적으로 와닿진 않았다. 1970년대에 뉴욕주가 파산 지경에 이르면서 도서관과 다른 공공 기관의 자원은 고갈된 상태였다. 보자르 건축 양식으로 지어진 도서관 본관은 조금씩 허물어지고 있었다. 140킬로미터 길이의 서가는 75년 동안 한 번도 먼지를 털지 않은 상태였다. 도서관 주변으로 마약상과 포주들이 모여들었다. 브라이언트 공원을 마주한 도서관 뒤편은 그레고리안의 표현대로 "뉴욕에서 가장 긴 소변기"가 되어있었다.

그레고리안은 자신에게 도서관을 구할 능력이 있다고 믿어주는 이사회를 보고 관장직에 도전하기로 했다. 그는 매력과 패기를 발휘해 뉴욕 시장, 시의회, 사교계 명사 들에게 도서관을 살려낼 수 있으며, 꼭 그래야 한다고 호소했다. 도서관과 박물관이야말로 "지구상에서 불멸을 부여하고 보존하는 유일한 시설"이라고 단언했다.

자선 사업가인 브룩 애스터Brooke Astor, 데이비드 록펠러David Rockefeller 등 새로운 친구들의 도움으로 공공 및 민간 자원을 합쳐서 3억 2700만 달러를 모금할 수 있었다. 한편으로 그레고리안은 뉴요커들이 도서관 행사에서 유명 작가 옆에 앉는 영광을 누리기 위해 경쟁적으로 많은 돈을 지불하리라는 사실을 눈치챘다. 이렇게 모은 기금은 도서관의 책을 보호하기 위해 습도를 조절하고, 더러워진 건물 외벽을 청소하고, 칸막이로 작게 나눠진 방들을 본래의 우아한 상태로 복원하는 데 사용되었다.

그레고리안은 뉴욕에서의 삶을 즐겼다. "뉴욕은 저돌적인 후츠파chutzpah 정신으로 가득했고 나도 후츠파 정신으로 가득 차 있었다"라고 했다. 그는 정치인, 자선가, 기업가 들과의 교류를 즐겼다. 그들과의 점심과 저녁 식사, 칵테일파티로 일정이 빽빽하게 차서 체중이 20킬로그램 가까이 늘었다. 그가 '서민들의 궁전'이라고 불렀던 도서관 본관을 보수했고, 시내 곳곳에 흩어져 있는 분관 80여 곳의 시설과 서비스도 개선했다.

8년 동안 도서관을 운영하며 지친 그레고리안은 학계가 그리워졌다. 대학의 정치마저 그리운 지경이었다. 그는 브라운 대학교의 요청을 받아들여서 1989년부터 1997년까지 총장으로 재직했다. 그 뒤 20년 동안 뉴욕 카네기 재단을 이끌었다. 마침내 그는 돈을 구걸하는 대신 기부할 수 있었다.

아들 바헤 그레고리안Vahe Gregorian은 《캔자스시티 스타Kansas City Star》의 스포츠 칼럼니스트였는데, 미국 스포츠를 이해하고 제대로 즐기려 한 아버지의 끈질긴 노력을 인상적으로 기억했다. 야구 경기를 보러 가면, 그의 아버지는 왜 야구에 쇼트스톱shortstop (유격수)은 있는데 롱스톱longstop은 없는지 묻곤 했다.

2021년, 미식축구팀 캔자스시티 치프스가 슈퍼볼에서 탬파베이에 패한 뒤 아버지는 아들에게 "그 팀에 몸집 좋은 선수들이 더 필요하다"라는 분석을 보냈다.

2021년 4월, 그레고리안은 87세의 나이로 사망했다. 그는 누구도 상상하지 못한 삶을 살다가 갔다.

2005년, 노터데임 대학교 졸업식 연설에서 학생들에게 다음과 같은 말을 남겼다. "삶은 대부분 특별함이 아니라 일상으로 채워져 있지만, 특별함을 추구하는 데 일상이 방해하지 않도록 하십시오."

그레고리안은 여러 면에서 특별했다. 자신의 이야기를 생생하게 전달하기 위해 시간을 할애한 것은 그중에서도 매우 특별한 일이었다. 평범한 삶을 사는 우리에게도 그의 회고록은 스토리텔링의 모범을 보여준다.

VARTAN GREGORIAN

1934~2021

어린 시절 책이 두 권밖에 없는 집에서 자랐으나,
주변의 도움으로 학업을 계속하며 유학길에 올랐다.
뉴욕 공립 도서관 재생으로 이름을 알렸으며
브라운 대학교 총장을 역임했다.

삶에서 특별함을 추구하는 데
일상이 방해하지 않도록 하세요.

24

사랑이 꽃피는 가족의 진실

*

자신의 자리를 마침내 찾아낸 조지 H. 워커 3세 이야기

일반적으로, 사랑하는 배우자와 자녀에 대한 언급으로 채워진 부고는 가족 간의 사소한 마찰조차 인정하지 않는 편이다. 바로 그런 이유로, 나는 조지 H. W. 부시^{George H.W. Bush} 전 대통령의 사촌인 조지 H. 워커 3세^{George H. Walker III}의 이야기를 쓰고 싶었다. 워커는 이력서를 멋지게 채우고 부고를 인상 깊게 장식할 만큼 많은 업적을 남겼다. 예일 대학교와 하버드 대학교 로스쿨을 졸업했고, 세인트루이스에 기반을 둔 투자 은행을 이끌었으며, 헝가리 주재 미국 대사를 지냈다. 그의 가문은 그가 필요로 하는 모든 것을 보장해 주었다.

하지만 그의 진짜 이야기에는 대중이나 친구들이 알고 있던 것보다 훨씬 더 복잡한 사연이 뒤섞여 있었다. 그의 부고를 쓰려고 조사하면서 알게 되었지만, 조지 H. 워커 3세로 사는 것이 늘 쉬운 일만은 아니었다.

나는 그가 현명한 선택을 했다고 생각한다. 자기 관점에서 이야기를 들려주었기 때문이다. 그가 정리한 가족사의 발췌문을 읽고, 그를 아는 사람들과 이야기를 나눈 뒤 나는 다음과 같은 결론을 얻었다. 그는 인생 전반부에는 아버지를 기쁘게 해드리기 위해 노력했고, 후반부에는 자신의 앞날을 개척하기 위해 노력했다. 2막이 훨씬 더 성공적이었다.

1931년 3월 16일, 세인트루이스에서 조지 허버트 워커 3세 George Herbert Walker Ⅲ가 태어났다. 그는 '버트Bert'라고 불렸고, 코네티컷주 그리니치에서 자랐다. 아버지 조지 허버트 "허비" 워커 주니어George Herbert "Herbie" Walker Jr.가 맏아들 버트에게 거는 기대는 고소 공포증을 일으킬 만큼 높았다.

허비는 야구에 진심이었다. 그는 예일 대학교 야구팀에서 뛰었고, 프로 야구팀 뉴욕 메츠의 창단을 도왔다. 허비는 맏아들 버트를 명문 기숙 학교인 그로튼 스쿨에 보냈다. 버트는 학교 야구팀에서 잠깐 포수로 활동했는데, 심리적 요인 때문에 사고가 마비되어 공을 정확하게 던지지 못하는 불가사의한 증상이 생겼고 결국 벤치를 지키는 신세가 되었다. 관중석에서 이를 지켜보던 아버지의 기대는 버트의 동생 '레이Ray'에게로 옮겨갔다. 레이는 스타 유격수였다.

아버지가 예일 대학교 출신이었으므로 어느 대학에 진학할지 고민할 필요가 없었다. 1949년, 버트는 예일 대학교에 입학했다. 그의 가장 큰 걱정거리는 비밀 결사 동아리인 '스컬 앤본즈Skull and Bones'에 들어가서 아버지의 기대에 부응할 수 있을지였다. 다행히 이번에는 아버지를 기쁘게 할 수 있었다.

그는 1953년에 예일 대학교를 졸업하고 하버드 대학교 로스쿨에 들어갔다. 전 미국 국무장관 딘 애치슨Dean Acheson이 허비에게 하버드 로스쿨에서 정신을 단련할 수 있었다고 말한 적이 있었는데 그 말이 워커 부자에게 영향을 주었다.

2년 동안 공군에서 복무한 버트는 오하이오주 라이트 패터슨 공군기지에서 법률 관련 잡일을 도맡았다. 그 뒤, 워커 가족 소유의 증권사인 G. H. 워커G. H. Walker & Co.에서 아버지를 위해 일했다. 세인트루이스 지점에서 증권 판매원으로 일하다가 시카고 지점을 설립해 높은 수익을 올렸다.

G. H. 워커에서 일했던 사촌 조너선 부시Jonathan Bush는 "우리 모두 버트가 아버지의 뒤를 이을 적임자라고 생각했다"라고 했다. 하지만 1971년, 새로운 사장을 임명할 때가 되자 아버지는 프레드 원햄Fred Wonham을 택했다. 아버지의 집사 중 한 명이 버트에게 상황을 직설적으로 설명했다. "아버님은 절대로 당신에게 회사를 맡기지 않을 거예요."

1974년, 워커 가족은 G. H. 워커를 화이트웰드White, Weld &

Co.에 매각했다. 화이트웰드에 자신의 미래가 없다고 생각한 버트는 다른 곳에서 기회를 찾았다. G. H. 워커의 임원 출신으로, 세인트루이스에 있는 스티펠 니콜라스^{Stifel, Nicolaus & Co.}의 회장 자리에 오른 조지 뉴턴^{George Newton}이 버트를 부사장으로 영입했다. 4년 뒤 버트는 최고 경영자가 되었고, 1992년까지 자신의 역할을 성공적으로 수행했다.

버트는 세인트루이스의 이든 신학교에 전문 교육 기관을 설립하기도 했다. 비즈니스 리더들에게 도덕적·윤리적 문제의 해법을 가르치는 동시에 교회 지도자들에게는 비즈니스와 재정 관리 방법을 가르치는 교육 기관이었다.

말년에는 매일 아침 3분 동안 팔꿈치와 발가락으로 몸을 지탱하는 플랭크 운동을 하면서 찬송가 〈때 저물어 날 이미 어두니^{Abide With Me}〉를 부르고 주기도문을 암송했으며 사랑하는 이들을 위해 기도했다. 메인주 케네벙크포트에 있는 여름 별장에 머무를 때는 삼륜 자전거를 타고 아침이나 점심을 먹으러 갔다. 점심 메뉴는 에그샐러드 샌드위치 반 개와 초코우유 한 잔이었다. 그는 샌드위치를 반 개만 주문해 놓고는 한사코 한 개 값을 다 치르겠다고 고집을 부렸다.

버트 워커는 자신의 이야기를 직접 썼다. 더는 아버지를 실망시키기만 했던 부잣집 아이가 아니었다. 자신에게 꼭 맞는

GEORGE H. WALKER Ⅲ
1931~2020

예일 대학교와 하버드 대학교 로스쿨 졸업.
G. H. 워커, 스티펠 니콜라스 등에서 근무했고,
헝가리 주재 미국 대사를 지내는 등
화려한 경력 끝에 마침내 자신의 길을 찾았다.

한참이 걸려 자신의 자리를 찾았지만,
그 사이의 시간을 최대로 활용했던 사람.

자리를 찾기까지 시간이 걸리긴 했지만, 그 시간을 최대한 활용한 사람이었다.

굴욕감을 솔직히 고백한 앤서니 다운스 이야기

앤서니 다운스^{Anthony Downs}는 버트 워커처럼 어린 시절에 트라우마를 겪진 않았다. 다운스는 시카고에서 태어났고, 일리노이주 동북부 교외 지역인 파크 리지에서 고등학교를 다녔다. 고등학교 졸업식에서 졸업생 공동 대표를 맡았으며, 미네소타주 노스필드의 칼턴 칼리지에 진학했다. 대학에서는 토론과 연설 재능을 활용해 학생회장 선거에 출마했다. 한 경쟁자는 "말만 번드르르한 개자식"이라고 그를 비방했지만 결국 다운스가 큰 표 차이로 승리했다.

다운스는 모든 선거 공약을 이행했음에도 불구하고 칼턴 학생들이 그의 노력에 거의 관심이 없다는 사실을 알아챘다. 자신이 학생회장으로서 한 일들이 "대체로 학생들의 삶과 무관했으므로" 당연한 결과라고 결론지었다.

다운스는 스탠퍼드 대학교 대학원에서 장학금을 받고 경제학을 공부했다. 그의 멘토 중에는 훗날 노벨 경제학상을 수상한 케네스 J. 애로^{Kenneth J. Arrow}도 있었다. 박사 학위 논문 주제를 고민하던 다운스는 칼턴 칼리지에서의 정치 경험을 떠올렸다.

그는 유권자와 정치 후보자의 동기를 설명하는 이론 모델을 만들기 위해 경제학 방법론을 적용했다.

다운스는 미국 유권자와 정치인이 종종 게으름뱅이나 미치광이처럼 보일지라도 결국 이성적으로 행동하는 경향이 있다고 상정했다. 유권자 대다수는 자신의 한 표가 선거 결과를 좌우하지 않는다는 것을 알기에 어떤 후보의 견해가 가장 합리적인지 파악하는 데 시간을 투자하지 않는다. 그는 유권자의 이런 경향을 "합리적 무지"라고 불렀다. 결국 정치인들은 가장 많은 유권자를 끌어모으기 위해 양당 경쟁 체제에서 필연적으로 중도적 입장에 끌리게 된다.

1957년, 다운스의 논문은《경제 이론으로 본 민주주의》라는 책으로 출간되었다. 60여 년 뒤 다운스가 사망했을 무렵에도 그의 이름은 여전히 정치학자들에게 회자되고 있었다. 살아생전 그는 교통 체증(이 문제는 결코 해소할 수 없다고 결론지었다), 인종 갈등, 빈민을 위한 주택 공급, 관료주의 등을 주제로 20여 권의 책을 펴냈다. 그중 어느 것도 저 뛰어난 박사 학위 논문의 판매량에는 미치지 못했다.

80세 무렵, 다운스는 자녀들의 권유로 자신의 인생 이야기를 쓰기 시작했다. 사람들이 모르고 사라질 뻔했던 그의 이야기는《앤서니 다운스의 삶과 시간The Life and Times of Anthony Downs》이라는 157쪽짜리 책으로 묶였다. 상업 출판을 염두에 두지 않은 이 책은 가족에게 남기는 선물이었다.

다운스는 승리의 순간과 함께 창피했던 순간도 기록했다. 대학원 시절, 누이들과 함께 로키산맥과 캐나다 서부로 목가적인 여행을 떠났었는데 샤워를 자주 하지 않는다고 누이들에게 구박받았다고 고백했다.

뷰익의 녹색 스테이션왜건을 타고 떠났던 장거리 가족 여행도 회상했다. 그가 풍경을 극찬하는 동안 뒷좌석에서 꼼지락대던 아이들은 골을 부렸다. "아이들은 끊임없이 먹을거리를 사주거나 화장실에 들르거나 어서 다음 캠핑장에 도착하기를 원했다." 어느 크리스마스 편지에는 "아름다운 아가씨(아내), 그리고 다섯 바보"와 함께 여행 중이라고 적기도 했다.

다운스가 브루킹스 연구소^{Brookings Institution}에 고용되면서 온 가족이 시카고 교외에서 버지니아주 매클레인으로 이사해야 했다. 그는 업무를 시작하기 위해 먼저 매클레인으로 떠났고, 다섯 자녀와 큰 개 한 마리를 데리고 이사하는 일을 아내 혼자 떠맡아야 했다. 그는 "그 힘든 일을 케이^{Kay}와 아이들에게만 맡긴 것을 크게 후회한다"라고 책에 썼다.

몇몇 자녀가 청소년기에 한 행동들 때문에 실망한 적이 있다고도 했다. 경력 후반기, 동료들이 민주주의에 대한 그의 최근 연구가 수준 미달이라고 했을 때의 굴욕감에 관해서도 서술했다. 노년기의 건강 문제에 대해 아주 상세하게 쓴 글에는 다소 과한 정보도 들어있다. "지겹도록 세세하게 써서 미안하지만 내 아이들이 그것들을 전부 남겨달라고 부탁했다"라고 덧붙였다.

다운스의 자녀들은 아버지의 인생 이야기를 읽으면서 몇몇 구절에서 틀림없이 움찔했을 것이다. 일부 서술에 대해 더러 불만을 털어놓았을 수도 있다. 하지만 최종적으로는 아버지의 자식 사랑을 확인하고, 아버지의 삶이 어떠했는지에 대해 꾸밈없는 글 한 편을 갖게 된 데 감사했을 것이다.

인생 이야기를 쓸 때 모든 비밀을 털어놓거나 가족 간의 불화를 전부 다 언급할 필요는 없다. 하지만 자신의 결점을 적어도 일부는 인정하고, 가끔 친척과 충돌했던 일을 언급하고, 일이 항상 계획대로만 풀리지는 않았다는 사실을 전하는 편이 자신에게도 득이 될 것이다.

ANTHONY DOWNS
1930~2021

브롱크스 연구소에서 민주주의 연구.
스탠퍼드 대학교 대학원 시절 쓴
박사 학위 논문으로 이름을 알렸으나
평생 그것을 능가하는 연구 결과는 내지 못했다.

정치인들은 가장 많은 유권자를
끌어모으기 위해 양당 경쟁 체제에서
필연적으로 중도 입장에 끌린다.

25

特別하지 않은 삶이란 없다

*

115세까지 평온한 삶을 즐긴 이리스 웨스트먼 이야기

이리스 웨스트먼^{Iris Westman}은 노스다코타주의 시골에서 자랐다. 그녀는 공립 학교에서 학생들을 가르쳤고 도서관 사서로 일했다. 고향으로부터 멀리 떨어진 곳에서 살아본 적도, 결혼하거나 자녀를 낳은 적도 없다. 모든 것이 꽤 평온무사하게 들린다. 나는 그녀의 삶에 대해 얼마나 많은 이야기를 할 수 있을까?

우선, 이리스는 115세까지 살았다. 2021년 1월, 노스다코타주 노스우드의 요양원에서 115세로 사망했다. 그녀가 아직 살아있었을 때, 미국 노인학 연구 그룹^{Gerontology Research Group}은 이리스를 생존하는 미국인 중 두 번째 장수 인물로 기록했었다.

나는 2016년에 우연히 이리스를 만나서 그녀의 긴 인생에 대해 한 시간 동안 이야기를 들을 수 있었다. 그녀의 평온함은 놀라울 정도였다. 아마도 그녀가 하지 않는 것, 즉 텔레비전 뉴스를 보거나 소셜 미디어를 사용하지 않는 것과 관련이 있었을 것이다. 어쩌면 자신이 가진 것에 만족할 줄 아는 보기 드문 능력도 영향을 미쳤을지 모른다.

우리가 만났던 당시는 대선 캠페인이 한창이었다. 도널드 트럼프Donald Trump는 선거 유세를 하며 미국 전역에서 온갖 욕망을 자극하고 있었다. 이리스는 "그 사람에 대해 들어보긴 했는데 뭐라고 의견을 말할 수 있는 정도는 아니에요"라고 말했다. 오히려 이리스는 1921년에 취임해 1923년에 사망한 워런 G. 하딩Warren G. Harding 전 대통령에 대해 더 많은 이야기를 들려주었다. 하딩이 훌륭한 대통령은 아니었을지 몰라도 그에게 호감을 느꼈다고 했다. "그는 굉장한 미남이었어요."

이리스는 시력이 예전 같지 않아서 쉽게 글을 읽을 수 없었지만 그 대신 오디오북을 즐겨 들었다. 그녀가 좋아하는 주제는 역사와 여행이었다. 요양원에서는 매일 모임 시간마다 카드놀이나 빙고 게임 같은 오락을 즐길 수 있었는데, 이리스는 그런 활동에 이따금 참여했다. "저는 많은 활동을 하지 않아도 괜찮아요. 여기 앉아서 창밖을 바라보는 것만으로도 꽤 만족스러워요"라고 했다. 창밖으로 평평한 레드리버 밸리가 보였고 눈발이 흩날리고 있었다.

인터뷰 내내 이리스는 푹신한 안락의자에 꼿꼿하게 앉아있었다. 웨이브를 넣은 헤어스타일이 우아해 보였다. 그녀는 자주색 슬랙스에 기하학 패턴이 들어간 니트 상의를 입고 있었다. 안락의자 옆에는 2015년 그녀의 110번째 생일에 백악관에서 보내온 축하 편지가 든 서류철이 놓여 있었다.

그녀는 장수 비결을 따로 알려주진 않았다. "그냥 가만히 앉아있으면 저절로 그렇게 됩니다. 주님이 알아서 하시고, 주님은 본인이 하는 일을 아시니, 우리는 그냥 앉아서 그분께 맡기면 됩니다."

1905년 8월 28일에 태어난 이리스는 노스다코타주 아네타 인근의 농장에서 부모님, 삼 형제와 함께 살았다. 노르웨이계 부모님은 자녀들이 어릴 때부터 독서를 권장했다. 초등학교 1학년 때는 같은 학년 아이들 몇몇이 아직 읽지 못한다는 사실을 알고 놀라기도 했다. 그녀는 그 아이들에 대해 "가엾다는 생각이 들었다"라고 했다.

집에 포드 자동차가 한 대 있긴 했지만, 겨울에는 도로가 눈으로 뒤덮이는 날이 많아서 돌아다니려면 말이 끄는 썰매가 필요했다. 해마다 12월이면 간단한 가정 예배를 드렸는데, 예배 시간 동안 크리스마스트리 위에서 타올랐던 촛불의 기분 좋은 향기를 기억하고 있었다. 그녀의 오빠는 불이 날 경우에 대비해 양동이에 물을 받아놓고 대기하곤 했다. 선물은 많지 않았다. "장난감 선물을 하나 받았고, 그 밖에는 새 옷 같은 것들이었어요."

1928년에 노스다코타 대학교를 졸업한 뒤, 이리스는 노스다코타주와 미네소타주의 여러 학교에서 영어를 가르쳤다. 나중에는 도서관학을 전공해서 초등학교 사서로 일하다가 1972년에 은퇴했다. 그녀는 어린아이들과 함께 지내는 일을 좋아했다. "10대들을 대하기가 점점 어려워졌고 그 애들과 싸우고 싶지 않아서 초등학교에 머물렀어요. 제가 겁쟁이라는 뜻이죠." 그녀가 말했다.

이리스에게 결혼할 뻔한 적이 있었는지 물었다. "두어 번 있었지만 안 하길 잘했다고 생각해요."

이리스는 예전에 이웃에게서 받았던 새끼 고양이를 애틋하게 기억했다. 처음 봤을 때는 너무 지저분하고 볼품없는 새끼 고양이었다. 장난으로 그리스 여신의 이름을 따서 아프로디테라고 불렀는데 알고 보니 수컷이었다. 그녀는 "아주 영리한 고양이였다"라고 기억했다. 그 밖에도 대서양 연안 여행, 오대호 크루즈 여행, 스칸디나비아와 서유럽 여행 등을 좋은 추억으로 꼽았다.

그녀는 대부분의 정치 위기가 극복 가능한 문제라고 생각했다. 프랭클린 루스벨트Franklin Roosevelt 전 대통령이 갑작스럽게 사망했을 때를 떠올리며 이렇게 말했다. "아, 이 나라가 어떻게

IRIS WESTMAN

1905~2021

영어 교사, 초등학교 사서로 일하다가
은퇴 뒤 115세까지 평온한 삶을 즐겼다.
자신이 가진 것에 만족할 줄 아는
보기 드문 능력의 소유자였다.

그냥 가만히 앉아 있으면
저절로 그렇게 됩니다.

될까? 트루먼 부통령이 뭘 알기나 할까 싶었는데 대통령이 되더니 아주 잘 해내더군요."

누군가에게 이리스의 삶을 요약하라고 하면 특별한 일은 없었다고 말할지도 모른다. 하지만 그녀의 이야기는 내가 쓴 수많은 부고 중에서도 매우 인기 있는 부고였다.

아들들에게 긍정의 마음을 물려준 카르멘 콜린스 이야기

나는 이름은 알려지지 않았지만 대중에게 잠시 얼굴을 비추었던 어느 여성의 이야기도 썼다. 시카고 사우스사이드에서 자란 카르멘 콜린스Carmen Collins는 1960년대 후반 무렵 자신과 같은 흑인 여성이 미디어에 모델로 등장하기 시작했다는 사실을 알아챘다. 자신에게도 기회가 온 것처럼 보였다.

카르멘은 에이전트를 찾아갔고 그 후 몇 년간 그레이하운드 버스Greyhound Lines 등 여러 회사의 광고에 등장했다. 의류 광고와 카탈로그에도 나왔다. 때로는 모델 일로 시간당 100달러 넘게 벌기도 했지만 결국 큰 성공을 거두지는 못했다. 이른 결혼에 실패한 뒤 세 아들을 홀로 키웠다.

카르멘은 아이들을 갱단으로부터 떼어내서 더 좋은 학교에 보내고 싶었다. 그러면 도심에 있는 친구와 친척이라는 든든한 지원군을 잃을 터였지만 가족을 데리고 시카고 서부 교외로 이사했다. 그곳에서 부동산 중개인으로 새로운 삶을 시작했다.

새 학교에서 몇몇 백인 아이들이 그녀의 아이들에게 눈 뭉치와 얼음덩어리를 던졌다. 아이들은 몸에 멍이 든 채 집으로 돌아왔다. 카르멘은 자신의 권리를 스스로 지켜야 한다고 아이들을 다독였다.

카르멘은 수입을 늘리기 위해 낚싯대나 미용 제품 같은 물품을 대량으로 구매해서 벼룩시장과 온라인에 판매했다. 한 아들은 "어머니가 최초의 달러 스토어였다"라고 말했다.

그녀는 아들들에게 긍정적인 마음가짐이 필요하다고 자주 말했다. 그러고는 미소를 지으며 "무슨 말인지 알겠지, 젤리빈?"이라고 덧붙이곤 했다.

이리스와 카르멘은 충분히 멋지고 감동적인 삶을 살았다. 자신의 삶이 평온무사했다고 여긴다면 다시 생각해 보길 바란다. 일단 글을 쓰기 시작하면 당신의 삶이 생각보다 훨씬 더 흥미롭다는 사실을 깨닫게 될 것이다.

CARMEN COLLINS

1952~2021

1960년대 후반, 흑인 모델로 잠시 일했다.
이른 결혼에 실패하고 세 아들을 홀로 키우며
부동산 중개인으로 새로운 삶을 시작한
강인한 어머니였다.

우리에겐 긍정적 마음가짐이 필요하단다.

무슨 말인지 알겠지, 젤리빈?

26

저널리스트가
자기 이야기를 쓸 때

*

저널리스트들이 항상 존경받거나 사랑받진 않지만, 이야기를 전달하는 법에 대해서만큼은 배울 점이 있다. 이 장에서는 저널리스트들이 자신의 인생 이야기를 어떻게 기록으로 남겼는지 몇 가지 사례를 소개하려 한다.

자신의 민낯을 솔직히 고백한 앵커맨 모트 크림 이야기

모트 크림$^{Mort Crim}$은 필라델피아와 디트로이트에서 텔레비전 뉴스 앵커로 활약했다. 말투부터 외모, 틀에 박힌 헤어스타일까지 수다쟁이 앵커의 전형과 같은 인물이었다. 그 덕분에 배우 윌 페럴$^{Will Ferrell}$이 영화 〈앵커맨^{Anchorman}〉에서 연기한 우스꽝스러운 앵커 캐릭터인 론 버건디$^{Ron Burgundy}$의 모티브가 되었다.

크림은 그저 우스꽝스러운 인물로 기억될 수도 있었다. 하지만 그는 한때 자신의 멘토였던 폴 하비$^{Paul Harvey}$와 마찬가지로 문제에 정면으로 맞서면서 새로운 이야기를 들려주었다. 그의 이야기는 놀랍고 흥미롭다. 복잡하기도 하다. 크림은 신앙심의 고양, 커리어의 상승, 아내와의 사랑 이야기 등 몇 가지 주제에 집중하면서 조리 있게 이야기를 풀어간다.

2021년에 출간한 저서《앵커드: 한 저널리스트의 진실 찾기 Anchored: A Journalist's Search for Truth》에서 크림은 유머와 디테일, 일화를 통해 어린 시절 이야기를 생생하게 들려줬다. 그는 켄터키주, 미주리주와 경계를 접하고 있는 일리노이주의 소도시 웨스트프랭크퍼트에서 유년기를 보냈다. 웨스트프랭크퍼트는 해가 지면 흑인들의 출입이 통제되는 마을이었다. 어린 시절 그는 종종 할머니의 손에 맡겨졌다. 아이를 계속 지켜볼 시간이 없었던 할머니는 느릅나무에 빨랫줄로 크림을 묶어두곤 했다.

크림의 아버지, 그리고 삼촌 한 명이 하나님의교회 목사였다. 크림은 "집안에 성직자가 너무 많아서 우리 가족만으로 교단을 꾸릴 수 있을 정도였다"라고 했다. 그의 가족 중에는 전국을 순회하는 극단인 보드빌vaudeville의 전직 단원들도 있었다. 크림은 청중을 즐겁게 하는 재주와 함께 설교 재능을 물려받았다. 성스러운 아마추어 배우였던 셈이다.

10대 시절, 모트 크림은 아버지를 따라 목사가 되고 싶었다. "10대 전도사"로 통하던 그는 "알바 형제Brother Alvah"라고 불린 삼촌 알바 크림Alvah Crim과 함께 미국 중서부를 순회했다. 알바 삼촌이 전기 기타를 치는 동안 조카 모트는 아코디언으로 복음 성가를 연주했다.

크림은 열여섯 살 때 "독자적으로 전도사의 길을 걷기 위해" 고등학교를 자퇴했다. 학교생활이 비참했던 이유도 있었지만, 성령의 명령으로 자퇴 결정을 정당화할 수 있었다. "신의 부름과 신성한 지시가 이미 우리가 결정한 일과 정확히 일치하는 경우가 어찌나 많은지 놀랍다"라고 회고록에 썼다.

유혹도 있었다. 열일곱 살 때, 아칸소주 블라이드빌에 있는 컨트리 음악 라디오 방송국에서 시간당 50센트를 받는 디제이로 여름 아르바이트를 했었다. 라디오에서는 슬림 크림[Slim Crim]이라는 가명을 썼다. 이 무렵, 기독교에 의구심을 느끼기 시작했으나 일단은 인디애나주의 앤더슨 대학교 종교학과에 입학했다. 그 뒤 대학을 중퇴하고 미주리주 포타지빌에 있는 하나님의교회에서 목사가 되었다. 그 덕분에 고등학교 시절 연인이었던 니키[Nicki]와 열아홉 살에 결혼할 수 있을 만큼 충분한 수입을 벌었다.

6개월 뒤, 그는 결국 교회를 그만두고 기독교 FM 라디오 방송국인 크림[KRIM]을 만들었다. 지역 도서관에서 빌린 지직거리는 클래식 레코드판, 헐값에 구매한 낡은 주크박스 디스크를 틀어 방송 시간을 채웠다. 음악을 재생하려면 로열티 에이전시에 저작권료를 내야 한다는 사실도 몰랐다. 크림 부부는 음악 사이사이에 여성 잡지와 신문에서 읽은 이야기들을 들려주며 청취자들을 즐겁게 했다.

이들의 방송국은 몇 달 만에 파산했다. 모트 크림은 변명하지 않았다. "자만심이 넘치고 오만하고 경험이 부족한 데다 목적이 불분명하고 철저히 준비하지 않아서 실패했다."

그는 다른 목회 일을 찾았지만, 《성경》의 특정 부분이 문자 그대로의 진실인지 의구심을 끝내 떨쳐버릴 수 없었고 그 때문에 점점 괴로워졌다. 독실한 부모님 앞에서 그런 말을 꺼내는 것은 생각조차 할 수 없었다. 그래서 라디오 아나운서 폴 하비에게 편지를 써서 목회를 계속할지, 아니면 뉴스 방송으로 진출할지 조언을 구했다.

하비는 크림을 시카고로 불렀다. 점심 식사를 함께하며 이 젊은이에게 어떤 길을 따라가라고 딱 잘라서 말해줄 수는 없지만 방송업계에 제대로 된 인재들이 필요하다고 했다. 크림은 그 한마디에 사역을 그만두고 일리노이주 북부의 록퍼드에서 텔레비전 아나운서 일을 구했다.

1958년, 그는 징집 통지를 받고 공군에 입대했다. 공군에서 미군 라디오 방송 업무를 맡은 경험도 도움이 되었다. 4년간 공군 생활을 하면서 성장한 그는 노스웨스턴 대학교에서 언론학 석사 학위를 받은 뒤 뉴욕의 라디오 방송국에서 일자리를 구했다. 그 후 이직한 ABC 라디오 네트워크^{ABC Radio Network}에서는 1969년 7월의 달 착륙을 비롯한 우주발사선 관련 취재를 그에게 맡겼다. 그의 커리어가 크게 도약한 순간이다.

텔레비전 뉴스 진출을 간절히 원했던 크림은 저명한 앵커인 월터 크롱카이트^{Walter Cronkite}에게 조언을 구했다. 여기서 크림의 인생 패턴을 하나 알 수 있는데, 그는 유명 인사에게 조언을 구하는 일을 절대 주저하지 않았다. 크롱카이트는 크림에게 뉴욕을 떠나 지역 방송국에서 일할 것을 제안했다. 크림은 그 조언을 받아들여 켄터키주 루이빌에서 텔레비전 앵커 일을 구했다. 설교에 익숙했기 때문에 카메라를 똑바로 바라보고 말하는 일 역시 자연스러웠다. 어느덧 그의 얼굴이 광고판에 등장하기 시작했다. 켄터키프라이드치킨^{KFC} 창업자인 할랜드 샌더스^{Harland Sanders}와도 친구가 되었다.

크림은 설교를 위해 꼭 교회나 강단이 필요하지는 않다는 점을 깨달았다. 강단에 올라 연설하는 대신 사람들에게 영감을 주는 90초짜리 프로그램을 여가 시간에 녹음하여 여러 라디오 방송국에 팔았다.

더 큰 시장이 손짓했다. 필라델피아 지역의 텔레비전 방송국인 KYW가 그를 영입했다. 이제 그는 대도시의 스타이자 두 아이를 둔 아버지였지만 잠시 분별력을 잃고 말았다. 동료와 혼외 관계에 빠진 것이다. "이제까지 느껴본 적이 없는 엄청난 죄책감과 후회가 밀려들었다." 그 일로 "약속과 결혼에 대해 내가 믿었던 모든 것을 더럽혔다"라고 저서에서 밝혔다.

그는 정신과 의사에게 상담을 받으면서 "내가 망가졌고 결함을 갖고 있으며 자신의 도덕 규범을 어길 수도 있는 사람이라는 사실을 직면할" 수 있었다고 했다. 그 상담이 결혼 생활과 "어쩌면 목숨"마저 구했다고 믿었다.

아내 니키가 이 일을 얼마나 자세히 알고 있었는지는 불분명하다. 그녀는 딱히 캐묻지 않았지만 "자격 없는 사람을 사랑하는 것이 어떤 의미인지 아주 개인적인 표현 방식으로 보여주었다"고 한다. 이 일은 그가 신앙에 품었던 의구심을 해소하는 데 도움이 되었다. "자라면서 지녔던 모든 믿음 가운데 내게 여전히 진실로 남아있는 믿음은 '신은 사랑'이라는 것이다."

방송 경력 후반부에는 디트로이트의 NBC 방송국에서 근무했다. 그곳에서 부진의 늪에 빠져 허우적대는 뉴스를 되살리고 디트로이트 지역 스타가 되었다. NBC 방송국은 헤어 스타일리스트와 코디네이터의 비용도 대주었다. 지역 라디오 디제이 두 명이 〈모트 크림의 헤어스프레이^{Mort Crim's Hairspray}〉라는 노래를 녹음하기도 했다.

그는 디트로이트의 다양한 종교와 문화에서 영감을 받았다. "나는 믿음의 만화경 같은 이 도시에서 심오한 진리를 보았다. 신을 사랑하는 것과 우리가 서로를 사랑하는 것은 한 경험의 두 가지 측면이다." 중년에 이르러서는 "하나님을 풀어야 할 수수께끼나 답해야 할 질문이 아니라, 받아들여야 할 존재로 이해하기 시작했다"라고 했다.

1980년대 초에는 폴 하비가 여행 중일 때마다 라디오 쇼를 대신 진행했다.

1989년, 아내 니키가 암으로 사망했다. 이때 모트 크림은 54세였다. 그는 비탄에 빠져 몇 달간 술을 너무 많이 마셨다. 아이들을 위해서라도 마음을 다잡아야 했다. 니키가 사망하고 2년 뒤, 아이린 보먼 밀러Irene Bowman Miller와 재혼했다. 그는 65세에 전업 언론인으로서 은퇴했지만, 여전히 라디오 프로그램을 녹음해서 여러 방송국에 배급했다. 디트로이트 출신의 잭 화이트Jack White는 자작곡 〈리틀 에이콘스Little Acorns〉의 도입부에 크림의 낭랑한 설교 오디오를 삽입하여, 자신이 속한 록 밴드 화이트 스트라입스White Stripes의 앨범에 수록하였다.

크림의 회고록은 그의 신앙이 《성경》을 문자 그대로 해석하는 것에서 더 포괄적으로 해석하고 모호함을 받아들이는 쪽으로 진화했음을 거듭 보여준다. 크림은 회고록에 다음과 같이 썼다. "죽음 뒤의 삶에 관해 말하자면, 나는 신앙 덕분에 이 다음에 무슨 일이 일어나든 괜찮으리라는 고요한 확신을 갖게 되었다. 내세에 대한 모든 생각은 한낱 추측일 뿐이다."

2021년 4월, 나는 크림의 회고록을 읽고 나서 그가 어떻게 자신의 이야기를 털어놓을 수 있었는지 궁금해져 전화를 걸었다. 그와 대화를 나눈 뒤, 이는 크림 같은 언론인에게도 쉽지 않은 작업이었음을 알게 되었다. 그는 5년 동안 틈틈이 자신의 이야기를 썼다. 처음에 그가 쓴 글은 일화의 나열에 지나지 않았다. 그런데 친구들의 조언이 그의 글을 살렸다. 친구들은 어린 시절의 근본주의적 신앙과 어른이 되어 발견한 복잡한 세계를 조화시키려고 했던 그의 탐색을 주제로 이야기를 엮어보라고 조언했다.

다음으로는 어떤 내용을 넣을지 결정해야 했다. 가장 어려웠던 문제는 잠깐의 외도 이야기도 넣어야 하는가였다. 외도 상대였던 동료, 첫 번째 부인 모두 세상을 떠났지만 그가 이 일을 공개적으로 고백하면 자식들이 어떻게 받아들일지도 고려해야 했다. 자식들과 먼저 이야기를 나누었더니, 자식 둘 다이 고통스러운 에피소드를 넣어야 한다고 했다. 크림은 "그 애들은 이 일을 빼놓고 내가 어떻게 정직하게 글을 쓸 수 있겠냐고 했다"라고 전했다. 자식들은 크림이 자신을 성자로 묘사하는 것을 원치 않았다.

크림은 다음과 같이 말했다. "살아있는 모든 인간은 세상에 남길 만한 가치가 있는 이야기를 품고 있어요. 모두가 그 이야기를 남기고 싶어 하는 건 아니지만요." 크림은 자신의 이야기를 남기고 싶은 사람들에게 삶의 기복을 다루는 생생한 글쓰기와 솔직한 묘사의 모범을 제시한다.

"인생은 계획대로 풀리지 않는다" 피터 R. 칸 이야기

피터 R. 칸Peter R. Kann의 이야기도 마찬가지다. 칸은 퓰리처상 보도 부문을 수상했으며, 1991년부터 2006년까지 《월스트리트 저널》을 비롯해 다양한 신문을 발행하는 다우존스의 최고경영자로 재임했다. 그런데도 누가 자신을 알아볼 걱정 없이 거리를 활보할 수 있었다. 신문사 밖에서는 그의 이름이 거의 알려지지 않았기 때문이다.

그렇다면 누가 칸의 추억을 간직하고 싶어 했을까? 바로 그의 자식들이다. 자식들은 아버지에게 인생 이야기를 써보라고 권했다. 은퇴 후 어느 날, 칸은 말리부 해변에 앉아 추억을 종이 위에 적어 내려가기 시작했다. 그리고 "자식과 손주, 그리고 앞으로 태어날 세대"를 위해 얇은 책 한 권을 출판했다.

그 책을 따로 판매하진 않았지만, 나는 운 좋게도 한 권을 손에 넣을 수 있었다. 책을 다 읽고 나니, 인생 이야기를 쓰려는 이들에게 훌륭한 참고서가 되겠다 싶었다. 칸의 책에는 언젠가 그의 가족이 발표할 부고에 들어갈 기본 정보, 그가 어떤 이유로 어떻게 기자가 되었는지에 대한 방대한 이야기, 그 과정에서 일어난 놀라운 일 등이 담겼다.

피터 로버트 칸^{Peter Robert Kann}은 1942년에 태어났고 뉴저지주 프린스턴에서 자랐다. 그의 부모님은 빈에서 태어났는데, 나치 지배하의 오스트리아를 벗어나 미국으로 망명했다. 아버지는 럿거스 대학교 역사학과 교수였고 어머니는 사무 관리 일을 했다.

오스트리아 역사서를 쓴 아버지의 영향이었을까. 일찍부터 칸은 세상에서 무슨 일이 일어나는지 알아내서 다른 사람들에게 전하는 데 관심을 가졌다.

처음에 그가 탐구한 세상은 매우 작았다. 열 살 때, 자신이 사는 교외 지역의 뉴스와 가십을 다루는《제퍼슨 로드 스누퍼 ^{Jefferson Road Snooper}》라는 신문을 발행했다. '염탐꾼^{snooper}'이라는 이름에 충실한 신문이었다. 기사 타이핑은 어머니가 맡았고, 수십 명의 이웃이 한 부당 5센트를 내고 신문을 샀다. 칸은 한 이웃이 "스누퍼'는 필요 없다면서 나를 현관 밖으로 쫓아냈다. 그 내용도 다음 호에 보도했다"라고 당시를 회상했다.

칸은 중학교와 고등학교 신문부에서 편집장을 맡았고, 여름 방학 때 《프린스턴 패킷Princeton Packet》 신문사에서 아르바이트를 하기도 했다. 어릴 적 그의 우상 중 한 명은 조지 오웰George Orwell이었다. "그는 보통의 간단한 단어로 충분하다면 거창하거나 모호한 단어를 절대 쓰지 않았다."

열여섯 살 때는 프린스턴 인근의 농장에서 일하는 멕시코 이주 노동자들의 열악한 생활 환경을 폭로하는 글을 《프린스턴 패킷》에 기고했다. 《프린스턴 패킷》의 소유자는 《월스트리트 저널》의 발행인인 바니 킬고어Barney Kilgore였다. 칸의 글이 마음에 들었던 킬고어는 그에게 대학 졸업 후 《월스트리트 저널》에 지원해 보라고 했다.

1960년, 칸은 하버드 대학교에 입학했다. 그는 자신이 "공부를 열심히 한 학생은 아니었다"라고 고백한다. 공부보다는 대학 신문인 《하버드 크림슨Harvard Crimson》에서 일하는 데 더 관심이 많았다. 신문사 동료 중에는 소설가 마이클 크라이튼Michael Crichton, 훗날 《워싱턴포스트》 발행인이 된 도널드 그레이엄Donald Graham도 있었다. 어느 해 여름에는 《월스트리트 저널》에서 인턴으로 일했다.

1964년, 하버드 대학교를 졸업한 칸은 아시아에서 기자 생활을 하길 희망했다. 그는 아시아에 대해 미국에서 멀리 떨어져 있고 이국적인 곳이라는 인상을 지니고 있었다. 홍콩의 영문 신문사들에 지원서를 보냈으나 답장조차 받지 못했다.

결국, 칸은 《월스트리트 저널》 피츠버그 지국에서 제안한 일자리를 받아들였다. "그 일은 피츠버그의 중금속 산업에 관심이 없는 사람에게는 따분했다." 하지만 9개월 뒤 회사에서 그를 로스앤젤레스 지국으로 발령낸 것을 보면 맡은 일은 제대로 했던 것 같다. 로스앤젤레스에서는 영화 산업을 취재했고, 영화배우 말로 토머스^{Marlo Thomas}와 소개팅을 했으며, 영화 〈사운드 오브 뮤직^{The Sound of Music}〉을 600번이나 본 여성에 관한 기사도 썼다.

그는 아시아 지역으로 보내달라고 계속 요청했고, 그 목표가 얼마나 확고했던지 모두가 선망하는 런던 지국에서 일할 기회도 거절했다. 1967년 가을, 스물네 살의 칸은 《월스트리트 저널》 최초의 베트남 주재원으로서 베트남전쟁을 취재했다.

그는 차별화된 기사를 쓰고 싶었다. 그래서 전투 중인 미군에게 초점을 맞추기보다 전쟁이 베트남 국민에게 미친 영향에 관해 쓰려고 했다. 캄보디아 용병들을 앞세워 베트콩을 급습하는 CIA의 비밀 작전에 잠입해서 이를 보도한 유일한 기자였다. 그에게는 디테일을 보는 눈이 있었다. 그는 미군 전사자들의 헬멧과 소지품 더미에서 《대학 지원과 입학^{Applying to College}

and Getting In》이라는 제목의 너덜너덜한 책을 발견했다. 이 책의 주인은 "결코 대학에 갈 수 없을 것"이라고 썼다.

그는 홍콩을 거점으로 아시아를 돌아다니는 이동 통신원이 되었다. 홍콩에서 첫 번째 결혼을 했지만 결혼 생활은 잘 풀리지 않았다. 파키스탄의 발루치스탄에서는 낙타 경주와 스트립쇼를 구경했다. 이 스트립쇼의 클라이맥스는 아주 잠깐의 발목 노출이 전부였다. 1971년, 방글라데시 독립 전쟁 보도로 퓰리처상을 수상했다.

그가 기자로 살면서 느꼈던 가장 큰 기쁨은, 다른 기자들이 간과한 곳을 돌아다니며 자신만의 독특한 스타일로 기사를 쓰는 것이었다. 그토록 좋아했던 기자 인생은 뉴욕의 상사들이 보내온 제안 때문에 끝이 났다. 그는 비즈니스에 별 뜻이 없었지만, 장차 아시아가 세계 경제에서 훨씬 더 중요해지리라고 내다보고 다우존스에 아시아 투자를 제안했었다. 1970년 대에는《월스트리트 저널》의 아시아판 발행을 제안했다. 놀랍게도 뉴욕의 상사들은 그 제안을 시험해 보기로 했고, 33세의 칸을《월스트리트 저널》아시아판 편집장 겸 발행인으로 임명했다.

칸은 갑자기 바라지도 않던 중역이 되었다. 관리 업무는 "파키스탄의 와지리스탄이나 힌두쿠시산맥을 돌아다니는 것만큼 재밌지는 않았지만 나름의 매력이 있었다"라고 했다. 그 후 칸은 충충이 이어진 승진 코스에서 쉽사리 빠져나오지 못했고 결국 뉴욕으로 건너가 회사의 최고위직에 올랐다.

어떤 면에서 그는 굉장히 운이 좋았다. 칸이 승승장구한 1980년대부터 2000년대까지는 신문, 특히 《월스트리트 저널》의 황금기였다. 광고와 발행 부수가 증가함에 따라 《월스트리트 저널》의 섹션이 한 개에서 세 개로, 때로는 네 개까지 늘어났다. 사람들에게 인정받는 언론이 되었고 퓰리처상도 여러 차례 받았다.

그는 회고록에 "그 시절의 성공에 내가 얼마나 공헌했는지는 당시부터 지금까지 계속 의문이다"라고 썼다. "내가 내린 대부분의 결정에는 특별한 명석함이나 창의성보다 그저 평범한 상식이 더 필요했을 뿐이다"라고도 덧붙였다. 유족이 쓴 숱한 부고에서 볼 수 있는 과장된 칭찬과 이 꾸밈없는 겸손이 얼마나 대비되는지 느껴지는가?

다우존스의 금융 데이터 서비스인 텔러레이트^{Telerate}가 경쟁사보다 뒤처지면서 회사의 전반적인 실적이 떨어지자 그는 업무에 흥미를 잃었다. 그는 "이른바 '커리어'가 상승할 때마다 내가 사랑했던 저널리즘에서 점점 더 멀어졌다"라고 했다. 회의는 지루했고, 회사 일정에 얽매여 마음대로 돌아다니지 못하는 것이 싫었다.

그는 회사에 큰 이득을 가져온 결정을 내리기도 했다. 1996년, 《월스트리트 저널》이 온라인 서비스를 시작했을 때 칸은 독자들에게 비용을 부과해야 한다고 주장했다. "피터, 인터넷은 공짜라는 거 몰라요?"라고 묻는 동료들도 있었다. 칸은 무료 온라인 서비스가 종이 신문의 실적을 갉아먹고 불확실한 광고 수익에 지나치게 의존하게 만들까 봐 우려했다. 다른 신문사들은 수년간 온라인 기사를 무료로 제공한 뒤에야 《월스트리트 저널》이 처음부터 도입했던 유료 서비스로 전환했다.

칸의 이야기는 청소년기에 세운 진로 계획이 생각대로 풀리는 경우가 매우 드물다는 사실을 알려준다. "나는 늘 언론인이 되길 바랐고, 아시아에 살고 싶어 했다. 하지만 그 이상의 계획, 즉 미래에 대한 거창한 전략 같은 것은 없었다"라고 했다.

알고 보니 애당초 그런 계획은 필요 없었다. 누군가에게 인생 이야기를 들려줄 때가 되자 칸에게는 괜찮은 소재가 넉넉했고, 몇몇 실수를 인정하는 데 필요한 자신감도 충분했다.

3,500단어로 인생을 요약한 노라 에프론 이야기

어떤 인생 이야기는 아주 짧을 수도 있다. 소설 《속쓰림 Heartburn》의 저자이자 영화 〈해리가 샐리를 만났을 때〉의 각본가로 잘 알려진 노라 에프론^{Nora Ephron} 역시 저널리스트 출신이다.

그녀는 《내 인생은 로맨틱 코미디》라는 저서를 출간하였는데, 책 속의 코믹 에세이 〈3,500단어로 쓴 내 인생〉에 자신의 삶을 요약했다. 에프론은 이 책에서 인생 전체를 체계적으로 기록하기보다는 자신에게 통찰력을 준 핵심 사건을 선택했다. 책 속에 어떤 글의 전문은 이게 다이다.

빈약한 가슴을 가진 것에 관한 글을 한 편 써서 잡지에 낸다. 이제 나는 작가다.

이토록 간결하게 글을 쓸 수 있는 사람은 많지 않다. 에프론은 단 몇 가지 단어만으로도 얼마나 많은 내용을 담을 수 있는지 보여줬다. 우리 인생 이야기의 초고를 주의 깊게 읽고 단순히 자리만 차지하는 말은 삭제해 보자.

27

일기로 역사가 된 남자

*

새뮤얼 피프스^{Samuel Pepys}가 1660년 1월부터 1669년 5월까지 일기를 쓰지 않았더라면, 영국 해군의 역사를 연구하는 부지런한 학자들을 제외하고는 오늘날 그를 기억하는 사람이 거의 없었을 것이다.

재단사의 아들로 태어나 영국 해군의 행정관으로 근무한 피프스는 일상생활을 끈질기게 기록했다. 자신의 업적과 악행 모두를 속기로 기록했는데, 일기에 고백한 몇 가지 비밀은 동시대 사람들에게 알려지지 않기를 간절히 바랐다. 하지만 그는 자신이 남긴 기록의 중요성을 잘 알고 있었을 것이다. 여섯 권의 일기와 자신의 장서를 "우리 대학 중 한 곳"에 보존해 달라는 조항을 유언장에 넣었으니 말이다. 동기가 무엇이었든 간에, 피프스는 크고 작은 사건의 세부 사항을 기록해서 남기는 일의 가치와 기술에 내해 배울 점을 남겼다.

그는 스튜어트 왕가의 왕정복고, 런던 대화재, 대역병 등 역사적 사건들에 관해 서술했다. 하지만 역사적 사건만큼이나 자신에 대해서도 똑같은 호기심을 품고 있었다. 2002년에 클레어 토말린[Claire Tomalin]이 피프스의 전기에 썼듯이 "자신의 정신적·육체적 본성을 그저 타당한 것으로 인정하지 않고 탐험할 가치가 있는 멋진 대상"으로 여겼다.

피프스는 수년 또는 수십 년 뒤에 사건을 회상하는 방식이 아니라 일기 형식으로 자신의 인생 이야기를 썼다. 그 결과, 이례적으로 세부 정보가 굉장히 풍성한 인생 이야기가 탄생했다. 피프스의 기록 중 내가 가장 소중하게 여기는 이야기는 17세기 생활의 단편들이다.

"아주 훌륭한 저녁 식사"에는 "골수 한 접시, 양고기 다리 한 접시, 송아지 우둔살 한 접시, 영계 세 마리와 종달새 스무 마리를 한데 담은 가금류 한 접시, 그리고 커다란 타르트, 우설, 안초비가 담긴 한 접시, 새우와 치즈 한 접시"가 포함된다.

피프스는 개가 "집을 더럽히는" 데 진절머리가 나서 개를 지하실에 가둔 뒤 아내와 말다툼을 한다. 두 사람은 화가 난 채 잠자리에 든다. 그는 아내가 죽는 꿈을 꾸고 "밤새 잠을 이루지 못했다"라고 썼다.

그는 "독한 술을 마시면 땀이 흐르고 도리를 벗어나게 된다"는 사실을 깨닫고 "독한 술"은 피하기로 했다.

그는 교회에서 "설교 시간 대부분을 버틀러 부인을 바라보며 견뎠다(주여, 용서하소서)"라고 회상한다. 사람들이 여전히 피프스의 글을 읽는 이유 중 하나는 그가 고결한 척하지 않았기 때문이다.

피프스는 1660년 10월, 찰스 1세 처형에 가담해 국왕 살해 혐의로 유죄 판결을 받은 토머스 해리슨^{Thomas Harrison} 소장少將을 보기 위해 조심스럽게 런던의 채링크로스로 향한다. 해리슨은 "교수형에 처해져 사지가 찢기고 시신이 네 도막 난" 상태였지만 "그런 상황에서 누구보다 명랑해" 보였다.

집에서 "물건을 아무 데나 놓는" 아내에게 화가 난 피프스는 "네덜란드에서 아내에게 사준 작고 멋진 바구니를 발로 차서 부숴버렸는데 그 후로 그 일이 나를 괴롭혔다"라고도 썼다.

그는 다음과 같은 교훈을 얻은 일도 썼다. "나는 술을 끊은 뒤로 감사하게도 훨씬 더 나은 사람이 되었다. 내 일을 더 살뜰히 챙기게 되었으며 돈을 덜 썼고 빈둥거리는 친구들과 허비하는 시간도 줄었다."

부부 싸움에 지친 그는 아내가 "기분이 언짢을 때" 자극하지 않기 위해 침묵을 선택했고, 이 전략이 아내를 진정시키는 효과가 있다는 것을 깨달았다.

하인을 어떻게 훈육할지 고민하던 내용도 일기에 적었다. 언젠가 피프스는 도둑질, 예배 불참, 무례함 등의 이유로 "하인 윌^{Will}"을 벌주겠다고 결심했다. "나는 그의 모든 잘못을 파악해서 세차게 매질을 했지만, 회초리가 너무 작아서 그는 별로 아프지 않고 내 팔만 다칠까 봐 두려웠다." 또 다른 때에는 이렇게 적었다. 윌이 "악당처럼 망토를 어깨에 걸치고" 걸어가는 모습을 보고는 "따귀를 두 대 때렸는데 전에 한 번도 그런 적이 없어서 나중에 조금 괴로웠다"라고 썼다.

피프스는 몸단장 팁도 제공한다. "집에 와서 사라^{Sarah}에게 머리를 깔끔하게 빗겨달라고 했다. 가루분과 여타 문제들 때문에 너무 지저분해 보여서 가루분 없이 머리를 건조하게 유지하는 방법을 찾아보기로 했다."

외국인을 조롱하는 영국인의 무례한 태도도 한탄한다. 런던에 도착한 러시아 대사의 수행원들은 모피 모자를 썼고, 왕에게 줄 선물로 매를 가져왔다. 피프스는 그 외국인들이 잘생겼다고 생각한다. 그는 "주님! 이상해 보이는 모든 것을 비웃고 조롱하고 싶어 안달인 영국인들의 부조리한 본성을 굽어살피소서!"라고 썼다.

유행에 민감했던 피프스는 벨벳 망토와 고급 장신구를 여럿 주문했다. 1663년 11월, 왕의 머리카락이 "온통 백발"로 변한 것을 본 뒤 그는 충동적으로 자신의 머리카락을 자르고 가발을 쓰기 시작한다. 그 뒤, 다른 사람들이 자신의 차림새에 그다지 주의를 기울이지 않는다는 사실을 깨닫는다. 가발을 쓰기 시작한 첫 번째 일요일에 "나는 온 교회의 시선이 내게 집중될 줄 알았는데 그런 일은 일어나지 않았다"라고 썼다.

그는 연극을 자주 보러 다녔다. 〈로미오와 줄리엣Romeo and Juliet〉, 〈한여름 밤의 꿈A Midsummer Night's Dream〉은 그에게 깊은 인상을 남기지 못했다. 〈한여름 밤의 꿈〉은 "이제껏 본 연극 가운데 가장 재미없고 터무니없는 연극"이었다고 평했다.

다양한 볼거리에도 관심을 두었다. 1664년 1월, 교수형을 구경하러 레던홀 스트리트에 갔다가 더 잘 보이는 자리를 얻기 위해 1실링을 내고 수레바퀴 위에 올라섰다. 그는 사형 선고를 받은 독일인이 "형 집행 취소를 바라며 연설하고 기도하는 동안" 한 시간 넘게 기다려야 했다. "하지만 아무런 성과도 없었다. 결국 그는 망토를 입은 채 교수대의 사다리에서 내던져졌다. 잘생긴 그 남자는 마지막 순간까지 태연했다."

피프스는 아내가 허락도 구하지 않고 귀걸이를 구매하자 분노했다. 아내가 "매우 사나운 말"로 대꾸하자 피프스는 귀걸이를 부수겠다고 위협했다. 그날 밤 부부는 화가 난 채 잠자리에 들었다. 그러나 두 딜도 채 지나시 않아 피프스는 아내에게 새 페티코트에 어울리는 노란 리본이 달린 장갑을 사줬다. "그녀가 너무 예뻐서 (주여, 용서하소서!) 그것이 과하게 느껴지지 않았다. 나는 아름다움을 떠받드는 이상한 노예가 되었다. 아름답지 않은 것은 그 무엇도 가치 있게 여기지 않는다."

그는 일기에다가 자신의 수많은 연애사와 남녀의 희롱을 적어 내려갔다. 새 시계를 산 기쁨도 기록했다. "손에 시계를 들고 군함 맨 뒷방으로 가서 오후 내내 몇 시인지 백 번도 넘게 확인하고 싶은 마음을 억누를 수가 없다."

1665년 7월, 역병 때문에 런던 시민이 무서운 속도로 죽어가기 시작했다. 피프스는 자신이 역병으로 사망할 경우에 대비해 유언장을 갱신하겠다고 결심한다. 그러면서도 한 결혼식에 참석해 신부에게 입맞춤하는 것은 거부하지 못한다. "새로운 색상의 실크 정장, 그리고 소매 끝에 달린 금색 단추, 풍성하고 고급스러운 금색 레이스로 장식된 코트"를 자랑스러워한다.

그는 재산이 얼마나 늘어났는지를 매우 자주 헤아렸는데 재산 대부분은 금화였다. 금화를 셈하면서 "하늘과 땅의 위대한 주님 찬양받으소서!"라고 읊조렸다.

1667년, 네덜란드의 침략이 두려웠던 피프스는 "깜짝 놀랄 일이 일어날 경우에 대비해 뭐라도 지니고 있어야 한다"면서 금으로 된 허리띠를 차고 다녔다. 보유한 금의 일부는 시골집 근처에 묻어두었다가 나중에 파내어 진흙을 닦아내는 성가신 일을 하기도 했다.

피프스는 자신이 여성과 음악을 거부하지 못한다고 일기에 토로했다. "사실 나는 즐거움을 추구한다." 그는 자신의 모든 방종을 후회하지 않았다. 성공한 수많은 남성이 "너무 늦어서 즐길 수 없게 될 때까지" 즐거움을 추구하는 일을 뒤로 미룬다고 했다.

1668년 3월, 의회 연설을 준비하던 피프스는 도그 선술집으로 가서 알코올 도수가 높은 포도주를 반 잔 마시고 브랜디를 한 모금 마신 뒤 "그 찌르르한 온기 덕분에 진정 용기를 낼 수 있었다." 그의 연설은 매우 호평을 받았다.

1668년 4월 말, 피프스는 자신의 관심사를 다음과 같이 정리했다. "이번 달이 이렇게 끝난다. 아내는 시골에 있고 나는 쾌락과 돈 쓰는 일만 좇고 있다. (…) 국가가 가난한 탓에 상황이 좋지 않다. 함대가 출항해야 하는데 배를 유지하거나 여정을 시작할 돈이 없다. 선원들은 아직 삯을 받지 못했고 다시 출항 명령이 떨어지면 반란을 일으킬 기세다. 우리 모두 가난하고 산산이 부서져 있다. 주님, 저희를 도우소서!"

*오늘날 인생 이야기를 쓰는 이들을 위한 메시지: 가능한 한 빨리 기록을 시작해서 아직 기억이 생생할 때 글을 써보자. 21세기 삶의 독특한 디테일도 빠뜨리지 말자.

SAMUEL PEPYS

1633~1703

영국 해군 행정관으로 근무.
왕정복고, 런던 대화재, 대역병 등
17세기 일상을 끈질기게 기록한
역사적 일기의 주인공.

우리 모두 가난하고 산산이 부서져 있다.
주님, 저희를 도우소서!

28

터무니없이 짧은 부고의 역사

*

인쇄기가 발명되기 전, 부고는 지금과 사뭇 다른 형태를 취했다. 3세기 이집트에서 새겨진 다음 비문도 마찬가지다. "고아들을 사랑했던 유대인 아마 헬레네^{Ama Helene}는 평화와 축복 속에서 (사망했다). 그녀는 60여 년 동안 자비와 축복의 길을 걸었으며, 그 길 위에서 번영을 누렸다."

플루타르코스^{Ploutarchos}가 집필한 그리스와 로마 위인들의 짧은 전기는 전설과 역사적 기록을 망라해서 쓴 뒤늦은 부고로 볼 수도 있다. 플루타르코스는 마케도니아의 알렉산더 대왕에 대해 쓰면서 그가 참전한 모든 전투를 일일이 서술하지 않았다. 알렉산더 대왕이 페르시아 왕 다리우스 3세의 아내를 포로로 잡고도 자제와 배려의 마음을 베푼 사실을 칭찬하면서 그의 인간적인 면모를 보여주었다.

초창기의 신문 부고는 매우 간략한 편이었지만 때로는 생생한 디테일을 포착하기도 했다. 1795년 5월 14일, 잉글랜드의 신문《더비 머큐리Derby Mercury》는 101세까지 살았던 크리스티안 마셜Christian Marshall의 사망 소식을 전하면서 "그녀는 평생 한 번도 약을 먹은 적이 없고, 머리에 리본을 단 적도 없으며, 신발에 버클을 단 적도 없다"라고 했다.

1800년 12월 3일, 펜실베이니아주의 신문《랭커스터 인텔리전서Lancaster Intelligencer》에는 이런 부고 기사가 실렸다. "이 자치구에 사는 요한 조지Johann Geo. 씨가 사망했다. 향년 74세였다. 그의 체중은 180킬로그램이 넘었다."

1868년, 미국 15대 대통령이자 종종 최악의 대통령으로 꼽히는 제임스 뷰캐넌James Buchanan이 사망한 뒤 뉴욕의《올버니 이브닝 저널Albany Evening Journal》에 다음과 같은 논평이 실렸다. "그를 위해 슬퍼하는 과부는 없을 것이고, 그를 기억하며 눈물 흘리는 부상 군인도 없을 것이며, 그를 구세주로 여기는 해방 노예도 없을 것이고, 자신이 받은 은혜를 떠올리며 변함없는 애정을 표시하고 단결하는 동포들도 없을 것이다. 그는 철저히 이기적으로 살았고 죽은 뒤 홀로 남겨졌다."

뷰캐넌이 직접 밝힌 자신의 이야기는 어디에 남아있을까? 그는 죽기 2년 전에 펴낸 책에서 그 일부를 들려주었다. 책의 제목은 그리 호의적이지 않았다.《반란 전날의 뷰캐넌 행정부

Mr. Buchanan's Administration on the Eve of the Rebellion》라니 말이다. 뷰캐넌은 남북전쟁으로 이어진 정치적·입법적 싸움에 대해 과장된 설명을 늘어놓은 뒤 "나는 조국을 위해 적어도 좋은 의도를 지니고 있었다는 생각을 무덤까지 가져가겠다"라고 결론지었다.

2010년, 정치인 테드 소런슨Ted Sorensen은 뷰캐넌 전 대통령이 "아메리카 합중국의 해체에 대해 자신을 제외한 모든 사람을 비난했다"라고 말한 바 있다. 아무래도 뷰캐넌이 세상에 전하고자 했던 인생 이야기는 전달에 실패한 것 같다. 뷰캐넌은 남북전쟁의 원인을 두고 승산 없는 논쟁에 집착하는 바람에 자신의 성공, 단점, 여생, 삶의 원동력에 대한 솔직한 성찰을 가미해 더 흥미로운 책을 쓸 수 있었던 기회를 날려버렸다. 우리는 분노에 찬 정치인이 아닌 한 인간을 만나야 했다.

신문들은 최고의 취재원인 고인이 더는 코멘트를 덧붙일 수 없는 상황에서 적절한 부고를 작성하는 일이 얼마나 어려운지 오래전부터 인식하고 있었다. 1890년, 《시애틀 포스트인텔리전서Seattle Post-Intelligencer》에 다음과 같은 헤드라인을 가진 기사가 실렸을 정도이다. 〈부고 준비 완료: 현명하게도 많은 사람이 자신의 부고를 작성해 놓았다〉.

1910년, 펜실베이니아주 랭커스터의 신문 《뉴에라New Era》는 부고 기사들을 한데 모아놓고 〈노인들이 세상을 떠나다〉라는 헤드라인을 붙였다. 독자들이 못 보고 넘어가는 일이 없도록 하기 위해서였다.

1980년대에 영국의 주요 신문들, 특히 《데일리 텔레그래프 Daily Telegraph》와 《더 타임스The Times》는 부고가 범죄 뉴스, 스포츠 소식만큼이나 매력적인 가십성 오락거리가 될 수 있다는 사실을 간파했다. 1991년, 《데일리 텔레그래프》는 흥미로운 도입부로 시작하는 부고 기사를 실었다. "마닐라에서 55세의 나이로 사망한 3대 모이니핸Moynihan 남작의 성격과 커리어는 세습 원칙을 비판하는 사람들에게 충분한 탄약을 제공했다. 그의 주요 직업은 봉고 드러머, 사기꾼, 포주, 마약 밀수업자, 경찰 정보원이었다."

미국의 부고 작가들은 런던의 자유분방한 부고 작가들과 달리 출처를 밝히고 사실을 확인해야 한다는 제약을 강하게 느꼈지만, 영국식의 발랄한 부고 작법으로부터 꽤 영향을 받긴 했다. 미국 최고의 신문들에 실리는 부고는 업적, 명예, 친구들의 찬사를 지루하게 나열한 목록 형태를 탈피하여 사회적 인지도나 성별 구분 없이 다양한 인물의 인생 이야기를 전해주는 생동감 넘치는 '미니 전기'로 발전했다.

부고 쓰기는 이제 예술의 일부로 여겨지기도 한다. 2001년에는 어느 거장이 쓴 송별사 모음집 《뉴욕 타임스의 전설적 기자 로버트 맥길 토머스 주니어가 쓴 최고의 부고 52편52 McGs.: The Best Obituaries from Legendary New York Times Reporter Robert McG. Thomas Jr.》이 출간되었다.

현대에 접어들어 부고는 더 흥미롭고 재밌어졌지만, 아직도 사람들의 삶을 형성한 사건, 원동력, 열정을 항상 잘 조명한다고 말할 순 없다. 우리는 더 잘할 수 있다.

나가는 글

당신도 바르탄 그레고리안, 피터 칸, 모트 크림처럼 자신의 삶을 책으로 펴낼 수 있다. 밥 그린의 아버지처럼 녹음을 하거나 피트 코렐처럼 녹취록을 남기는 방법도 있다. 어떤 식으로든 이 작업을 되도록 일찍 시작하면 당신의 인생이 어디로 향하고 있는지 성찰하면서 더 나은 방향 감각과 목적의식을 갖고 살 수 있을 것이다.

편지, 일기, 공연 프로그램북, 콘서트 티켓, 소셜 미디어 게시물, 메모가 붙은 사진 등 추억이 담긴 스크랩과 애착이 가는 물건들을 소중히 간직하자. USB 메모리에 저장하거나 두꺼운 종이를 덧대서 튼튼한 상자에 넣어 안전하게 보관하는 편이 좋다. 새뮤얼 피프스, 로알드 달, 벤저민 프랭클린 등 흥미롭고 교훈적인 방식으로 자기 인생을 기록한 인물들에게서 배우자.

당신이 자신의 이야기를 공유하는 것에 대하여 다른 누군가가 이기적이거나 자만심, 허영심의 표현이라고 말하게 두지 마라.

자기 이야기를 공유하는 것은 어찌 보면 관대함의 표현이다. 당신이 무엇을 하려고 했는지, 왜 다른 사람들보다 일이 더 잘 풀렸는지, 무엇을 배웠는지 남아있는 사람들에게 전해줄 기회다. 실패를 인정하고, 가족과 친구들이 이해할 수 없었던 몇 가지 일을 설명하고, 주어진 행운에 감사하고, 도움의 손길과 미소를 보내준 사람들에게 감사하는 방법이다.

그러니 당신의 이야기를 해라!

완벽하지 않을 수도 있다. 서툴고 일관성이 없을 수도 있다. 너무 창피하거나 누군가에게 불똥이 튀거나 상처를 줄까 봐 몇몇 중요한 내용을 빼놓거나 얼버무릴 수도 있다. 단어 철자를 몇 개 틀리거나, 문법 규칙을 한두 개 어기거나, 어떤 친척의 이름을 깜빡하고 빼먹을 수도 있다.

이야기를 끝내지 못할 수도 있다. 그래도 괜찮다. 미완의 이야기를 통해서라도 당신을 설명하고 삶의 교훈을 공유할 수 있다면 친구, 가족, 나아가 후손들에게 소중한 선물이 될 것이다. 당신이 되살린 추억, 삶에 대해 발견한 통찰은 자신에게 주는 선물이기도 하다.

감사의 글

매력적인 사람들의 수백 가지 인생 이야기를 세상에 전할 수 있도록 도와준 모든 분께 감사한다. 나에게 가르침과 영감을 준 《월스트리트 저널》 동료들, 기사를 제안해서 이 책으로 발전시킬 수 있게 해준 제이 허시, 인생 이야기를 녹음했던 경험을 나눠준 밥 그린, 거친 초고를 읽고 좋은 제안을 해준 피터 존슨, 이 책이 출판으로 이어질 수 있도록 다리를 놓아준 로버트 딜렌슈나이더, 이 책의 아이디어에서 가치를 알아보고 집필을 독려했던 미카일라 해밀턴, 글쓰기와 취재의 기본을 가르쳐준 부모님, 저널리스트가 되도록 영감을 준 게일 누나, 자기 아버지의 이야기를 한 번 이상 들어준 내 아이들, 변함없는 다정함과 지지를 보내준 아내 로레인에게 감사의 마음을 전한다.

옮긴이 **정유선**

대학에서 국문학을 전공했고, 글밥아카데미를 수료한 뒤 바른번역 소속 번역가로 활동하고 있다. 《하버드 비즈니스 리뷰》한국어판, 《이코노미스트 세계대전망》시리즈 번역에 함께 참여하고 있다. 옮긴 책으로는 《뜻대로 하세요》, 《나의 도시를 앨리스처럼 1, 2》, 《올드 뉴욕》등이 있다.

그렇게 인생은 이야기가 된다

월스트리트 저널 부고 전문기자가 전하는 삶과 죽음의 의미

초판 1쇄   2023년 7월 24일
초판 3쇄   2023년 8월 21일

지은이 │ 제임스 R. 해거티
옮긴이 │ 정유선

발행인 │ 문태진
본부장 │ 서금선
책임편집 │ 이보람   편집 2팀 │ 임은선 원지연

기획편집팀 │ 한성수 임선아 허문선 최지인 이준환 송현경 이은지 유진영 장서원
마케팅팀 │ 김동준 이재성 박병국 문무현 김윤희 김은지 이지현 조용환
디자인팀 │ 김현철 손성규   저작권팀 │ 정선주
경영지원팀 │ 노강희 윤현성 정헌준 조샘 조희연 김기현 이하늘
강연팀 │ 장진항 조은빛 강유정 신유리 김수연

펴낸곳 │ ㈜인플루엔셜
출판신고 │ 2012년 5월 18일 제300-2012-1043호
주소 │ (06619) 서울특별시 서초구 서초대로 398 BnK디지털타워 11층
전화 │ 02)720-1034(기획편집) 02)720-1024(마케팅) 02)720-1042(강연섭외)
팩스 │ 02)720-1043   전자우편 │ books@influential.co.kr
홈페이지 │ www.influential.co.kr

한국어판 출판권 ⓒ ㈜인플루엔셜, 2023

ISBN 979-11-6834-115-9   (03800)